옮긴이 오유리

성신여자대학교 일문과를 졸업했다. 롯데캐논과 삼성경제연구소에서 번역 일을 했으며, 지금은 전문 번역가로 활동하고 있다. 옮긴 책으로는 《도련님》《마음》《인간 실격》《사양》《어디 가니, 블래키》 등이 있다.

KIYOSHIKO by Shigematsu Kiyoshi
Copyright © 2002 by Shigematsu Kiyoshi
Original Japanese edition published by Shincho-Sha Co., Ltd.
Korean translation rights arranged with Shincho-Sha Co., Ltd.
through Shin Won Agency Co., Seoul.
Korean translation rights © 2003 by Tin-Drum Publishing Co.

일본어 원서는 신쵸사에서 출간되었습니다.
이 책의 한국어판 출판권은 신원에이전시를 통해 신쵸사와 독점 계약한 도서출판 양철북에 있습니다.
저작권법에 의해 한국 내에서 보호를 받는 저작물이므로 무단 전재와 무단 복제를 금합니다.

안녕, 기요시코

1판 1쇄 발행 2003년 12월 19일 | 1판 8쇄 발행 2008년 12월 13일
2판 1쇄 발행 2009년 3월 31일 | 2판 5쇄 발행 2017년 8월 4일

지은이 시게마츠 기요시 | 옮긴이 오유리
펴낸이 조재은 | 펴낸곳 (주)양철북출판사 | 등록 제25100-2002-380호(2001년 11월 21일)
편집 박선주 김명옥 | 디자인 육수정 | 마케팅 조희정 | 관리 정영주
주소 서울시 마포구 양화로8길 17-9 | 전화 02-335-6407 | 팩스 0505-335-6408
ISBN 978-89-90220-16-5 03830 | 값 9,000원

페이스북 facebook.com/tindrum2001

※ 잘못된 책은 바꾸어 드립니다.

안녕, 기요시코

시게마츠 기요시 지음 | 오유리 옮김

품에 안겨 말을 할 수 있을 때가 있으면,
말하지 못할 경우도 있을 거야.
하지만 누군가에게 안기거나 손을 맞잡으면,
네 마음속에 있던 생각은 꼭 그 사람에게 전해져.
그것이 진정으로 전하고픈 이야기라면……, 전해진다. 꼭.

차례

프롤로그   7

기요시코   13
환승 안내   43
도토리 마음   75
북풍 퓨우타   107
게루마   137
교차점   183
도쿄   223

에필로그   249

옮긴이의 말   252

프롤로그

나는 네 얼굴을 모른다. 목소리를 들은 적도 없다. 너는, 2년 전 내가 받은 편지 안에 있었다. 고개를 떨구고 풀 죽은 모습으로, 혼자 거기 있었다.

내가 아는 어느 출판사에서 우리 집으로 편지를 전해 왔다. 편지를 보낸 이는 너의 어머니였고.

파란색 잉크 만년필로 쓴, 그다지 달필은 아니지만 온정이 담긴 글로 네 어머니는 너를 소개하셨다.

말을 제대로 하지 못하는 아인가 보구나, 너는.

말을 더듬는다. 억지로 말을 하려 하면 말머리가 계속 반복될 뿐 멈추지 않는 말더듬이. 생각한 것을 제대로 말로 잇지 못하는 그런 아이. 네가 나에게 용기를 주었다.

어머니는 편지에 쓰셨다. 넌 한 달 전에 내가 출연한 텔레비전 다큐멘터리 프로그램을 본 모양이더구나. 길을 걸으며 카메라를 향해 말하는 것을 듣고 넌 곧바로 '저 사람도 말을 더듬는구나', 감지했다고 하시더라.

사실은 약간 속상했다. 그 프로그램을 찍을 때, 나는 내 입으로 말하기는 좀 뭣하다만, 꽤 상태가 좋았거든. 군데군데 매끄럽지 않게 이어진 부분도 있긴 하지만, 전체적으로는 상당히 자연스럽게 말했다고 생각했다. 나도 이제 정상적으로 말을 할 수 있게 됐구나, 하고 들뜬 기분을 만끽하고 있던 바로 그때, 네 어머니에게 편지를 받은 거야.

너는 초등학교 1학년이라지? 사내아이고. 말을 더듬어서 친구들한테 늘 놀림을 받는 모양이구나. 네 어머니는 아이들의 그런 행동이 언제 집단 따돌림으로 돌변할까 싶어 두려워서 견딜 수가 없으신가 보다. 제대로 말을 하지 못하는 탓에 자꾸 방에만 틀어박히려는 너를 볼 때마다 가슴이 미어진다고 하셨다.

고향에 계신 내 어머니의 젊었을 때 모습을 떠올리면서 편지를 읽었다. 단체 행동이 익숙지 않아서 유치원에 가기 전까지 늘 홀쩍대던 내 여동생도 생각났다. 그리고 어린 시절 만난 몇몇 사람들과 몇 가지 사건들을 오랜만에 떠올려 보았다.

네 어머니는 편지 마지막 부분에 "혹시, 괜찮으시다면……." 하고 이런 부탁을 하셨다. 아들 앞으로 답장을 써 줄 수 없겠느냐고. 말 더듬는 일 따위에 좌절하지 말라고 아들에게 용기를 주면 큰 힘이 될 거라 생각한다고.

편지에는 우표를 붙인 반신용 봉투도 들어 있더구나. 첨부한 메모지에 적혀 있던 상대방 이름으로는 네 이름이 적혀 있었고. 우표의 그림은 딕 브루너가 그린 남자아이……. 분명 너의 어머니는 일부러 그 우표를 고르셨겠지.

며칠을 망설이다, 끝내 난 답장을 보내지 않았다.

네 어머니는 화가 나셨을까? 실망하고 낙담하여 이제 이런 남자가 쓴 책 따위는 읽지 않겠다고 다짐하셨을까?

너는 어떠니? 어머니가 내게 편지를 보낸 것과 내게서 답장이 올지도 모른다는 이야기를 너한테 하셨는지 모르겠다.

혹시 답장을 고대하고 있었다면 미안하구나. 텅 빈 편지함을 바라보다 한숨짓는 아이의 뒷모습만큼 가련한 건 없지.

그래, 나는 확실히 말을 제대로 하지 못하는 소년이었다.

그리고 지금, 어른이 되어서도 말을 시작해서 끝내기까지 단번에 잇지 못하고 가다 막히곤 하지. 네게 도움이 될 만한 이야기는 나름대로 해 줄 수 있을지도 모르겠다. 교훈이 될 만한 이야기도 한두 가지는 있을 거야. 하지만 나는 나고, 너는 너다. 네게 용기를 주고, 너를 지탱해 주는 건, 바로 네 자신 안에만 존재한단다.

네 어머니가 편지에 쓰신 '말 더듬는 일 따위'에서 그 '따위'라는 말이 내겐 조금 슬프게 와 닿았다. 너도……, 만난 적도 없으면서 이렇게 단정짓는 건 좋지 않다고 생각하지만, 아마 같은 느낌을 받았을 거라고 짐작한다. 중학생이나 고등학생이 되면 그 슬픔이 분노로 바뀌지. 어른이 되면, 그땐 다시 슬픔으로 되돌아온단다. 그 다음은 나도 아직 모르고.

네 앞으로 답장을 보내는 대신에 짤막한 이야기를 몇 편 썼다.
소설 잡지의 편집자가 잡지에 실을 몇 장짜리 글을 의뢰하기에 나는 이렇게 말했지.
"개인적인 이야기를 썼으면 합니다."
편집자가 "사소설을 쓰겠다는 이야기로군요." 하고 끄덕이려는 걸, 가로막고 재차 말했단다.
"아주 개인적인 이야기를 쓰겠다는 겁니다."

이야기는……, 적어도 내가 쓸 이야기는 현실을 살아가는 사람들에게 격려나 응원이 되지는 않을 거라 생각한다. 하물며, 위로나 치유제 따위가 될 리는 만무하지. 나는 그렇게까지 현실을 경험하지도 않았고, 또 내 이야기에 그런 부담을 줄 생각도 없다.
다만, 이야기로 할 수 있는 건 '그저 곁에 있어 주는 것'뿐이라고 생각한다. 그래서 나는 언제나 내 책이 지금까지 한 번도 만난 적 없는 누군가의 곁에 놓이기를 바라면서 이야기를 쓴단다.
네가 이 책에 담겨 있는 이야기를 곁에 놓아둘까? 이 세상 누구보다 네가 그렇게 해 주기를 바라며 나는 하루하루 컴퓨터 자판을 두

드렸다. '개인적인 이야기'라는 건, 그런 의미이다.

너와 똑같은 초등학교 1학년 무렵, 나는 친구가 놀러 오길 기다리고 있었다. 다른 사람들은 그 모습을 볼 수 없는, 나만의 친구. 이름은 '기요시코'라고 한다.
너는 네 이름을 더듬지 않고 발음할 수 있니? 나는 어릴 적에도, 어른이 된 지금도 그것이 가장 서툴다. 난 내 이름 '기요시'의 '기'를 제대로 발음하지 못한단다. 그러니 학창 시절 자기소개하는 자리가 너무나 싫었고, 새로운 친구들과 만나 인사를 나누는 게 두려웠지. 그랬던 내가 아버지의 직장 관계로 전학을 반복하는 학창 시절을 보내야 했으니, 하느님도 꽤나 짓궂은 이야깃거리를 생각하신 거 아니니? 내 이름을 제대로 말할 수 없으니, 나는 나와 똑같은 이름을 가진 친구가 놀러 와 주길 늘 기다리고 있었단다.
너도 그런 경험이 있을 거야. 속으로 상상하거나 혼잣말을 할 때는 전혀 말을 더듬지 않잖아. 내가 글을 쓰게 되고, 그것을 직업으로 하는 하루하루를 즐기면서 지내고 있는 것도 그런 이유 때문일지도 몰라.
이야기를 시작할게.
나와 똑 닮은 소년을 주인공으로.
소년은 분명, 너와도 비슷할 거야.

별이 빛나는 밤,
기요시코는 우리 집에 찾아온다.
퍼마시는 아이는 '미하하' 하는 웃음소리로
가슴을 가득 채우고
벌써 잠들었다. 실이 싸니까.

이상한 단어들을, 이상하게 이어 내려간, 이상한 문장이다.
노스트라다무스의 예언시인가?
아니, 이건 그저 가사를 잘못 해석해 놓은 것이다.
이 문장은 옛날 어느 마을에 살고 있던 소년이 잘못 이해하고 외운 '기요시코의 밤'이라는 가사다.
〈고요한 밤 거룩한 밤〉(일본어로 '기요시, 코노요루')을 〈기요시코의 밤〉(일본어로 '기요시코노 요루')이라고 잘못 해석한 것이지.
소년이 한자로 된 가사를 보지 않고 멜로디만 따라 듣다보니 그리

됐구나. 엄청난 착각이지. 조금은 가련한 착각이기도 하고. 원래 가사에는 들어 있지 않은 '우리 집에 찾아온다.'는 부분을 자기 마음대로 상상해 덧붙여 넣은 것이, 애처롭구나.

별이 빛나는 밤, 기요시코가 찾아온다. 소년은 그렇게 여기고 있었다. 한밤중에 기요시코가 소년의 방 창문을 똑똑 두드리고 환히 웃으며 들어오면 그 아이와 둘이서 놀 수 있을 거라고 꿈꾸었던 것이다.

피터 팬 이야기와 헷갈렸겠지. 아니면 《무민》(핀란드 여성 작가 토베 얀손이 쓴 동화-옮긴이)에 나오는 요정 비슷한 것과 혼동하고 있었을지도 모르고. 소년은 그 훨씬 이후에도 생 텍쥐페리의 《어린왕자》를 읽고 사막에 불시착한 비행사가 그 당시 자기 자신과 똑같다고 생각한 적도 있었단다.

소년은 초등학교 1학년이었다. 저녁이 되면 가스탱크 그림자로 뒤덮이는 마을 한 구석, 우뚝 솟은 거대한 가스탱크 밑둥이에 바짝 기대어 서서 맞는, 첫 번째 겨울이었다.

기요시코……, 그런 이름을 가진 녀석, 존재할 리가 없지. 이미 알고 있었다. 한밤중에 아파트 4층 창문을 두드릴 친구는 세상 어디에도 없다는 걸 말이야. 그건 꿈 속에서나 일어날 일이지.

그런데도 기요시코만을 생각하고 있었다. 창문을 열고 밤하늘을 바라보다 별들이 반짝이면, 오늘 밤이야말로 기요시코가 찾아오지 않을까, 가슴 설레며 잠자리에 들고, 아침이 되면 자리에서 일어나 어깨를 떨구고 이를 닦으러 가는……, 그런 날들이 반복되었다.

소년은 외톨이였다. 속에 있는 말을 무엇이든지 다 털어놓을 수 있는 친구를 갖고 싶었다. 그런 친구는 꿈 속 세상에나 존재한다는 걸 알고 있었기에, 기요시코와 만나고 싶었다.

소년이 이 마을로 이사를 온 것은 10월이다. 아버지가 전근을 하면서 2학기 중간에 전학을 왔다. 전에 살던 마을에는 밭이 많았는데 여기에는 공장밖에 없다. 강 대신 트럭이 지나다니는 국도가 뻗어 있고, 산 대신 가스탱크가 있고, 유치원 때부터 사이좋게 지냈던 모리와 나카네 대신 등에 멘 가방을 걷어차는 다나카와 실내화를 감춰 놓고 골탕먹이는 마츠자키가 있다.

다나카와 마츠자키 둘 다 그 일이 목적은 아니다. 화를 돋우려는 것이다. 소년이 화내기를 기다리고 있는 것이다. 흥분해서 얼굴이 빨개진 소년이 몸을 부들부들 떨며 입술을 실룩거리는 모습이 보고 싶어서 샐샐 웃으며 장난칠 기회를 호시탐탐 노리는 것이다.

화를 내면 지는 거다. 흥분하면 저 녀석들 생각대로 되는 거다.

소년은 말을 제대로 할 수 없다. 첫 음이 막혀 다음 말이 이어지지 않는다. '가'행과 '다'행 그리고 탁음*은 매번 막히고, 긴장하거나 흥분해서 숨을 잘못 쉬면, 다른 음으로 시작하는 단어까지 전부 막혀 버린다.

막힌 말을 억지로 토해 내려 하면 발길에 걷어채여 앞으로 고꾸라질 때 나오는 소리처럼 첫 음이 자기 멋대로 계속 반복된다.

---

*탁음은 '가' 행(카, 키, 쿠, 케, 코), '사' 행(사, 시, 스, 세, 소), '다' 행(타, 치, 쓰, 테, 토), '하' 행(하, 히, 후, 헤, 호)에 탁점(˝)을 붙여 만든 글자로 '가, 기, 구, 게, 고', '자, 지, 즈, 제, 조', '다, 지, 즈, 데, 도', '바, 비, 부, 베, 보'로 발음한다.—옮긴이

아, 아, 아, 아, 아, 안녕.(고, 고, 고, 고, 곤니치와)
자, 자, 자, 자, 자, 자, 자, 잘 있어.(사, 사, 사, 사, 사요나라)
그, 그, 그, 그, 그, 그, 그만 해.(야, 야, 야, 야, 야메로)
때, 때, 때, 때, 때, 때려 준다.(부, 부, 부, 부, 분나게루조)

 전학 온 날, 자기소개를 할 때 그만 실수를 해 버렸다. 이름과 성 사이에 숨을 들이쉰 게 잘못이었다. '기요시'의 '기'를 제대로 발음하지 못했다. 교실이 웃음바다가 되었다. 제일 먼저 웃음을 터뜨린 건 다나카이고, 가장 큰 소리로 웃은 건 마츠자키였다.
 그날 이후 소년은 좀처럼 먼저 입을 열지 않았다. 입을 다물고 있어도 친구들 틈바구니에 끼어 다른 아이들이 떠드는 소리에 웃으며 고개를 끄덕이고 있으면, 그 순간은 의외로 잘 넘어갔다.
 하지만, 재미난 이야기가 머릿속에 떠올라도 말을 꺼낼 수가 없다. '내 생각은 좀 다른데······.' 싶어도 말을 할 수가 없다. 수업 중에 다른 아이들이 풀지 못하는 어려운 문제의 답을 알고 있어도 손을 들 수가 없다. 국어 시간 책읽기 순서가 다가오면 '가'행과 '다'행으로 시작되는 단어를 찾아 그 단어 앞에서, 숨을 쉬면 안 돼, 안 돼 하고 몇 번씩이나 속으로 다짐한다.
 마츠자키와 다나카가 아무리 끈질기게 말꼬투리를 잡고 장난을 쳐도 화를 내면 안 된다, 절대로.
 소년은 알고 있다. 언제까지나 입을 꼭 다물고 있을 수만은 없다는 걸. 자신의 생각을 그대로 말할 수 없는 것은, 말을 더듬어 웃음거리가 되는 것보다 훨씬 더 속상하고 외로운 일이다. 아이들이 비웃어도 신경 쓰지 말자. 웃는 쪽이 바보인 거야. 내가 안절부절못하면 저 녀석들은 더 재미있어하며 장난을 칠 거야. 난 알아. 정말로, 제대로, 확실히, 알고 있다고.

12월 들어 얼마 지나지 않았을 무렵, 학교에서 돌아와 보니 편지함에 '마을 어린이회'의 회람판이 들어 있었다. 12월 24일 저녁에 구민 회관에서 크리스마스 파티가 열린다고 한다. 회람판에는 참가 신청서와 크리스마스 파티에서 합창할 노래의 가사가 적힌 전단지가 끼워져 있었다.

〈루돌프 사슴코〉〈징글벨〉 그리고 〈기요시코의 밤〉이었다.

'기요시'라는 글자를 보자 가슴이 철렁했다. 아아, 아니야, 아니야……. 이건 '기요시코'를 말하는 거야.

그렇게 생각하고 나서야, 겨우 안심이 되었다.

그런데 '기요시코'는 도대체 뭐지? 착각은 거기서부터 시작되어 히라가나(한자가 아닌 일본 고유 글자, 발음대로 표기한다―옮긴이)로만 쓰여진 가사를 읽어 내려가면서는 점점 더 가사의 내용이 이상하게 흘러갔다.

하지만 '기요시코'의 정체는 끝까지 알 수 없었다.

엄마에게 회람판을 보여 주었더니 엄마는 "파티에 가면 어떻겠니? 반 친구들도 오겠지." 했다. 소년은 잠자코 끄덕였다. 확실히 어린이회에는 반 친구들 두 명, 마츠자키와 다나카가 있다.

"어서 학교에 정 붙이고 친구들을 사귀어야지."

엄마는 참가 신청서에 적힌 출석란에 ○표를 하며 말했다. 주소와 이름을 써 넣을 때 엄마는 덧붙였다.

"얼마 안 있어 또 전학 가게 될지도 모른다. 다음에 아빠가 전근 가실 때는 영업소가 아니라 지점으로 가게 될 거야."

아빠는 이 마을로 부임해 오면서 평사원에서 계장으로 승진했다. 아빠는 전근이 확정된 날 입사 동기들 가운데 가장 승진이 빠르다고 자랑스럽게 말했다.

소년은 엄마에게 "응." 한 마디만 하고는 〈기요시코의 밤〉 가사를 멍하니 쳐다보았다. '기요시코'가 무슨 말이야? 하고 묻지 못했다. '기'로 시작되는 단어였기 때문이다.

엄마는 회람판을 덮고 문득 소년을 돌아보았다.

"크리스마스 선물, 비행정으로 하면 좋겠니?"

모터로 움직이는 비행기 모형을 말하는 것이다. 피아노 줄로 매달아 스위치를 켜면 진짜 비행기처럼 천천히 공중을 날다가 중간에 라이트를 깜박거리면서 멈춰 서기도 하고 위아래로 오르락내리락하기도 한다.

소년은 아무 대답도 하지 않았다.

거실 테이블 위에 장난감 가게 광고지가 펼쳐져 있었다. 비행정 사진에 빨간 펜으로 동그라미가 쳐 있다.

비행정이 갖고 싶으냐, 갖고 싶지 않으냐고 물으면 물론 '갖고 싶다.'고 대답한다. 하지만 가장 갖고 싶은 장난감이 정말로 비행정이냐고 묻는다면, 고개를 옆으로 흔들었을 것이다. 비행정 옆에 사진이 나와 있는 어뢰정(일본어로 교라이센, 역시 '가'행으로 시작—옮긴이) 게임기가 훨씬 더, 갖고 싶었다. 이 마을로 이사 오기 전부터 쭉.

엄마는 광고지를 쳐다보고 있는 소년의 얼굴을 살핀다.

"비행정은 그저 움직이고 있는 걸 보기만 하는 거잖니. 금방 싫증 나지 않겠어? 그래도 좋아?"

소년은 아무 대답도 하지 않았다.

어뢰정의 '교' 발음을 할 수가 없다. 비행정이 아니라 이게 더 좋다고 말하면 좋겠지만 '이것(일본어로 고레)'이란 말도 '가'행이기 때문에 발음할 수가 없다. 그저 암말 않고 손가락으로 가리키는 것은 더 속상하고 서글프다.

"아빠가 일이 한가할 때 백화점에 가서 사 오신다는데, 정말로 비행정이면 되겠어?"

소년은 이번에도 역시 아무 대답도 하지 않았다.

언제부터 말을 더듬게 되었는지 소년은 정확히 기억할 수는 없다. 지금보다 더 어렸을 때부터 쭉 말을 더듬었다. 초등학교에 입학하기 전에 엄마를 따라 병원에 갔다. 엄마는 학교에 입학할 아이들은 모두 건강 검진을 받는 거라고 했지만 그것이 거짓말이라는 걸 어렴풋이 알 수 있었다. 병원에서 돌아오는 길에 엄마가 "잘 참았어. 아주 잘 참았다."라고 몇 번이나 칭찬을 하며 특별히 택시까지 태워 주었기 때문이다.

온종일 여러 가지 검사를 받았다. 입을 크게 벌렸다가 다물었다가,

작은 손전등으로 목구멍 속을 비춰 보기도 하고, 심호흡을 하다 도중에 멈췄을 때 턱의 각도를 재고, X선 사진도 찍고, 뇌파를 측정하기도 했다.

그날 이후 병원에 계속 다니거나 약을 지어 먹지는 않았으니, 결국 원인이 발견되지 않았던 것이다.

의사 선생님은 검사하는 막간에, 그러니까 X선 촬영 준비가 마무리될 때까지 기다리는 시간에, 별로 중요한 건 아니라는 투로 소년에게 물었다.

"말을 더듬게 된 기억, 기억이란 말 뭔지 알지? 예전에 있었던 일이라고 할까, 그런 것들 중에 가장 오래 된 게, 언제쯤이니?"

소년은 잠깐 생각해 보았다.

그것이 말이 중간에 막혔던 가장 첫 번째 기억인지 어쩐지는 모르겠다. 다만 기억나는 가장 오래된 일은, 세 살이 되기 얼마 전에 있던 일이다.

텅 빈 방 안에 혼자 있었다. 전날 밤까지 같이 있던, 이부자리 위에서 나란히 자고 있어야 할 엄마 아빠가 없었다. 시골 할아버지 댁이었다. 소년은 한 방씩 문을 열어젖히면서 방으로 들어갔다. 안녕! 안녕! 안녕! 방으로 뛰어들어갈 때마다 깜짝 놀래 주려고 큰 소리를 지르며 들어갔는데, 방마다 전부 텅 비어 있었던 기억이 난다. 마지막 방 문을 열자, 할머니는 놀란 표정으로 "인저, 일어났남?" 하셨다. 신문을 읽던 할아버지는 "오늘은 붕어 잡는 디 델꼬 갈까?" 하며 웃으셨다. 하지만 엄마 아빠는 그 방에도 없었다. 아무 데도 없었다. 할머니가 "고다츠(발을 넣을 수 있게 앉은뱅이 상처럼 생긴 일본식 난로- 옮긴이) 안으로 싸게 들어와." 하고 말씀하신 걸로 보아, 계절은 겨울이다. 할아버지는 귤을 꺼내 주시고, 할머니는 아침 식사 준비를 해 주셨다.

소년은 잠자코 있었다. "고마워요."라는 말도, "잘 먹겠습니다."라는 말도, "잘 먹었습니다."라는 말도, "엄마랑 아빠는 어딨어?"라는 말도 하지 못했다. 위턱에 걸린 '안녕'이란 말이 다른 모든 말들의 발목을 붙잡고 있었다.

"왜 그러니? 무슨 생각이 좀 났니?"

의사 선생님이 말했다.

소년은 고개를 힘껏 몇 번이고 설레설레 내저었다. 의사 선생님은 그 자리에서는 아무 말도 하지 않았다. 하지만 소년은 한참이 지나고 알았다. 선생님은 엄마를 진찰실로 불러 심리적인 게 원인일지도 모른다고 하신 모양이었다.

"예를 들어, 말 배울 시기에 큰 충격을 받았다든지 그런 비슷한 일은 없었습니까?"

엄마는 무릎 위에 둔 손수건을 꽉 움켜쥔 채, 터져 나오려는 울음을 참고 있었던 것 같다.

11월 중순을 넘으면서 상가에 흐르는 음악은 모두 크리스마스 캐럴뿐이었다. 늘 들려오는 노래는 리듬이 경쾌한 〈루돌프 사슴코〉와 〈징글벨〉이었는데, 가끔씩 〈기요시코의 밤〉도 들린다.

그때마다 소년은 발걸음을 멈추고 가만히 음악을 듣는다. 들을 때마다 아름다운 곡이라고 생각한다. 멜로디가 바뀌는 부분을 생각하면 〈기요시코의 밤(기요시코노 요루)〉이 아니라 〈고요한 밤 거룩한 밤(기요시, 코노요루)〉일지도 모른다. 하지만 '기요시코'는 '기요시코'다. 그 편이 더 좋다.

기요시코와 만나고 싶다. 나와 아주 비슷한 이름을 가진, 꿈 속 세상에 살고 있는 친구와 만나고 싶다.

하고픈 이야기들이 많다. 가르쳐 주고 싶은 수수께끼도 있다. 국어 교과서도 소리를 내지 않고 읽는 거라면 반 아이들 가운데 누구보다도 잘 읽을 자신이 있다.

잘 들어주기 바라, 내 이름은 '기요시'야, 하고 내 소개를 하고 싶다. '앞으로 잘 부탁해(고레카라 요로시쿠 오네가이시마스)'의 '고'라는 발음도, '친구가 되어 줘(도모다치니 낫테쿠다사이)'의 '도' 발음도 꿈속에서는 분명 막힘 없이 입 밖으로 나올 것이다.

〈기요시코의 밤〉이 끝나자 소년은 다시 걷기 시작한다. 가방을 등에 고쳐 메고 가스탱크를 올려다본다. 번쩍번쩍 빛나는 은색 가스탱크는 저물녘이 되면 석양빛을 뒤집어쓰고 눈부시게 불타오르는 오렌지빛으로 바뀐다.

UFO에는 여러 가지 형태가 있다고 만화책에서 읽었다. 여송연같이 가늘고 긴 것도 있고 재떨이 모양을 한 것도 있다. 그리고 공처럼 생긴 것도 있다. 가스탱크가 사실은, 비밀스런 UFO였으면 좋겠다. 기요시코와 둘이서 원반에 올라타고 싶다. 원반 속에는 가방에 난

다나카의 구두 발자국을 말끔히 없애는 약이 있을지도 모른다. 원반이 날아오르면 하늘 위에서 마을을 내려다보고 싶다. 마츠자키가 공터 풀숲에다 버린 지우개도 하늘 위에서 보면 찾을 수 있을지도 모른다.

멀리멀리 가고 싶다. 저 멀리 가서, 능숙하게 말할 수 있을 때까지 아무하고도 만나고 싶지 않다. 언젠가 집으로 돌아와 현관문을 열어젖히며 "다녀왔습니다(다다이마)!" 하고 큰 소리로 외칠 수 있다면 얼마나 좋을까!

하시민 기요시코는 좀처럼 모습을 드러내지 않았다.

12월의 밤하늘은 "쨍", 소리가 날 것 같이 맑게 개어 있고 수많은 별들이 빛나고 있는데, 소년이 자는 방 창문은 가끔씩 마른 나뭇가지가 바람에 날려 와 부딪히며 타닥타닥 소리를 낼 뿐이었다.

크리스마스 이브는 학교 종업식 날이기도 하다.

성적표를 받았다. 3단계 평가로 나누어진 학습 기록란은 지난번 학교에서와 마찬가지로 전 과목 '참 잘했어요'였지만, 똑같이 3단계 평가로 나누어진 생활 기록란에는 '좀 더 열심히'라는 항목 하나만 있을 뿐이었다. 지난번 학교에서는 '자신의 의견을 확실히 말한다.'라는 항목이 '보통'이었는데.

오늘은 학부모 면담이 있었다. 엄마는 담임 선생님께 들은 이야기를 소년에게는 전해 주지 않았지만 밤늦게 엄마 아빠가 나누는 이야기가 소년의 방으로 새어들어 왔다.

부모님은 거실에 계셨다. 이야기 중간부터 엄마는 말소리에 흐느낌이 섞여 있었다. 회사 망년회를 마치고 밤늦게 돌아온 아빠는 엄마의 이야기에 불쾌한 듯한 반응을 보이면서 때때로 고향 사투리를 써 가며 짤막한 말로 대꾸를 했다.
 아빠는 술에 취해 집에 돌아오면 사투리를 쓴다. 소년에게도 시골 말로 말해 보면 어떻겠냐고 한 적이 있다. 그러는 게 긴장이 풀려 말도 막힘 없이 끝맺을 수 있지 않겠느냐고. 잘 모르겠다. 괜히 사투리를 쓰면 마츠자키 패들한테 더 심하게 놀림을 당할 것 같은 기분도 들고, 아빠한테는 그리운 고향일지 모르지만 소년에게는 여름 방학이나 설날에만 내려가는 먼 곳이다. 뭐 그다지 이상할 건 없을 텐데, 아빠는 말한다. "니, 두 살인가 세 살 때 시골에 계신 할머니가 널 맡아 키워 주셨는디 기억나남?" 엄마는 그만 하라, 고 했다. 그 이야기만 나오면 꼭 말을 가로막는다. 평소 같으면 중간에 말을 가로막는 엄마에게 화를 낼 터이지만 아빠는 엄마와 맞서지 않는다. 자신이 한 말을 후회하는 듯, "그런 적이 있잖여, 내 말은 그냥 그랬다고." 하며 고개를 주억거리는 것으로 이야기는 끝나 버린다.
 어젯밤 부모님의 대화는 아빠가 한숨을 섞어 가며 말한 이 대목에서 끝이 났다.
 "뭔 수를 써도 당최 제대로 말을 할 수 있을 것 같지가 않어. 평생 저 지경으로 살 거인감······."
 엄마는 소리 죽여 흐느끼고 있었다. 소년은 머리끝까지 이불을 덮어쓰고 억지로 눈을 꼭 감았다. 기요시코는 그날 밤도 와 주지 않았다. 바람이 거센 밤이었다. 가스탱크에 바람이 부딪혀 휘이잉 하고 휘파람 소리 같은 게 한참 동안 들렸다.

종업식이 끝나고 답답한 기분으로 돌아와 성적표를 보이자 엄마는 괜찮다며 웃었다.

"전학 온 지 얼마 안 되니까 담임 선생님이 기요시의 좋은 점을 아직 발견하지 못하신 거야."

엄마의 말이 조금은 의외로 들렸다. 하지만 어젯밤 아빠가 한 말이 귓속에서 완전히 사라진 것은 아니었다. '제대로'란 말은 무슨 뜻일까?

마음속으로는 얼마든지 자연스럽게 이야기할 수 있는데. 하루 종일 떠들어도 모자랄 만큼 하고픈 말들이 많은데.

저녁에 어린이회의 크리스마스 파티에 갔다. 서른 명쯤 되는 사람들이 구민 회관 넓은 강당에 모였는데 그 중에는 마츠자키와 다나카도 있었다. 두 아이는 소년이 들어온 것을 보고 서로 얼굴을 마주하며 귓속말을 주고받고서 키득거렸다. 소년은 두 사람에게서 멀찍이 떨어진 장소에 엉덩이를 깔고 앉아 무릎을 양팔로 꽉 껴안았다.

크리스마스 파티라고는 해도 그리 대단한 것은 아니었다. 회관에서 일하는 한 아주머니가 과자가 든 봉투를 아이들에게 나누어 주고, 5학년과 6학년이 무대에서 성냥팔이 소녀 연극을 하고, 산타 할아버지 분장을 한 아저씨의 사회로 제스처 게임을 한 다음 마지막으로 모두가 크리스마스 캐럴을 합창했다.

소년도 큰 목소리로 따라 불렀다. 멜로디가 붙은 말은 목구멍에서 막히지 않는다. 〈기요시코의 밤〉도 불렀다. 낡은 오르간 반주는 이따금 공기 빠진 소리를 냈고, 오르간을 치는 아주머니는 음을 자주 틀렸고, 지휘를 맡은 산타 할아버지는 손동작이 영 엉망이었다. 하지만 소년은 열심히 불렀다. 기요시코와 만나고 싶다, 만나고 싶다, 속으로 기도하며 노래했다.

프로그램에 따르면 크리스마스 파티는 합창이 마지막 순서인데, 노래가 끝나자 회관 직원인 아주머니가 무대 위로 올라와 한 마디 했다.

"잠깐만요, 여러분. 좀 들어주세요. 새로 어린이회에 들어온 친구를 소개하겠습니다."

마츠자키가 "우와, 우와!" 하고 도깨비처럼 소리를 질렀다. 다나카는 일어나 사람들이 앉아 있는 자리를 둘러보고 "저쪽이야, 저쪽." 하며 소년이 있는 쪽을 가리켰다.

숨이 콱 막혔다. 이런 순서가 있을 거라는 이야기는 들은 적이 없는데. 얼굴이 화끈거렸다. 혀가 안으로 말리고 침을 삼키려 해도 입속은 이미 바짝 말라 있었다.

"자자, 일어나세요."

별 수 없이 그 자리에서 일어났다. 아주머니는 소년의 이름을 사람들에게 소개하고, "자, 앞으로 잘 부탁합니다." 하고 말했다. 소년이 살짝 목례를 했더니 모두들 박수를 쳐 주었다. 그런 자리가 거북하고, 쑥스럽기도 해서 소년은 입만 약간 벌려 히죽 웃었다.

마츠자키가 아주머니에게 말을 걸었다.

"엄마, 자기소개를 하라고 해야지."

그 아주머니가 마츠자키의 엄마라는 것을, 그제야 알았다. 아주머니가 왜 소년을 갑자기 사람들 앞에 소개시켰는지도.

"자, 모이신 분들께 자기소개를 하세요."

아주머니가 말했다. 일단 잦아든 박수 소리가 다시 소년을 에워쌌다.

"이름을 말하라고!"

다나카가 두 손을 나팔 모양으로 입에 대고 채근했다.

"성만 말하지 말고 이름까지 말하는 거 잊지 마!"

소년은 고개를 떨구었다. 심호흡, 심호흡, 심호흡……. 숨을 들이쉬어도 가슴까지 전달되지 않는다. 목구멍이 갑자기 오그라들었다. 혀가 딱딱하게 굳어 전혀 움직이지 않는다.

"왜 그러니?"

아주머니가 묻는다.

"빨리 해!"

마츠자키가 끝까지 실실 웃으며 재촉한다. 객석은 술렁이기 시작했다. 차라리 사람들이 자기들끼리 계속 떠들어 대면 좋을 텐데, 아주머니는 "네네, 조용히 하세요!" 하고 큰 소리로 사람들을 집중시켰다.

소년은 아래로 떨군 얼굴을 들 수가 없었다. 숨을 쉴 수가 없다. 이름은 말하지 말자, "잘 부탁합니다(오네가이시마스)." 한 마디만 하자. 그 말에는 막히는 단어가 없으니까. '오네가이'의 '오'도 괜찮다, '시마스'의 '시'도 잘 할 수 있는데, 소리가 나오지 않는다. 아무리 애를 써도 나오지 않는다. 숨을 쉴 수가 없다. 가슴이 답답하다. 도와줘,

기요시코…….

하지만 기요시코는 모습을 드러내지 않았다. 기요시코는, 아무 데도 없다.

소년은 뛰기 시작했다. 앉아 있던 사람들과 부딪쳐 휘청 넘어질 뻔했지만 멈추지 않고 달려 현관을 지나 구민 회관을 빠져 나왔다. 집까지 내처 달렸다. 한 번도 뒤를 돌아다보지 않았다. 과자 봉투를 들고 나오는 것도 잊고, 가스탱크 밑둥치 곁을 스쳐 달렸다. 흐린 하늘이었다. 별도, 달도 보이지 않는다. 가스탱크는 마을의 불빛을 되비치고 있을 뿐이었다.

아빠는 소년보다 먼저 돌아와 있었다. 식탁 위에는 평소보다 더 많은 음식들이 차려져 있었고, 세 살 어린 여동생 나츠미는 크리스마스 선물로 받은 인형을 무슨 보물인 양 가슴에 끌어안고 있었다. 조그만 크리스마스 트리에 휘감은 알전구들이 깜박거리고 있다. 솜으로 만든 눈이 그 빛을 받아 빨강, 초록으로 물든다.

"기요시, 선물 풀어 봐라."

맥주를 마시고 있던 아빠는 기분 좋은 표정으로 파란 리본이 달린 꾸러미를 건넸다. 백화점 포장지 밑으로 선물 상자의 그림과 글자가 비쳤다. 어뢰정 게임기가, 아니었다.

소년은 꾸러미를 두 손으로 받아들고 가슴에 끌어안았다. 고개를 숙인 채 상자 포장에 그려진 비행정 그림을 쳐다보았다. 그 전부터 쭉 갖고 싶었어, 속으로 뇌까렸다.

나는 비행정이, 예전부터, 쭉, 무지무지 갖고 싶었어.

"고맙습니다, 안 하니?"
엄마가 말했다.
그 순간 다시 숨이 막혔다. 목구멍이 바싹 오그라들고 혀가 딱딱해졌다. 턱 근육을 누가 꽉 잡아당기는 것처럼 아팠다.
웃고 있던 엄마 아빠의 얼굴이 점점 어두워지는 것을, 보았다.
소년은 두 손으로 선물 꾸러미를 번쩍 들고 그대로 장식장 모서리에 짓찧었다. 뭔가 으스러지는 소리가 났다. 엄마가 비명을 지르고 동생 쪽으로 달려가 나츠미를 품에 감싸 안았다. 다시 한 번 선물을 내리쳤다. 엉거주춤 일어난 아빠가 손을 뻗어 제지하려 했다. 소년은 그 손을 뿌리치고 꾸러미를 장식장 모서리에 다시 내리쳤다. 온 힘을 다해 내리치고, 다시 한 번 내리치고, 흐느끼면서 또 내리치고······.
모처럼의 크리스마스 이브는 엉망이 되어 버렸다. 나츠미가 기다리고 기다리던 크리스마스 케이크는 초도 꽂지 못하고 냉장고 안으로 들어갔다. 크리스마스 트리도 소년이 소동을 부리던 와중에 쓰러져 금색 알전구가 박살났다.
아빠에게 꾸중을 들은 소년은 '미안해요(고멘나사이).'의 '고' 발음을 하지 못해, 다시 울음을 터뜨렸다. 엄마도 울고 있었다. 아빠는 소년이 잘못을 빌지 않은 것에 대해서는 야단치지 않았다.
"오늘 밤은 목욕하지 않아도 되니까 그만 들어가 자라."
엄마의 말에 소년은 훌쩍거리며 이불 속으로 들어가 동그랗게 몸을 말고, '미안해요.' '미안해요.' 하고 속으로 거푸 되뇌이다, 잠이

들었다.

　한밤중에 눈을 떴다. 집 안은 고요했지만 방은 달빛으로 어슴푸레 밝았다. 창가의 커튼이 걷혀 있었기 때문이다. 별들이 보였다. 방과 하늘 사이에는 유리창이 가로막혀 있다. 소년이 잠들기 전까지는 구름 낀 흐린 하늘이었는데, 반짝이는 별빛이 뚝뚝 떨어질 듯 또렷이 보였다.
　소년은 자리에서 일어나 앉았다. 예감이 들었다. 뭔가 기운이 느껴졌다.
　기요시코가, 여기에, 있다.
　놀러 와 주었어!
　한참을 기다려 온 친구와 드디어 만나게 됐다.
　"안녕(곤방와)."
　소년은 창가를 향해 말했다. 어라, 이것 봐. '고' 발음이 막힘 없이 나왔네.
　옆자리에서 나츠미가 자고 있다. 잠이 깰 기미는 보이지 않는다.
　소년은 계속해서 말했다.
　"기요시라고 해, 나는."
　기요시코는 웃으며 알고 있다고 했다. 어른인지 아이인지, 여자인지 남자인지도 가늠할 수가 없다. 하지만 다정한 목소리였다.
　어디서 들려오는 걸까? 눈에는 보이지 않는다. 하지만 기요시코는 있다. 그 기운을 확실히 느낄 수가 있었다. 저쪽에, 이쪽에, 저기, 거기에도……, 이 방 어디에든.

"넌 잘못된 게 아니야."

기요시코는 말했다.

"너는, 제대로 말하고 있어. 다만 별로 능숙하지 않을 뿐이야."

그러고 나서 다시 한 번 "잘못된 게 아니야." 하고 힘주어 말했다.

어딨어?

기요시코가 있는 곳을 알고 싶었지만, 그건 별로 상관없지 싶었다. 기요시코는 여기에 있다. 그것으로 된 거다.

"네 얘길 들려 줘."

기요시코의 목소리엔 웃음기가 묻어 있다.

"듣고 싶어?"

소년이 묻자, "물론이지." 하며 대답하는 그 소리엔 더욱 진한 웃음이 묻어난다.

소년은 숨을 한번 크게 들이마시고 이야기를 시작했다.

학교 이야기, 반 아이들 이야기, 가족 이야기, 텔레비전 이야기, 만화 이야기, 하고픈 이야기는 꼬리에 꼬리를 물고 샘솟았다. 꼭 함께 나누고픈 우스갯소리도 가르쳐 주었다. 기요시코는 소리 내어 웃어 주었다. 자기가 재미있다고 생각한 이야기를 해 주었을 때 상대도 재밌어하며 웃는 모습을 보는 건 얼마나 멋진 일인가? 소년은 아주아주 기뻤다. 또 있어. 아직 해 줄 이야기가 남았어. 소년은 신이 나서 이야기를 계속했다.

기요시코는 한참 동안 들어 주었다.

"응, 응. 그래. 맞아."

기요시코는 그때마다 맞장구를 쳐 주었다.

"그래서? 그 다음에는 어떻게 됐는데?"

꼭 그네의 뒤를 밀어 주듯이, 다음에 나올 이야기를 기대했다. 생각대로야. 기요시코가 말동무가 되어 준다면 마음속에 있던 말들을 있는 그대로 다 할 수 있어. 기분 좋다, 무지 기쁘다.

그러니까……

"저기……"

소년이 말을 꺼냈다. 불안했는지 목소리가 떨렸다. 밝게 말할 생각이었는데, 마음속 수다쟁이는 걱정이 있을 때는 아무렇지도 않은 척 꾸밀 수가 없다. 이럴 땐 꽤나 불편하다.

"앞으로도 계속 곁에 있어 줄 거지? 아직 돌아갈 건 아니지?"

기요시코는 질문에 대답 대신 물었다.

"슬펐던 일을, 세 가지만 말해 봐. 3위부터 순서대로."

"왜?"

"속마음을 이야기를 할 때 즐거운 일만 말하는 건 규칙 위반이야. 야구 게임도 그렇잖아. 공격한 다음엔 수비도 해야지."

처음에는 싫었다. 하지만 즐거운 이야기를 계속하는 동안 생각해 보니, 마음이 훨씬 넓어진 것 같았다. 서랍 안에 빼곡히 차 있던 물건들을 구석구석 헤쳐 놓으면 깊숙이 들어 있던 것들을 꺼내기 쉬워진다. 그것과 똑같다. 마음속 깊이 묻어 두었던 슬픈 이야기는 상상도 못 할 정도로 간단히, 술술 밖으로 흘러나왔다.

"백화점에서 미아가 된 적이 있어."

소년은 말했다. 유치원 다닐 무렵의 이야기다.

엄마하고 나츠미랑 같이 백화점에 갔을 때 잠깐 한눈을 판 사이에 엄마를 놓치고 말았다.

백화점은 사람들로 붐볐다. 어른들의 다리로 가로막혀 나무숲 속에 들어와 있는 것 같았다. 무서웠다. 어른들의 말소리가 빗방울처럼 머리 위로 쏟아져 내렸다. 여자들 목소리는 전부 다 엄마 목소리처럼 들렸는데, 얼굴을 들면 한 번도 본 적이 없는 낯선 아주머니만 보였다. 매장 안을 끝도 없이 헤매 다니고 중간중간 뛰어가 보기도 하다가 안내 방송으로 자신의 이름을 들었을 때에는, 얼굴은 이미 울상이 되어 있었다.

가까이 있던 점원에게 "저예요, 아까 방송으로 이름이 나온 아이가 저예요." 하고 이름을 대려고 했다. 그런데 '나(보쿠)'의 '보'가 막혀서 나오지 않았다.

애가 타 큰 소리로 울음을 터뜨리고 말았다. 울음소리를 들은 엄마가 달려오기까지 눈물도 나오지 않는 목멘 소리로 한참을 울었다.

"두 번째로 슬펐던 일은?"

기요시코가 다시 물었다.

"오늘 있었던 일."

소년은 곧바로 대답하고는 오늘 너무 슬펐다고 덧붙였다.

"내가 싫어하는 일들이 하루 내내 일어났어."

기요시코는 말했다.

"알고 있어. 오늘 있었던 일은."

"보고 있었어?"

"보진 않았지만, 알아."

"그럼 말하지 않아도 돼?"

"말하고 싶지 않으면, 안 해도 돼. 하지만 오늘 있었던 일은 슬픈 이야기가 아니라 속상했던 이야기인 것 같은데."

기요시코는 웃는다.

슬픈 이야기와 속상한 이야기는, 어디가 어떻게 다른지 소년은 잘 알 수가 없었다. 하지만 기요시코는, 어른이 되면 알게 된다며 다음 이야기로 넘어갔다.

"그럼, 지금까지 살면서 가장 슬펐던 일을 말해 줘."

소년은 그날, 세 살이 되기 전 그날의 이야기를 했다.

할아버지가 주신 귤을 먹고 할머니가 차려 주신 아침밥을 먹었던 일까지 이야기한 다음 "나중에야 엄마가 가르쳐 줬어." 하고 말했다.

부모님이 소년을 할아버지 댁에 맡기고 떠난 것은 엄마가 나츠미를 가졌기 때문이었다. 엄마가 임신으로 몸이 안 좋아져 집안일을 할 수 없게 되자 소년을 할아버지 댁에 맡긴 것이다. 부모님은 소년이 울고 떼를 쓰면 곤란하니까 미리 아무 말도 해 주지 않고 할아버지 댁에 소년을 남겨 두고 떠난 것이다.

"엄마는 지금도 미안하대. 사실 날 맡기고 싶지 않았다고 만날 얘기해."

기요시코는 잠자코 있었다. 소년은 이야기를 계속했다.

"한참 뒤에 아빠가 데리러 와 둘이서 기차를 타고 돌아왔지만 나는 아빠와 한 마디도 하지 않았어. 하고 싶은 이야기는 많았지만 쑥스러웠고, 돌아가는 게 기쁘기도 하고 슬프기도 해서 아무리 애를 써도 말이 나오지 않아 오는 길 내내 창 밖만 바라보고 있었어."

역 플랫폼에는 갓 태어난 나츠미를 안고 엄마가 마중을 나와 있었다. 엄마는 눈물을 그렁그렁 달고 입가에는 미소를 지으며 어서 오라고 손짓했다. "저 왔어요(다다이마)."란 말을 하고 싶었지만 말할 수 없었다. 목구멍에 걸려, 말이 막혀서……, 아무 소리도 낼 수가 없었다.

"지금도 기억하고 있어. 말하고 싶은데 말할 수가 없는 건, 너무 괴로운 일이야, 정말이지 울고 싶을 정도로 괴로운 일이야. 엄마가 바로 눈앞에 있는데도 아주 아주 멀리 있는 것 같아 너무나 슬펐어."

소년은 눈에 눈물이 그득했다. 기요시코가 휙, 사라졌다.

소년은 창 밖을 바라보면서 여전히 눈물을 흘렸다.

"눈을 감아."

기요시코의 목소리가 멀리서 들려왔다.

소년이 눈을 감았더니 무언가에 빨려들어가듯 몸이 공중으로 떠올랐다. 흐느끼다 숨을 들이쉬고 내뱉으면서 다시 한 번 들이마셨을 때, 기요시코가 말했다.

"이제 됐어."

눈을 떴다.

불빛이 동동 떠 있는 마을이 드넓게 펼쳐졌다. 가스탱크의 꼭대기……, 소년은 자기도 모르게 "우와!" 하고 환호성을 질렀다. 전혀 무섭지 않았다. 자기가 끔찍이도 싫어하는 녀석들이 있는 정 떨어지는 마을이건만, 수많은 빛들이 산산이 널려 있는 마을은 별들이 수놓은 밤하늘에 뒤지지 않을 만큼 아름다웠다.

"좋은 것 하나 가르쳐 줄게."

기요시코가 말했다. 여전히 모습은 보이지 않았지만 바로 곁에 있다는 느낌은 방 안에 있을 때보다 더 확실히 전달되었다.

"조금 전에 네가 한 이야기 중에서 네가 하나 잊은 게 있어."

"뭔데?"

"역 플랫폼에서 '저 왔어요.'란 말을 못 했다고 했지? 그 다음에 넌 어떡했니?"

"울었지. 더 이상 참을 수가 없어서 울음을 터뜨렸어."

"그 다음엔 어땠는지 기억 안 나니?"

소년은 잠자코 고개를 끄덕였다.

"가르쳐 줄게. 너는 엄마 품에 안겼어. 엄마도 아빠에게 동생을 건네고 널 품에 꼭 안아 주셨고 말이야. '어서 와라, 잘 왔다. 그래, 그래. 잘 왔어.'라고 몇 번이나 말씀하셨지. 넌 '저 왔어요.'란 말은 하지 않았지만, 그 대신 엄마 품에 안겨서 엄마를 꼭 껴안고 떨어지지 않았잖아."

그랬나? 확실히 기억나지 않는다. 하지만 그 말을 듣고 보니 자신을 꽉 끌어안아 준 엄마의 양팔과 가슴의 감촉이 어렴풋이 떠올랐다.

"눈을 감고, 들어 봐. 더 좋은 얘기를 해 줄게."

"응."

"누군가에게 무언가를 전하고 싶을 때는 그 사람 품에 안겨서 말을 하면 좋아. 안기는 것이 부끄러우면 손을 마주 잡기만 해도 되고."

꽉 감은 것도 아닌데 눈꺼풀이 들러붙어 눈을 뜨려 해도 떠질 것 같지 않았다.

"품에 안겨 말을 할 수 있을 때가 있으면, 말하지 못할 경우도 있을 거야. 하지만 누군가에게 안기거나 손을 맞잡으면, 네 마음속에 있던 생각은 꼭 그 사람에게 전해져. 그것이 진정으로 전하고픈 이야기라면······, 전해진다. 꼭."

소년은 고개를 끄덕였다. 그때를 기다렸던 것처럼 다시 몸이 공중으로 붕 뜨는 느낌에 휩싸였다.

"너는 잘못된 게 아니야. 외톨이가 아니야. 외톨이인 사람은 이 세상에 단 한 명도 없어. 네가 안고 싶은 사람이나, 손을 맞잡고 싶은 사람은 어딘가에 반드시 있고, 널 안아 줄 사람이나 네 손을 잡아 줄 사람도 이 세상 어딘가에 꼭 있어."

기요시코는 마지막으로 덧붙였다.

"지금 내가 한 말 잊지 마."

소년은 다시 한 번, 이번에는 좀 더 강하게 고개를 끄덕였다.

그 순간, 기요시코는 사라지고 눈꺼풀이 가벼워졌다.

소년은 눈을 뜬다. 방으로 돌아와 있었다. 옆자리에선 나츠미가 좀 전과 다름없는 모습으로 잠들어 있다.

잠시 기다려 보았지만 기요시코는 다시 돌아오지 않았다.

창밖으로 보이는, 희미하게 벗어지기 시작하는 하늘에서 별들이

"안녕, 안녕." 하며 손을 흔드는 것처럼 반짝였다.

다음 날 아침 소년은 눈을 뜨자마자 제일 먼저 부엌으로 달려갔다. 아침 준비를 하고 있던 엄마를 허리 뒤에서 꼭 끌어안았다.

"엄마아."

기요시코가 말한 대로 엄마의 부드럽고 따뜻한 몸을 안고 있자니 기분이 편안해지고 몸과 마음속 깊은 곳에 있던 무언가가 사르르 녹아드는 것 같았다.

"어젯밤, 미안했어요(고멘나사이)."

말은 목구멍에도, 턱에도 걸리지 않고 술술 나왔다.

엄마는 몸을 돌려 뭔가 말하려 했지만, 그 전에 소년은 부엌에서 마루로 달려나갔다. 텔레비전 뉴스를 보고 있던 아빠는 텔레비전에서 눈을 떼지 않고 찡그린 얼굴 위로 눈썹을 움찔거리면서 물었다.

"너 말여 진짜로는 어뢰정 게임기가 갖고 싶었던 거지? 네 엄마가 워쩌면 그럴지도 모른다고, 나중에 말하던디……, 워찌 된 거이냐?"

소년은 아빠도 등뒤에서 끌어안았다. 옷에 밴 담배 냄새를 가슴 가득 들이마셨다. 아빠는 멋쩍었는지 웃으면서 말을 이었다.

"애기처럼 시방 뭣 하는 거냐? 어뢰정 게임기가 갖고 싶으면 그렇다고 말했음 좋았을 거 아니냐."

"어, 어, 어, 어뢰정 게, 게, 게이임(교, 교, 교, 교라이센 게, 게, 게이임)."

끌어안고 말을 해도 제대로 말이 나오지 않았다. 하지만 아빠의 넓은 등에 이마와 콧등을 대고 말하니 평소보다 훨씬 덜 더듬은 것 같은 느낌도, 든다.

"생일날 사 줄 거구만."

아빠가 말했다. 약간 성이 난 목소리였지만 소년을 등에서 떼어 내려고 하지 않았다. 생일은 3월. 소년은 일곱 살이 된다.

부엌에서 나는 프라이팬 소리가 약간 커졌다. 계란 프라이를 하고 있던 엄마가 프라이팬 속의 달걀을 젓가락으로 휘저었다.

계란 프라이보다 스크램블드에그를 더 좋아하는 소년은 아빠의 등에서 얼굴을 뗐다.

'아, 이제 됐다.'

온몸의 긴장이 풀렸다.

나츠미는 부엌에서 아침밥 대신 어젯밤 크리스마스 케이크를 먹겠다고 고집을 부렸지만 케이크의 크림과 스폰지는 분명 딱딱하게 굳었을 것이다. 상가에 흐르는 음악도 내일부터는 새해맞이 노래로 바뀌어 있겠지.

기요시코는 하늘로 돌아가 버린 걸까? 이제 두 번 다시 만나지 못하는 걸까?

"우유 좀 가져올래?"

엄마의 말을 듣고 소년은 문 밖 복도로 나갔다. 가스탱크가 정면으로 보인다. 아침 해를 받아 오렌지빛을 발하고 있었다. 문 옆에 놓여 있는 우유통의 뚜껑을 열었다. 우유 두 병과 과자가 든 비닐봉지가 있었다. 어젯밤 크리스마스 파티에서 잊고 온 과자였다.

마츠자키와 다나카의 얼굴을 떠올리고, 뭐야 이 녀석들, 입술을 샐

룩거렸다. 뭐야, 정말 이 녀석들, 싫어 죽겠어…….
봉지를 열고 밀가루로 빚은 레몬 과자를 입에 넣었다.
새콤달콤한 작은 알갱이가 혀 위로 톡톡 튀다 녹아 없어졌다.

흰 개망초꽃을 줄기부터 잡아뽑으면 꽃가루 때문에 손가락에 얼룩이 진다. 꽃을 버리고 반바지 엉덩이춤에다 손을 문지른다. 주니치 드래곤즈 야구팀 모자를 벗고 땀으로 뭉친 머리카락을 바람결에 날린다. 아스팔트가 되쏘아 대는 햇빛이 두 눈을 찌른다. 아침 나절에 시끄러울 정도로 울어 대던 매미도 오후에 접어든 지금은 어디로 사라졌는지, 귓가에 들리는 것은 쌩쌩 스쳐 지나가는 자동차 소리뿐이다.

"오빠! 버스 왔어."

엄마의 손을 잡아끄는 나츠미가 소년을 돌아보며 소리쳤다. 소년은 말없이 모자를 고쳐 쓴다. 눈썹 아래로 깊숙이 눌러쓴다. 엄마에게 얼굴을 보이고 싶지 않았다. 버스에 올라탔다. 나무 판자를 덮은 버스 바닥, 꽤나 낡은 차량이다. 기름 냄새가 코를 찔러 밑을 향한 얼굴은 저절로 찡그려졌다.

비어 있던 2인용 자리에 엄마가 먼저 앉고 나츠미를 무릎에 앉힌 다음 앉았다. 유치원에 다니는 나츠미는 엄마가 자기를 너무 아기

취급하는 것 같았는지 약간 버둥거렸지만 엄마는 개의치 않고 소년에게 옆에 와 앉으라고 했다.

화가 난 게 아니다. 소년도 그걸 안다. 엄마를 화나게 한 것이 아니라, 슬프게 만들었다는 걸 알기에 옆자리에 앉아서도 모자 챙을 푹 눌러쓴 채 올리지 않은 것이다. 무릎 위로 꼭 쥔 오른손 주먹이 이젠 욱신거린다.

버스가 달리기 시작하자 엄마는 가볍게 숨을 내쉬고 기분을 좀 바꿔 보려는 듯 미소를 지어 보였다.

"처음에는 긴장되니까 어쩔 수 없는 거지."

소년은 아무 대답도 하지 않는다. '미안해요(고멘나사이).'란 말을 할 수가 없다. 아까부터 '고' 발음이 목구멍에 걸린 채 나오지 않고 있다.

"첫날이니까 그런 일, 자주 있다고 하시잖니. 그러니 선생님께서도 전혀 화를 내시지 않는 거지. 그 아이도 상처가 날 정도는 아니니까, 괜찮아."

"응."

"내일 조회 시간에 미안하다고 말하면 되니까, 됐어. 괜찮아."

그 말을 할 수 있을 정도라면, 처음부터 싸움은 일어나지도 않았겠지. 사과하기 전, 아니 싸움으로 번지기 전에 장난을 거는 녀석에게 '그만둬.'라고 한 마디만 할 수 있었던들, 울컥하는 마음에 발음이 막히지만 않았던들, 이 지경까지 되지도 않았을 터이다.

소년은 오른쪽 주먹을 좀 더 세게 쥐었다. 스트레이트, 아니 팔꿈치가 구부러져 있었으니 그건 라이트 훅이었다. 《내일의 죠》(일본 어린이에게 큰 인기를 모은 치바 데츠야의 권투 만화—옮긴이)에서 배운 대로, 레프트 잽부터 라이트 스트레이트까지 멋지게 바꿔 가면서 날리지는 못했지만, 한 방으로 끝냈다. 녀석은 쓰고 있던 드래곤즈 야구 모자를 발 앞에 떨어뜨리고 왼뺨을 두 손으로 감싸고는 울음을 터뜨렸다. 약해빠진 녀석이었다. 소년과 똑같은 야구 모자를 쓰고 있던 걸 보면 그 녀석도 분명 드래곤즈의 팬일 텐데, 저래 갖고는 자이언츠의 팬 녀석들 같은 꼬락서니와 다를 게 뭔가.

엄마는 나츠미를 무릎에 앉힌 채 불편한 손동작으로 핸드백에서 복사한 종이 다발을 꺼냈다.

"그 아이, 이름이 뭐니?"

참가자 명단 페이지를 펼친다.

표지에 적힌 '수다쟁이 여름 세미나 1971'란 문구가 소년의 눈에 들어왔다. 소년은 알고 있다. 그 이름은 참가하는 아이들을 배려해 붙인 명칭일 뿐, 정식 명칭은 표지 구석에 작은 글씨로 적혀 있는 '말더듬이 교정 프로그램'이었다. '말더듬이'의 뜻이 뭔지 안다. '교정'이란 말도, 대충은.

엄마는 명단이 나온 페이지를 소년에게 내밀었다.

"응? 이름 뭐야? 이름은 알고 있지?"

소년은 '가토 다츠야'라고 적힌 곳을 손가락으로 가리켰다.

"가토라고 하니?"

"응."

"집은 미나토구라고? 꽤 먼 데 사는구나."

거기까지는 모른다. 그 녀석, 가토는 소년이 맨발에 신고 있는 슬리퍼를 아침부터 몇 번이나 짓밟고, 소년이 공책을 꺼내 읽고 있을 때 옆에서 책상을 흔들어 지우개를 떨어뜨리기도 하고, 일부러 지우개 찌꺼기를 소년에게 훅 불어 넘기기도 하다가, 결국 소년에게 한 대 얻어맞고 울음을 터뜨린 것이다. 다시 말해서 서로, 말은 한 마디도 나눈 적이 없는 셈이다.

"선생님께 들었는데 올해로 3년째래, 그 아이. 장난꾸러기 같지만 혼자서 여기까지 꾸준히 다니는 걸 보면 의외로 착실한 애 아니니?"

"내일부터 나도 혼자서 갈 수 있으니까, 뭐."

"그런 말이 아니고, 웬 심통이야."

엄마는 씁쓸히 웃고 종이 다발을 핸드백 안에 집어 넣었다.

소년은 버스 통로 건너편, 엄마와는 반대편 창을 건너다보고 있다. 스쳐 지나가는 거리 풍경은 아파트 근처보다 훨씬 번화하고 높다란 빌딩도 줄지어 서 있는데, 어린 아이들은 전혀 보이지 않았다.

지루해서 몸을 비트는 나츠미에게 엄마는 창밖을 가리키며 말을 걸었다.

"어머나, 저기 좀 봐라. 텔레비전 송신탑이 보이네."

철골을 엮어 쌓아올린 이 송신탑은 인구 200만 명이 넘는 N시의 상징이었다. 5월 들어 사회 시간에 견학을 간 적이 있다. 땅 위에서 올려다 본 송신탑은 마치 거대한 괴물의 모형 뼈대 같았고, 목걸이처럼 걸려 있는 전망대에 올라가서 내려다본 집들은 하나하나 거의 분간할 수가 없을 정도로 조그맣게 보였다. 성이 보인다. 높이 떠 있는, 신칸센(고속 철도)의 선로가 보인다. 멀리 산도 보인다. 항구 주위에 모여 있는 공장들은 굴뚝에서 뿜어 내는 연기에 쌓여 있고, 그 앞으로 도시의 중심을 지나는 널따란 강의 하구가 보인다. 2학년 여름까지 살던 가스탱크가 있는 마을은 그 강 건너편, 산을 넘어간 곳에 있다.

견학을 마친 다음 날 학교에서 작문을 했다. 소년은 송신탑에 대한 말은 한 줄도 쓰지 않았다. 작문은 원래 가장 자신 있었지만 담임인 모리 선생님은 가장 중요한 부분을 빠뜨렸다면서 좋은 점수를 주지 않았다. 모리 선생님은 작문을 한 사람씩 소리 내어 읽게 한다. 어쩔 수 없다. 텔레비전 송신탑을 쓰면 분명히 '델' 부분에서 말이 막혀 버릴 테니까, 그 이야긴 빼는 수밖에.

여름 방학 숙제 중에는 작문도 있다. '여름 방학의 추억'이라고 제목이 정해져 있다. '수다쟁이 여름 세미나'라면, 막히지 않고 말할 수 있다. 하지만 쓰고 싶지 않다. 절대 그 이야기는 쓰고 싶지 않다. 그런 것을 여름 방학의 추억거리라고 하고 싶지 않았다.

가토의 얼굴이 다시 떠올랐다. 올해로 3년째 다닌다는 말은 초등학교 1학년 때부터 해마다 다니고 있다는 말 아닌가. 프로그램은 오봉(음력 7월 보름, 우리 나라의 추석 같은 명절-옮긴이) 연휴를 사이로 앞뒤 열흘씩 여름 방학의 절반을 차지한다. 그 녀석은 매년 여름 방학을 절반밖에 즐기지 못했구나, 생각하니 가토의 몸이 더 조그맣게 그려진다.

눈앞이 갑자기 밝아졌다. 엄마가 손을 뻗어 야구 모자 챙을 잡아 올린 것이다.

"초조해할 것 없어. 힘내자, 응? 그럴 거지?"

엄마가 웃으며 말했다.

소년은 잠자코 고개만 끄덕였다.

"거기 오는 아이들은 모두 다 똑같으니까 가토하고도 친구가 될 수 있을 거야."

이번에도 아무 말 없이 고개만 끄덕거렸다.

학교별로 반을 나눈 세미나에 3학년은 소년을 포함해 열여덟 명이 참가했다. 자신처럼 말이 걸려 제대로 나오지 않는 아이들과 만나는 것은, 생각해 보니, 태어나 처음이었다.

"2학기에는 모리 선생님을 깜짝 놀래 드려야지."

엄마가 말했다.

"됐어, 뭘."

소년은 작은 목소리로 답하고 모자 챙을 다시 눌렀다.

세미나에 참가하기를 강력히 권한 것은 모리 선생님이었다. 초등학교 2학년까지는 부모님도 선생님도, 그리고 소년 자신도 어쩔 수 없다고 포기하고 있던 말 더듬는 증상을 3학년부터 담임을 맡은 모리 선생님은 '장애'라고 잘라 말했다. 전쟁이 발발하기 전 사범 학교를 졸업한, 나이가 지긋한 선생님이다. 어린이는 엄하게 가르쳐야 한다고 믿는 선생님이었다.

그런 모리 선생님의 말에 따르면 말을 더듬는 것은 틀림없는 언어

장애이며, 소년은 '장애아'인 것이다.

이대로 가다간 어른이 되어서도 다른 사람하고는 말하지 않아도 되는 일, 예를 들면 장거리 트럭 운전사 같은 일밖에 할 수 없다고, 선생님은 5월 가정 방문의 날 엄마에게 말했다.

엄마는 속이 상해 그 자리에서 되받아친 모양이다.

"우리 애 아빠가 운송 회사에 다니는데요."

선생님이 돌아간 뒤 엄마는 뿌듯하다는 듯 소년에게 말했다.

"갑자기 속이 울컥해서 아무 소리 못 하게 대꾸해 줬지."

모리 선생님이 무안해하는 표정을 상상하면서 소년도 속으로, 헤헤, 그것 봐라, 하며 웃었다.

"정말이지 무례한 사람이야, 그런 식으로 말하면서도 교사랍시고 학교에 잘도 붙어 있네."

하지만 불평하던 엄마는 중간에 말이 끊기자, 마음속 끈도 놓아 버린 것처럼 갑자기 테이블 위에 엎드려 울기 시작했다. 정말로 엄마가 속상해 한 것은 선생님이 한 다른 말 때문이었다는 것을 소년은 그제야 알았다.

1학기 마지막 학부모 면담에서 모리 선생님은 엄마에게 세미나 팸플릿을 건넸다. 가정 방문 때 경험한 불쾌했던 일에 대해 응수를 할 셈이었는지 아이를 너무 귀엽게만 키우는 것은 부모로서 실격, 이라고 힘주어 엄마를 나무란 것 같다.

아빠도 그 이야기를 듣고 화를 냈고 엄마는 이야기 도중에 울먹였지만 두 사람 모두 결국에는 선생님 말씀에도 일리가 있다고 납득하게 된 것이다.

초등학교 1학년생부터 중학교 3학년생까지를 대상으로 한 세미나의 참가자는 N시 전역에서 모여들었다.

시내 초등학교와 중학교, 그리고 간호 학교 선생님들이 자발적으로 참여했다. 세미나가 열리는, 시내 중심에 있는 초등학교까지는 버스를 갈아타고 가야 하는데 그것도 평소보다 일찍 일어나 집을 나서야만 한다. 수업은 이른 오후에 끝나도 집에 돌아오면 벌써 초저녁이 다 된다.

고대하고 있던 어린이회의 여름 학교는 포기하기로 했다. 같은 반 아이들이 만든 야구팀 연습에도 참가할 수 없어 주전 선수 자리가 위태로웠다. 여름 방학이지만, 소년은 조금도 즐겁지 않았다.

"안 가면 안 돼?"

소년은 엄마에게 몇 번이나 물었다.

"가면 좋아질 테니까, 너도 더듬지 않고 말할 수 있게 되면 좋잖니?"

그렇게만 되면, 정말로 좋겠지. 하고픈 말을 더듬지 않고 전부 할 수 있게 되면 국어 읽기 시간에 말이 막힐 때마다 모리 선생님의 찡그린 표정을 보지 않아도 되고, 친구들과 이야기할 때 막히는 단어를 피해 다른 단어를 생각해 내느라 애쓰지 않아도 된다.

"올 여름 방학만 참으면 나중에는 쭉 괜찮을 테니까."

정말? 눈으로 물었을 뿐인데 엄마는 "정말이지. 그럼." 하고 노래하듯 말하고 소년의 머리를 쓰다듬어 주었다.

"사람들 앞에서 제대로 말할 수 있게 되면 어른이 되어서 자기가 원하는 일을 무엇이든 할 수 있잖아."

소년은 차 타는 것을 아주 좋아했다. 어렸을 때도 길에서 아빠가 다니는 회사 트럭을 보면 환호성을 질렀다. 어른이 되면 차를 운전하는 일을 하고 싶었다. 장거리 트럭 운전사가 되기를, 하고 바랐다. 하지만 그것은 모리 선생님이 엄마에게 말한 것처럼 다른 사람과 말하지 않고도 할 수 있는 일이기 때문이 아니었다. 절대로 그런 이유에서가 아니다.

모리 선생님은 아무것도 모른다. 2학년 때까지 만난 선생님들과는 달리 모리 선생님은 아직 한 번도 '장래의 꿈'이라는 제목으로 작문을 시키거나 '21세기의 우리들'이라는 제목의 그림을 그리라고 한 적이 없으니까. 수업이 끝난 뒤 종례 시간에 반 아이들을 한 명씩 일으켜서 그날 하루 한 일에 대해 반성하라고 시키는 선생님이니까. 국어책 읽을 때 말을 더듬은 것도 반성해야 한다고 말하는 선생님이니까.

그런 선생님, 정말이지 질색이다.

하지만 엄마는 소년의 머리에서 손을 떼고 차근차근 이야기했다.

"앞으로의 일을 생각해도 그렇고, 이제 아빠가 전근을 가야 할지도 모르니까, 역시 지금 이 시기에……, 선생님 말씀이 틀린 것도 아니고 말이야. 다 기요시를 생각해서 말씀하신 거니까."

소년은 목을 움츠리고 등을 움찔거렸다. 엄마가 어루만져 준 다음에는 등이 계속 근질거린다. 낯간지러움과 벌레 물려 가려운 것은 다른 것이다. 3학년에 올라온 뒤로 늘 목덜미에 까슬하게 닭살이 돋는 것 같은 느낌이 들었다.

이젠 엄마와 둘이서 목욕하는 일은 없다. 예전엔 곧잘 했던, 등뒤에서 끌어안기 따위는 이제 장난으로도 하지 않는다.

엄마는 매일 아침 나츠미의 머리를 세 갈래로 땋아 준다. 나츠미와 둘이서 재미나게 수다를 떤다. 그런 장면을 멍하니 보고 있다가 화장대 거울을 통해 눈치챈 엄마가 "왜 그러니?" 하고 물어 봐 허둥지둥 방으로 뛰어 들어왔던 일도, 몇 번인가 있다.

세미나 이틀째 날도 가토는 아침부터 소년에게 계속 장난을 쳤다. 사흘째도 나흘째도 닷새째도 등을 쿡쿡 찌르기도 하고, 복도를 지나갈 때 일부러 곁에 다가와 어깨를 부딪치기도 하고, 소년이 자리를 떠나 다른 데 간 틈에 연필심을 부러뜨리기도 했다.

또 한 번 두들겨 패 주고 싶었다. 싸움을 하면 분명 지지는 않을 것이다. 하지만 다른 교실에서 지루해하는 나츠미를 달래며 수업이 끝나기를 기다리고 있는 엄마를 생각하면 말썽은 일으키고 싶지 않다. 학교에서도 소년은 자주 동급생을 때려서 그때마다 엄마는 상대 아이 집으로 찾아가 사과했다. 말을 제대로 할 수 있게 되면, 화가 나더라도 주먹을 휘두르는 게 아니라 말로 뜻을 전할 수 있다. 모리 선생님이 한 말은 결코 틀린 게 아닐 것이다.

"그만해."

소년은 몇 번이나 가토에게 말했다. 지나치게 흥분하지만 않으면 이 말은 어렵잖게 말할 수 있다. 가토는 실실 웃기만 한다. 장난치기를 그만두는 것도 아니요, 그렇다고 그것이 폭력이 될 만큼 거친 행동도 아니었다. 목소리에 힘을 주고 "그만 해."라고 말하면 할수록 재미있어하는 표정을 짓고는, 주먹이나 발길이 닿지 않도록 거리를 두고 물러서면서 입술만 "이 바보야, 바아보." 하고 움직인다.

"가토는 말이야, 너랑 친구가 되고 싶은 거야. 같이 놀고 싶은데 그런 말하는 것이 쑥스러워서 자꾸 그러는 거 아닐까?"

닷새째 되던 날 세미나가 끝나고 돌아오는 버스 안에서 엄마가 웃으며 말했다.

소년은 아무 대꾸도 하지 않았다.

"그렇게 생각하지 않아?"

엄마가 재차 물어도 고개를 가로짓지도, 끄덕이지도 않고 삐딱하게 움직이기만 했다.

"네가 먼저 말을 걸어 보면 어떻겠니? 미나토구라면, 중간 지점까지 같은 버스를 타고 올 텐데."

"그래?"

"그럼, 송신탑 버스 터미널에서 갈아타잖아. 가토도 그러는 것 같은데."

처음 알았다. 가토는 언제나 수업이 시작하기 바로 직전에 교실로 뛰어 들어오고, 수업이 끝나면 제일 먼저 교실 밖으로 뛰어나간다. 마치 이런 장소에는 1초도 더 있고 싶지 않다는 듯이.

"같이 가자고 해 봐. 같이 노는 건 아직 좀 그렇지만 같은 버스로 돌아오는 정도는 괜찮잖니. 그러면 가토의 장난도 좀 줄어들 것 같은데."

엄마는 무릎 위에서 나츠미를 고쳐 안고 한 마디 덧붙였다.

"네가 그러는 게 엄마한테도 도움이 될 것 같고. 송신탑까지 엄마가 데려다 주고, 또 데리러 가면 되니까 말이야."

그 다음부터 가토하고 둘이서 다니면 엄마는 평소처럼 나츠미를 유치원에 맡길 수가 있고, 여름 방학이 시작된 다음부터 계속 쉬고 있던 봉제 공장에 파트 타임으로 일을 나갈 수 있다.

"아무래도 일을 계속 쉬면 다른 사람한테도 폐가 되니까……."

마지막 말엔 한숨이 섞여 있었다.

하지만 엄마는 내쉰 한숨을 멀리 쫓아 버리려는 듯 웃으며 말한다.

"미안, 미안하구나. 쓸데없는 소릴 했네. 미안해."

소년은 창문 위에 붙은 차내 광고판을 눈으로 좇았다. 침술원 광고와 불교 용품점, 전통 과자집 광고들과 나란히 '말더듬이'라고 크게 쓴 클리닉 광고가 붙어 있었다. 세미나에 다니기 시작한 뒤로 그런 광고가 자주 눈에 들어온다. 어린이 잡지의 지면 광고에도, 지금까지는 거의 신경도 쓰지 않았던 '말더듬이 교정 밴드' '말더듬이, 대인 공포증, 최면 치료법 카세트 테이프'라고 쓴 작은 광고가 놀랄 정도로 많이 실려 있었다.

소년은 창 밖으로 눈을 돌리고 빌딩들 사이로 나타났다 사라졌다 하는 탑을 쏘아보며 말했다.

"내일, 말해 봐야지."

엄마는 버스 엔진 소리에 묻혀 그 말을 듣지 못했다. 나츠미가

"엉?" 하고 돌아다보았지만 엄마는 그것도 알아채지 못하고 소년이 보고 있던 곳과 반대 방향의 풍경에만 시선을 주고 있었다.

소년은 '이젠 아무 말도 하지 않을 거야. 엄마가 못 들은 게 오히려 잘됐다.' 하고 생각했다. 가토에게 같이 돌아가자고 말하는 건 역시나 무리다. 그 녀석이 좋고 싫은 문제가 아니라 '가토'의 '가', '다츠야'의 '다, 모두 제일 발음하기 힘든 음절이다. 거기다 먼저 말을 걸어야 한다는 긴장감까지 더하면 숨이 목구멍에 걸려 얼굴이 새빨개지도록 애를 써 봐도 입 밖으로는 아무 소리도 나오지 않을 것이다.

버스 터미널에 가까워지자 차들이 잘 빠지지 않는다. 승용차 몇 대 앞에 칙칙한 물색과 아이보리색 버스가 보인다. 소년이 탄 버스보다 한 차례 앞서 출발하는 버스였다.

가토는 거기 타고 있을 것이다. 혼자서 작년과 재작년에도 오갔던, 똑같은 길일 텐데, 도대체 저 녀석은 무슨 생각을 하며 버스에 몸을 싣고 있는 걸까?

그 뒤로도 가토는 계속 장난을 쳤다. 몇 번이나 그만두라는 말을 반복하고 주먹을 쥐어 보여도 콧방귀도 뀌지 않는다. 뒤로 물러나 도망치면서 샐샐 웃고 좋아한다.

자기를 상대해 줘서 기분이 좋은 것이다. 소년도 안다. 자신과 친구가 되고 싶어서 저러는 거다. 틀림없이, 그렇다.

화가 나는 데 비해 가토가 밉지 않은 것이 스스로 생각해도 이상하고, 가토가 줄곧 장난만 칠 뿐 말은 한 마디도 걸어오지 않는 걸 생각하면 조금 슬퍼지기까지 한다.

반 아이들 열여덟 명 가운데 소년의 말 더듬는 증상은 상당히 가벼운 편이었다. '말을 더듬는 자신'과 '그렇지 않은 나머지 모두', 딱 두 갈래로 나뉘어 있던 이 세상이 실은 더 많은 부류로 나뉘어 있었다는 것을 소년은 그제서야 처음 알았다.

막혀서 나오지 않는 음도 사람에 따라 다 달랐다. 소년처럼 '가'행과 '다'행이 안 되는 아이가 있는가 하면, 소년이 술술 발음할 수 있는 '사'행이나 '하'행에서 막혀 버리는 아이도 있고, '가사'나 '쓰노'처럼 행이 다른 음으로 이어진 단어는 잘 해도, '가기' '츠치'처럼 같은 행에 있는 음으로 이어진 단어는 발음하지 못하는 아이도 있다.

가토는, 전부, 안 되었다. 처음 시작하는 음이 무엇이든 숨을 한 번 내쉬면 그 다음은 꼭 소리가 막혀 안 나온다. 얼굴이 새빨개지고 온몸이 굳어져 '우오, 오, 옷, 옷, 옷' 하는 신음 비슷한 소리만 나온다. 남은 숨을 이용해 빨리 내뱉어 버리려고 할 때는 그래도 낫다. 열 번에 일곱 번은 그 모양이다.

소년도 가끔씩, 바꿀 만한 단어를 얼른 떠올리지 못했을 때는 가토처럼 된다. 하고픈 말은 아무에게도 전달되지 못한 채 목구멍 근처에서 발목이 잡혀 가슴 속 깊이 되돌아온다. 말하기를 포기하고 입을 다물고 나면, 속상하고 서글퍼서 가슴이 이내 무겁게 내려앉는다. 가끔씩 구토가 일어날 때도 있다.

가토의 가슴 속은 꺼내지 못한 말들로 가득 차 있을 것이다. "같이 놀자." "집에 같이 가자." "드래곤즈 모자, 우리 똑같다." 이런 말들이 가슴 속 깊은 곳에 차곡차곡 쌓여 있을지도 모른다.

프로그램의 전반기 마지막 날도 가토는 복도를 지나갈 때 일부러 다가와 어깨를 부딪쳤다. 소년은 이제 화를 내지 않는다. 모르는 척 하고 그대로 지나친 다음, 몇 걸음 앞으로 걸어가다가 뒤를 돌아다 보았다.

가토는 그 자리에 멈춰 서서 소년을 쳐다보고 있었다. 풀이 죽어 어깨를 약간 떨어뜨리고 서 있다가 그래도 소년이 뒤를 돌아다 본 것이 좋았는지 표정이 환해지며 뭔가 말을 하려고 입을 떼려다 곧 다물고 만다.

소년은 가볍게 숨을 들이쉬었다.

'집에 같이 갈래?(잇쇼니 가에로우카)'

말하지 못했다. '아'행에서 걸린 적은 한 번도 없었는데 목구멍이 아니라 가슴이 꽉 죄어 들어 소리가 나오질 않았다.

입을 다문 다음, 가토가 곧 울음을 터뜨릴 것처럼 일그러진 얼굴을 하고 있었기 때문이다.

엄마의 예상대로 아빠는 가을 인사 이동으로 전근을 가게 됐다. 후반기 프로그램이 시작되기 전날 발령이 났다. 9월 마지막 날 회사를 이동한다. 소년도 학교를 옮겨야 한다. 이사하는 곳은 일본 서쪽 지방의 바다에 면한, 인구 10만 명 정도 되는 마을이다.

"운동회까지는 여기서 보내게 해 주고 싶었는디······."

아빠는 미안한 표정으로 소년에게 말했다.

철이 나고부터 이사는 이번에 결정난 것까지 총 다섯 차례. 전학은 세 번째다. 처음 전학 갔을 때도 그랬고, 작년 2학기가 시작될 때 두 번째로 전학 간 학교에서도 자기소개를 제대로 하지 못했다. '기요시'의 '기'에서 말이 막혔다. 다음 번에도, 이대로라면, 아마도…….

소년은 방으로 들어와 세미나 교재를 펼쳤다.

교재에는 사람 얼굴을 옆에서 본 단면도와 입을 정면에서 보았을 때의 그림이 많이 나와 있었다. 오십음도에 맞춰 발음할 때의 입 모양과 혀의 위치, 숨이 들고나는 방향이 설명되어 있다. 그 그림을 보면서 천천히 큰 소리로 발음 연습을 반복하는 것이다. 호흡을 하는 부분마다 '/' 표시가 붙은 《잭과 콩나무》 이야기도 나와 있었다. 호흡할 때는 깊이 숨을 들이쉬어야 한다. 음독하고 있는 동안 선생님은 소년의 배에 손을 대고 숨이 깊숙이 와 닿는지를 확인하고서 제대로 되지 않을 때는 "자자, 복식 호흡!" 하며 가볍게 배를 툭툭 친다.

수업 시간에는 '고소아도 게임'도 한다. 교실 바닥에 둥글게 둘러앉아 가운데 연필과 공책, 분필, 칠판지우개 등을 두고서 선생님이 한 사람씩 지목하며 "칠판지우개는?" 하고 묻는다. 지목당한 아이는 칠판지우개를 가리키면서 자신과의 거리에 따라 '이것(고레)' '그것(소레)' '저것(아레)' 하고 답하고, 어쩌다 선생님이 그 자리에 없는 "삼각자는?" 하고 물으면 '어느 것(도레)?' 하고 반문하는 게임이다. 말더듬이 아이들은 대상과의 관계를 적절히 규정하지 못하기 때문에 그런 증상이 나타난다는 설에 바탕을 둔 게임이라는 것을 한참 뒤에 엄마가 가르쳐 주었다. 어려운 얘긴 잘 모르겠다. 그저 그 이야기를 들었을 때 소년은 세 살이 되기 전 바로 그날 일을 떠올렸다. 그곳에 있어야 할 엄마 아빠가 없다, 텅 빈 방이 떠오른다. 어디? 어디? 어디에? 모든 것은 엄마 아빠의 모습이 사라졌을 때 시작된 것인지도 모른다.

소년은 세미나 프로그램 중에서 이 게임이 특히 서툴렀다. '이것(고레)'이란 발음을 할 수 없다.

"못해도 괜찮아. 그래서 세미나가 있는 거니까."

선생님이 격려해 주셔도, 가능한 한 자기 차례를 건너뛰고 싶다. 그러니 바닥에 앉은 엉덩이를 실룩거리면서 조금씩 조금씩 뒤로 물러앉는다. 바로 앞에 있는 칠판지우개에서 거리를 좀 두고서 '이것(고레)'을 '저것(소레)'으로 바꾸어 버린다. 그러면 원 밖에 서 있던 선생님은 곧 야단하신다.

"피하면 못써."

이 프로그램을 다 마치면 정말로 말을 제대로 할 수 있을까? 증상이 가벼워질까?

전반기 과정을 마쳤어도 말하는 게 편해진 것 같지는 않다. 열흘 남은 후반기 과정을 마저 들으면 한결 좋아질 거란 예감도, 들지 않는다.

이번 여름 방학만 참아 내면 딴 아이들처럼 말을 할 수 있게 될 줄 알았는데.

어른이 된 다음의 일 따위, 아무래도 상관없다.

9월 말 새로운 학교에 가서 자기소개를 할 때 '기요시'의 '기'만 막힘 없이 발음할 수 있게 되면, 그것만으로도 참 좋겠다.

소년은 그날 밤 늦게까지 이불 속에서 교재를 펼치고 작은 목소리로 발음 연습을 했다. 《잭과 콩나무》도 몇 번이나 읽었다.

문을 사이에 둔 거실에서 부모님이 이야기를 나누는 소리가 작게 들려왔다. 엄마는 아빠에게 전근 발령을 거절하라고 했다. 환경의 변화가 말을 더듬게 되는 원인이 될 수도 있다고 세미나 개강식 날 배웠다고 한다. 아빠는 언짢은 목소리로 대답했다.

"어쩔 수 없잖여. 회사일 때문인디."

소년은 새로운 마을의 새로운 학교에서 맞을 새로운 매일 매일을 머릿속에 그려보고 있었다. 상상 속에서는 결코 말이 막히는 법이 없다. 작문을 쓸 때에도 괜찮다. 전학 가서 처음 맞는 수업이 작문이면 좋을 텐데. 가장 자신 있는 과목인 작문으로 반 아이들 모두를 깜짝 놀래 주었으면 좋겠다. 새 학교의 선생님이 모리 선생님처럼 작문을 소리 내어 읽으라고만 하지 않으면, 정말 좋겠다.

후반기 프로그램은 전반기 수업의 복습과 응용이 중심이었다. 배역을 서로 바꿔 가며 〈브레멘 음악대〉 연극을 하기도 하고, 캐스터네츠를 두드리며 리듬에 맞춰 이야기하는 연습을 하기도 하고, 몸의 긴장을 풀어 준다는 중국식 체조를 배우기도 했다.

말을 제대로 하지 못하는 아이들만 모인 교실은 휴식 시간에도 조용했다. 매일 보는 얼굴들이지만 서로에 대해서는 아는 게 거의 없다. 사는 동네도, 좋아하는 텔레비전 프로그램도, 취미도, 잘하는 스포츠도, 가족에 대해서도, 학교에 대해서도, 장래 꿈이 뭔지도…….

그래도 수업을 받는 동안에 마음이 통할 것 같은 아이는 어떻게든 알게 되어, '고소아도 게임'을 하려고 둥그렇게 둘러앉을 때도 자연스럽게 모둠이 만들어진다. 선생님이 농담을 하면 옆의 아이와 마주 보며 웃는다. 재밌다. 같이 웃을 수 있다. 말을 하지 않고도 알 수 있는 게, 있다. 바닥에 떨어진 연필을 뒷자리에 앉은 아이가 주웠을 때, 고마워, 됐어 뭘, 하고 눈과 표정과 몸짓으로 서로 뜻을 전달한다. 이시가와라는 여자아이는 가토의 장난으로 연필심이 부러지자 소년에게 향이 나는 연필을 빌려 주기도 했다.

학교 친구들보다 모두들 훨씬 다정하다. 말이 시둘러도 아무도 놀리지 않아서 그런가? 아니면 원래 말을 하려고 하지 않기 때문에 그런 걸까?

가토는 다정하지 않다. 후반기에 들어서도 끊임없이 소년에게 장난을 친다. 끈질긴 녀석이다. 드래곤즈 야구 모자를 머리에서 휙 벗겨 멀리 던져 버렸을 때는 첫날 그랬던 것처럼 힘껏 때려 줄까? 생각도 했다.

하지만 수업 중에 가토를 보고 있으면 그런 성난 마음은 점점 잦아들다가, 어느새 말끔히 사라져 버린다.

가토에게는 눈짓으로라도 웃어 주는 친구가 한 명도 없었다. 어떤 수업 시간에나 맨 꼴찌였다. 3년이나 다니고 있으면서, 아니, 꼴찌니까 3년이나 다니고 있는 거겠지, 싶었다.

열여덟 명이나 되는 반 아이들 가운데 3년 연속으로 참가하고 있는 아이는 가토를 비롯해 네 명. 2년째인 아이가 다섯 명. 말하자면 소년처럼 처음 참가한 아이들보다 2년, 3년째 다니는 아이들이 증상이 더 심하다. 당연히 말 더듬는 증상이 나아진 아이들은 다음 해에는 참가하지 않을 테니까.

초등학교를 졸업하기까지 6년. 중학교를 포함해 9년 동안 매년 다니는 아이도 있을 것이다. 가토도 분명 그 중 하나겠지. 내년에도, 그 다음 해에도, 또 그 다음 해에도 가토는 혼자서 버스를 타고 세미나에 다니며 친구가 되고 싶은 아이를 발견하면 장난을 칠까?

소년은 가끔 생각한다. 세미나반 친구들은 장래 어떤 직업을 갖게 될까? 어른이 되어서도 말을 제대로 하지 못한 채 그대로 있을까? 모두들?

소년은 이제 절반은 포기하고 있다. 세미나에 다녀도 말 더듬는 증상은 낫지 않는다. 전반기 수업에서는 "좋아, 그렇게 하면 돼." 하고 선생님께 칭찬을 받는 경우가 많았지만 후반기에 들어 선생님이 "음, 어떻게 된 거지?" 하고 고개를 갸웃거리는 경우가 늘었다. 몸 상태가 안 좋다기보다, 애당초 무리였다는 생각도 든다.

세미나반에 있는 다른 친구들도 사정은 비슷했다. 아주 어렴풋이 더듬는 증상이 가벼워진 아이, 말하자면, 일곱 번 더듬던 것을 세 번으로 줄인 아이는 몇 명쯤 있어도 막힘 없이 술술 말할 수 있게 된 아이는 없었다.

그래도 모두들 하루도 빠짐없이 지각도, 조퇴도 하지 않고 세미나에 나온다. 발음 연습과 복식 호흡 연습을 반복하고 '고소아도 게임'을 계속하다, 2학기가 시작되면 각자 학교로 돌아가서 다른 아이들에게 따돌림당하거나 놀림감이 될까?

어른이 되어도 이 세미나반 같은 곳이 있으면 좋겠는데. 마을에서도 회사에서도 말을 제대로 하지 못하는 사람들만 모여 누구나 다정하게, 말을 못해도 모두들 행복하게 지낼 수 있는, 그런 곳이 어딘가 있었으면 좋겠다.

하지만 그곳은 분명, 행복하긴 하지만 외로운 곳이겠지.

후반기 과정의 닷새째 되는 날, 시의 교사와 학부모 협의회 부회장이라는 아주머니 선생님이 교실에 와서 이야기를 했다.

"여기 모인 친구 열여덟 명은 모두 똑같은 고민을 갖고 있어요. 평소에는 혼자서 고민하고, 괴로워하는 여러분들도 여기서는 전혀 부끄러워하지 않아도 돼요. 서로 똑같은 고민과 괴로움을 나누고 우정을 키워 나가길 바랍니다."

선생님은 '고민'과 '괴로움'이란 말을 몇 번이나 입에 올렸다. '고민'을 안고, '괴로워'하며 살아간다……, 마치 만화에 나오는 불쌍한 등장인물 이야기처럼 들린다.

처음에는 괜히 멋쩍은 기분이 들던 소년도 끄트머리에 가선 서글퍼져, 눈을 깜박일 때마다 눈꺼풀에 힘이 들어갔다.

다른 열일곱 명도 자기 손톱을 쳐다보기도 하고, 책상 모서리를 지우개로 문지르기도 하고, 슬리퍼를 신은 발뒤꿈치를 다른 발 발가락으로 비벼 대곤 했다.

"긴장을 풀고 말을 하면 돼요. 걱정을 하니까 말이 더 안 나오는 거예요. 말을 더듬어도 상관없다는 마음가짐으로 맘 편히 자기 자신을 격려하며 말하는 것이 중요해요."

이번에는 속에서 뭔가 울컥, 했다. 도대체 무슨 말을 지껄이고 있는 거야? 하는 생각이 들었다. 말이 좀 막힌다고 해서 너무 신경 쓰지 말라고 어른들은 쉽게 이야기한다.

"남들이 보고 웃는다고 뭐가 어때, 그런 녀석은 그냥 무시해."

"말 더듬는다고 기죽을 것 없어."

"말이 서툰 것도 다 개성이야."

이런 말들을 하는 어른들은 모두 막힘 없이 술술, 아무런 고민도 없이 지껄인다. 선생님은 교실을 둘러보고서, 말을 이어나갔다.

"어머나, 모두들 고개를 밑으로 숙이고 있구나. 가슴을 펴고 좀 더 당당하게. 말을 더듬는 건 창피해할 일이 아니에요."

아니야.

당신 말은, 전부, 틀렸어.

소년은 눈을 홉뜨고 선생님을 노려보았다.

하지만 선생님은 신경 쓰지 않았다. 말쑥한 얼굴 표정 그대로 계속 말을 이었다.

"말을 더듬는다고 웃는 친구들은 똑같이 비웃어 주면 돼요. '별것도 아닌 걸 갖고 웃는구나, 시시한 놈들아!' 하고 말이에요."

소년은 몸에 힘을 실어 책상 양 모서리를 붙잡았다. 손등과 손가락에 힘이 들어가자 그것이 주먹과 어깨, 등과 턱으로도 타고 올라와 온몸이 조각조각 떨리기 시작했다.

책상 다리가 약간 공중으로 들렸다가 나무 바닥으로 떨어진다. 다시 올랐다가 떨어진다. 쿵, 쿵 소리가 나고, 그제야 선생님은 소년에게로 시선을 보냈다.

"왜 그러니?"

소년은 책상에서 손을 떼지 않고 고개를 떨구었다.

"얼굴을 들라고 지금 말했잖니. 왜 그러는 거야?"

선생님의 목소리가 신경질적으로 쨍쨍 울렸다.

"화장실? 화장실에 가고 싶니? 똑바로 말하지 않으면 모르잖아. 선생님이 하는 말 안 들리니?"

어린아이를 꾸짖듯 말했나.

소년은 책상을 들어올렸다. 책상 다리를 바닥에 쿵, 짓찧었다. 책상 위에 놓여 있던 교재와 공책, 필통이 바닥으로 떨어질 정도로 세차게 몇 번이고, 몇 번이고 계속해서.

선생님은 흠칫 놀라 뒤로 물러서고, 교실 뒤에 있던 다른 선생님이 소리치며 달려와 소년에게 달려들어 팔을 붙잡았다.

"야! 뭐 하는 짓이야?"

그 손을 뿌리치려 선생님과 뒤엉켜 있는데 바로 그때, 교실 뒤에서 의자 쓰러지는 소리가 났다.

뒤를 돌아다보니 가토가 자리에서 일어나 있었다. 교탁 앞에 서 있는 선생님을 노려보며 경련을 일으키는 것처럼 몸을 부들부들 떨었다. 얼굴은 새빨개지고 입술은 파르르 떨렸다.

"우웃, 옷, 옷, 옷……."

잠잠했던 교실에 가토의 신음 소리가 울려 퍼졌다.

가토는 그런 소리를 내면서 주먹으로 책상을 내리쳤다. 거칠게 발도 굴렀다. 계속 신음 소리 같은 걸 낸다. 선생님을 노려본다.

교단 앞에 선 선생님은 가토에게서 시선을 돌리고 도망치듯 교실을 빠져 나갔다. 소년의 팔을 붙잡은 선생님은 "휴식이다! 휴식! 5분간 쉬도록!" 하고 아이들을 향해 성난 소리를 질렀다. 가토는 끝까지 한 마디도 내뱉지 못했다. 하지만 소년은 알았다. 가토가 하고 싶었던 말이 뭔지 확실히 알 수 있었다. 나머지 열여섯 명 반 아이들도, 모두 알았을 것이다.

선생님이 교실을 나간 뒤 소년의 옆에 있던 이시가와는 아무도 없는 교탁을 향해 혀를 쑤욱, 내밀었다.

다음 날부터 소년은 가토의 장난에 반응하게 됐다. 복도에서 뒤쫓아 달려가면 가토는 신이 나서 내뺀다. 가끔씩 소년이 먼저 가토의 등을 찌르고 장난을 걸면, 입을 한껏 벌려 얼굴 한 가득 함박웃음을 지으며 뒤쫓아온다.

짧아진 분필을 서로 부러뜨리거나, 야구 모자를 뺏고 뺏기면서 두 사람은 계속 웃고 있었다. 다만, 두 아이들 사이에는 아무 말도 오고 가지 않았다.

수업은 마지막 이틀만 남아 있었다. 쉬는 시간에 화장실에서 돌아와 보니 교재 위에 매미 껍질이 놓여 있었다. 옅은 갈색이 투명한,

예쁜 모양의 허물이었다. 먼저 제자리에 앉은 가토가 이쪽을 보고 있었다. 눈이 마주치자 역시나, 말 없이 웃었다.

매미 껍질은 보물 상자에 넣어 새 집으로 이사갈 때 가져갈 생각이었는데, 반바지 주머니 속에 넣고 아파트로 돌아왔더니 그만 바스라져 있었다.

김이 새서 어깨를 축 늘어뜨리고 있는데, 저녁 소나기가 쏟아졌다.
"소나기도 이제 이것으로 마지막일지도 모르겠네."
엄마가 이삿짐을 싸던 손을 잠시 놓고 조용히 말했다. 나츠미는 화분에 담긴 나팔꽃에서 받은 씨를 치요가미(일본 전통 수공예 종이-옮긴이)에 얌전히 넣었다. 유치원에서 가장 사이가 좋았던 미유키에게 작별 선물을 할 모양이다.

소년은 창문을 열고 소나기 소리에 섞이도록 '가'행과 '다'행 발성 연습을 해 보았다. 잘 안 된다. '가토'도 '다츠야'도 발음할 수가 없다. 그래도 가토는 소년이 이 마을에서 만든 마지막 친구였다.

세미나 마지막 날, 소년은 엄마에게 말했다.
"저 혼자 돌아가도 되죠? 이젠 길도 익숙하고, 버스도 갈아탈 줄 아니까."
'돌아가(가엣데)'와 '갈아탈(노리가에)'의 '가' 그리고 '줄 아니까(데키루요).'의 '데'가 걸려 나오지 않았다. 프로그램 과정을 모두 마쳤는데 말을 더듬는 증상은 결국, 낫지도, 가벼워지지도 않았다.
"응? 엄마, 괜찮죠?"
"음, 그건 괜찮은데. 마지막 날까지 열심히 다녔으니까 돌아오는 길에 백화점에 들러서 맛있는 밥 사 주려고 했는데."

엄마는 약간 아쉬운 표정을 지었다.

"책은?"

"한 권, 사 줄게."

"정말?"

살짝 고민이 됐다. '돌리틀 선생님' 시리즈 중에 아직 읽지 않은 책이 갖고 싶었기 때문이다. 고개를 숙이고 곰곰이 생각하던 소년에게 엄마는 살며시 웃으며 물었다.

"가토하고 같이 돌아오기로 약속했니?"

"그런 건 아니지만……."

엄마는 다시 웃으며 말했다.

"백화점은 이번 일요일에 가자꾸나."

마지막 수업이 끝나자 가토는 늘 하던 대로 서둘러 돌아갈 채비를 하고 교실 문을 향해 달려나갔다. 소년도 가토의 뒤를 쫓았다. 교문 바로 앞에서 가토가 쓰고 있던 야구 모자를 낚아채고는, 쏜살같이 앞으로 뛰어나갔다.

가토는 골난 얼굴로, 하지만 때를 기다렸다는 듯이 뒤쫓아 달려왔다.

버스 정류장이, 골인 지점이다. 버스 터미널 쪽으로 가는 버스가 도착했다. 소년이 먼저 올라타자 가토는 놀란 토끼 눈을 하고 승강구 계단을 발로 탁탁 차면서 뒤를 따라 들어왔다.

2인용 자리에 나란히 앉았다. 눈이 마주치자 가토는 헐떡거리는 숨을 참으면서, 쑥스러운지 웃었다. 소년도 웃었다. 가토가 무슨 말이든 걸어 주길 기다리면서, 뭔가 말을 했으면 좋겠다고 생각하면서, 웃었다.

달리는 버스 안에서 두 사람은 서로 팔꿈치를 부딪치다가, 야구 모자를 바꿔 써 보기도 하고, 세미나 교재의 겉표지에 한 사람씩 낙서를 하기도 했다. 가위바위보도 했다. 이겼을 때보다 서로 똑같은 걸 내서 자꾸자꾸 다시 하는 게 더 재미있었다. 웃음소리가 너무 커서 뒷자리에 앉은 아주머니에게 주의를 들었다.

"미안합니다."

소년이 사과하고 가토는 고개만 끼딱 숙여 보이고는, 둘이서 어깨를 움츠리고 소리 없이 웃었다.

마침내 창밖으로 텔레비전 송신탑이 모습을 드러내기 시작했다. 버스는 종점에 가까워진다. 이런 날은 이상하게 꼭, 차도 안 막힌다.

소년은 몇 번이나 심호흡을 하고 세미나 시간에 배운 발성 연습을 떠올리며 말했다.

"내년에도, 갈 거니?"

가토는 소년이 자신을 내년에도 수업에 오라는 뜻으로 착각했는지, 힘차게, 시원스레 고개를 끄덕였다. 소년은 입을 다물었다. 나는 갈 수 없어, 이사를 가니까……. 발음이 안 되는 단어는 하나도 없지만, 말하지 못했다.

버스는 마지막 교차로를 왼편으로 돌아 버스 터미널 구내로 들어

가서 4번 홈에 정차했다. 버스에서 내린다. 환승 안내 방송이 들려온다.

각 홈에 버스가 도착할 때마다 흐르는 환승 안내 방송은 몇 번이나 같은 소리를 반복하기 때문에 늘 듣기 싫다. 소년이 탈 버스는 3번 홈에서 출발하고, 미나토구로 가는 버스는 7번 홈에서 떠난다.

작별이다. 두 사람은 각각 버스에 올라타, 아마도, 이제 다시는 못 만날 것이다.

'안녕'이라고 말하는 게 슬퍼서 아무 말 않고 걷기 시작했는데, 가토가 셔츠 소매를 잡아당겼다. 뒤돌아보니 가토는 소년을 가만히 쳐다보며 얼굴을 새빨갛게 물들이고 어깨를 아래위로 들썩거리면서 숨을 골랐다.

뭔가 말을 하려는 것이다. 뭔가 소년에게 전하고자 하는 것이다. 신음소리가, 환승 안내 방송에 묻혀 간다. 가토는 포기하지 않았다. 숨을 들이쉬고 주먹을 꼭 쥐고서 짜내듯, 소리가 나왔다.

"내……, 넌."

그 뒷말은, 찌푸린 얼굴 위로 떠 있는 미소가 대신했다.

소년은 울고 싶은 심정으로 가토에게 웃어 보이며, '미안해(고멘네).'의 '고'를 발음하지 못해 "이사 가. 이제 곧."이라고만 대답했다.

가토는 여전히 웃고 있었다. 기분이 좋아 보였다. 버스 터미널의 환승 안내 방송이 너무 시끄러워서 소년의 목소리가 들리지 않았는지도 모른다.

할 수 없이 다시 한 번 말하려던 바로 그 순간, 가토가 소년의 모자를 빼앗아 멀리 던져 버렸다.

파란 야구 모자는 휙, 바람에 날려 공중으로 떠올라 소년의 키 너머로 날아갔다. 소년은 허둥지둥 달려가 도로에 떨어진 모자를 주웠다.

얼굴을 들자 가토는 이미 그 자리에 없었다. 뒤쫓아오길 기다리며 도망친 걸까? 7번 홈에 가면 만날 수 있다. 가토는 7번 홈에서 기다리고 있을 거다. 내년 여름에도, 똑같은 교실에서, 가토는…….

소년은 모자를 깊숙이 눌러쓰고 3번 홈을 향해 걷기 시작했다. 처음에는 흐느적흐느적 걷다가 중간부터 점점 더 걸음이 빨라졌다.

뒤돌아보지 않았다. 환승 안내 방송은 계속 반복되면서 끊임없이 버스 터미널에 울려 퍼진다.

그날 밤 소년은 '여름 방학의 추억'이란 제목으로 작문을 했다.

세미나 이야기를 썼다. 가토를 잊고 싶지 않아서, 그 아이에 대한 이야기를 누군가에게 전해 주고 싶어서, '가' 발음이 안 되니까 이름을 '사토'로 바꾸었다.

책상 앞에 앉은 소년 뒤에서 엄마가 서랍을 열고 이삿짐과 섞이지 않도록 긴소매 잠옷을 짐가방에서 꺼냈다.

작문의 마지막 장면은, 망설인 끝에, 두 사람이 마주 보고 '안녕' 하고 손을 흔드는 것으로 했다.

그것이 소년이 지은 첫 '이야기'가 되었다.

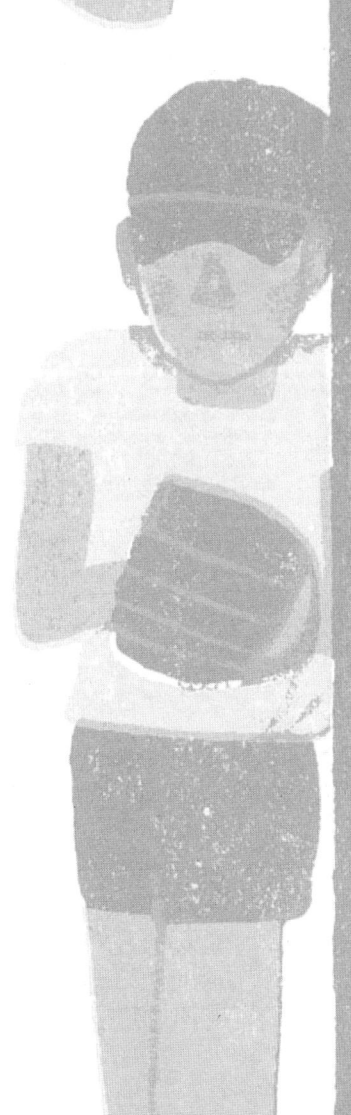
도토리 마을

짜리 몽땅하게 살이 찐 것은 상수리나무 도토리, 가느다랗고 뾰족한 것은 모밀잣밤나무의 도토리고, 그 반만 한 것이 구실잣밤나무의 도토리. 너도밤나무 도토리의 끝은 침이나 가시처럼 생겨 조심해야 하고, 북가시나무의 도토리는 그 모양보다 밥 공기같이 생긴 껍데기에 그어져 있는 선이 더 예쁘다.

도토리에도 많은 종류가 있다는 건 식물 도감을 읽어 알고는 있었다. 하지만 그렇게 많은 종류의 도토리를 한꺼번에 손바닥 위에 올려놓고 보긴 처음이다.

절반이 쪼개진 도토리도 있다. 다람쥐가 깨문 자국이라는 얘길 듣고는 꼭 《시튼 동물기》 세계 속에 빠져 들어와 있는 것 같은 기분이 들었다.

"좀 더 안으로 들어가면 너구리도 있어야. 통통, 통통 배를 두들기는디 오밤중엔 시끄러워 갖고 당최 잠을 못 잔단 말이여."

옷짱이 웃는다. 이야기를 들은 소년의 눈이 휘둥그레지자 "거짓말이구만, 거짓말이여." 하고 소년의 가냘픈 등을 가볍게 톡톡 친다.

소년은 달걀 모양의 고나라나무(너도밤나무과의 낙엽수—옮긴이) 도토리를 좋아했다. 가로세로가 균형이 잘 맞는 게 마음에 들었다. 그렇게 말했더니 옷짱은 또 웃는다.

"도토리는 모양이 좋고 나쁜 게 따로 없어야."

옷짱은 도토리에 대해서 모르는 게 없다. 동물이나 벌레들, 꽃에 대해서도 아는 게 많다고 자랑이다. 그러면서 정작 자신에 대해서는 아무 말도 해 주지 않는다. 소년이 이름을 물어 봐도 "옷짱은, 그냥 옷짱인 것이여." 하고 잘라 말한다.

두툼한 손바닥에 올려놓은 도토리 중에서 벌레 먹은 것이나 껍데기가 벗겨진 것을 골라 내며 옷짱은 소년에게 말한다.

"도토리는 말이여, 떨어져 있는 놈을 주우면 멀리 갖고 가서 던져 버려야 혀."

같은 말을 몇 번이나 반복한다.

"어미 나무 바로 옆에 떨어진 채로 그대로 있으믄, 봄이 되어서 싹이 나도 자라질 못하는구만. 어미 나무에 가려서 볕을 쬐지 못허니께. 땅 밑으로 뿌리도 뻗지 못허구 말이여."

옷짱은 노래하듯 천천히 얘기한다. 이 마을 말씨와는 다르다. 오사카 근처쯤 되려나.

자세한 이야기는 묻지도 않았고 아마 물어도 가르쳐 주지 않을 것이다. 그저 옷짱도 소년처럼 이방인, 그 정도쯤 된 것이다.

"그러니께 도토리는 멀리 가져가는 게 좋은거. 다람쥐나 들쥐들이

지들 둥지까지 가져가 먹고 싸면 똥에 싹이 섞여 나오니께. 싹은 거기서부터 또 자라나게 되는 거여. 그런 담엔, 그런 담엔 말이여……."
 손바닥 위의 도토리를 손가락으로 집지 못하면 이야기가 끊어지곤 했다.
 손가락 끝이 떨리기 때문이다. 옷짱이 "이건 못쓰것네." 하고 씁쓸하게 웃으면, 소년은 가만히 골라 낸다. 그러다 "이건 뭐여?" 하고 초조하게 신음 소리를 낼 때면 옷짱 대신 소년이 도토리를 같은 종류끼리 구분해 놓는다.
 옷짱은 늘 취해 있었다. 대낮부터 술을 마시고 저녁이 되면 잡목림 속에 있는 작은 신사로 온다. 소년이 먼저 와 있으면 "니, 오늘은 뭐 하고 놀 거여?" 하고 선한 표정으로 묻고, 소년이 늦는 날에는 신사로 들어가는 대문 앞 돌계단에 걸터앉아 "뭐 하다 이제사 오는 거여? 옷짱은 기다리다 죽는 줄 알았네." 하고 투덜댄 다음, 다시 "뭐 하고 놀겨?" 하고 싱긋거리면서 묻는다.
 소년은 초등학교 5학년이었다. 가을의 끄트머리. 다섯 번째 학교로 전학을 온 지 일주일이 지났다. 아빠와 비슷한 연배로 보이는 옷짱은 소년이 이 마을에서 만든 첫 번째……, 지금까지 유일한 친구였다.
 이제는 전학 가는 일에 꽤 익숙해졌을 법도 한데, 이번 학교에서는 새로운 반에 적응하는 데 실패했다.
 첫날 자기소개를 할 때 이름이 목구멍에 걸려 나오지 않았다. 만날 겪는 일이다. 이젠 이력이 나서 더 이상 실망하지도 않는다. 하지만 그렇게 큰 소리로 책상까지 두들기며 아이들이 웃어 댄 적은 없었다. 모두 시골 촌놈들이니까, 촌아이들은 예의 없는 놈들이 많으니까, 촌놈들은 도시에서 온 아이를 부러워하니까, 그러니까 어쩔 수 없다……. 애써 부끄럽고 속상한 마음을 꾹 누르고 있던 참이었다.

"이 마을, 워칙히 생각허남? 학교 건물도 새로 지은 거이니 을매나 좋아. 화장실도 수세식이잖여."

누군가 별것도 아닌 걸 자랑이랍시고 하기에, 소년은 기어이 비꼬는 말투로 무시하듯, 촌스럽다고 말해 버렸다.

당장 사과할까? 농담이었다고 웃어넘기면, 어떻게든 수습되었을지도 모른다. 하지만 속으로 끓어오르는 화를 참는 듯한 이글거리는 시선을 사방에서 받고 있자니 오히려 오기가 발동했다. 시골은 시골이지, 사실을 말했는데 뭐가 잘못됐냐고 속으로 뇌까리면서 교실 전체를 쏘아보았다.

"됐구먼, 저리 살게 냅둬."

누군가 말했다. 소년을 둘러싸고 있던 인간 울타리가 단번에 해체됐다. 싸움이 되지 않는다. 한판 들러붙어 싸우고 난 뒤, 악수하고 화해할 기회가 아예 사라진 것이다. 소년은 그날부터 자연스럽게 교실에서 고립되었다. 반 아이들과의 사이에 보이지 않는 벽이 생겼다. 주먹질을 하거나 짓궂은 장난을 걸지도 않는다.

저 녀석은 우리들 사이에 끼워 주지 말자고 암암리에 결정해 버린 것이다.

부모님께는 말할 수 없었다. 아빠와 엄마는 이제 전학가는 데 선수가 된 소년보다 2학년이 되어서 처음 전학을 한 나츠미를 더 걱정하고 있었다. 하지만 나츠미는 금방 새 학급에 적응해서 날마다 새 친구들을 집으로 데려와 같이 논다. 안심하는 표정으로 아이들에게 과자를 대접하는 엄마를 보고 있으면, 그래, 오빠인 내가 학교에 가기 싫단 말을 꺼낼 순 없지, 싶었다.

반 남자아이들은 방과 후, 학교 운동장에 모여 야구를 하는 모양이었다. 소년도 집에 돌아오면 책가방을 방에다 집어던지고 뛰어나간다. 야구 글러브를 자전거 뒤에 얹고 야구 방망이는 뒷바퀴 커버와 짐 싣는 바구니 사이에 끼워 넣고, 간식도 챙겨 넣은 다음 "다녀오겠습니다!" 소리치고서 근처 신사로 향한다.

처음 이틀은 혼자서 저녁까지 시간을 보냈다. 지난번 학교에서 그랬던 것처럼 이번에도 유격수 자리를 맡게 될 것 같다고 이틀째 되던 날 저녁에 말하자 엄마는 아주 기뻐했다.

옷짱과 알게 된 건 사흘째 되는 날이었다.

그날 소년은 풀숲에서 주워 모은 도토리를 공삼아 야구 연습을 하고 있었다. 표적이 될 나무를 정하고 와인드업과 세트 포지션, 오버스로, 언더스로, 한 번씩 던질 때마다 폼을 바꿔 가며 던진다. 야구는 정말 좋다. 가장 자신 있는 구기 종목이기도 하다. 녀석들에게 보여 주고 싶다, 그 녀석들을 깜짝 놀래 주고 싶다. 좀 더 멀리 있는 나무를 겨냥해도 빗나가는 일은 없다. 세트 포지션을 할 때의 견제 구도 신사를 한 번 노려보고, 도토리를……. 저것 봐! 명중이다!

자기도 모르게 입을 환히 벌리고 웃으며 승리의 세리머니를 하던,

바로 그때였다.

"어이, 거서 뭣 하고 있는 거여?"

아래 기슭에서 말을 걸어온 사람이, 바로 옷짱이었다.

"신사에다 뭣을 던지면, 벌받어야."

괄괄하고 거친 목소리는 화가 나 있었다. 하지만 깎지 않은 수염이 삐죽삐죽 나 있는 얼굴은, 웃고 있었다.

"몇 학년이여?"

소년은 손바닥을 펼쳐 보였다. '5학년(고가쿠세이)'의 '고' 발음이 안 된다.

"니, 어제도 왔었지야? 옷짱네 집에선 여기가 다 보인단 말이여."

신사 주변에는 시영 주택이 몇 가구씩 줄지어 들어서서 군락을 이루고 있었다. 모든 집에는 화장실에 굴뚝 모양의 환기팬이 달려 있는데, 그것이 똑같은 간격으로 몇십 개나 늘어선 풍경을 보면 사람들이 사는 곳이라기보다 무슨 공장처럼 보였다. 바람이 심한 날에는 환기팬들이 일제히 푸들푸들 소리를 내며 돌고, 바람이 부는 방향으로 잡목림을 타고 넘은 화장실 냄새는 소년의 집까지 풍겨 온다. 그럴 때마다 엄마는 늘 투덜대면서 내다 넌 이불 호청과 빨래를 걷어 들인다.

"혼자 놀러 온 겨?"

"……네."

옷짱은 소년 쪽으로 걸어왔다. 감색 점퍼 안에 위아래가 하나로 붙은 작업복을 입고 있었다. 벌써 11월인데 맨발에 고무 슬리퍼만 신고 있다. 회색 작업복에는 군데군데 얼룩이 묻어 있다. 기름때인지, 흙자국인지, 어쩌면 핏자국일지도 모른다.

"그리 무서워하지 않혀도 되는디."

옷짱은 헤벌어진 입으로 말했다. 성난 듯한 목소리가 조금 누그러졌다.

"나가, 유괴범은 아니니께."

말을 잇고는 어깨를 들썩거리며 웃자, 옷짱의 발 언저리가 후들거렸다. 소년은 한 발 뒤로 물러선다. 옷짱의 발은 아까보다 더 불안정해 보인다. 아주 지친 모습으로 신사 대문에 손을 대고 후우, 하고 숨을 내쉰다. 내쉰 숨과 함께 술 냄새가 진동했다. 옷짱이 돌계단 구석에 놓인 소년의 야구 글러브와 빙멍이를 보았다.

"니, 야구 좋아허남?"

소년은 잠자코 고개만 끄덕였다.

"이리 좁은 데서, 할 수 있깐?"

한 번 더 고개를 끄덕이고 그대로 고개를 쳐들지 않았다. 옷짱이 야구 방망이를 손에 쥐고 가볍게 흔드는 기척이 났다. 도망치고 싶었지만 그 자리에 발이 얼어붙어 꼼짝도 할 수 없다.

"야구는 혼자 하면 재미없지. 공 주고받기도 헐 수 없고 말이여."

이번엔 아무 대답도 하지 않았다. 옷짱도 잠시 잠자코 있었다. 방망이를 내려놓고 글러브를 든 낌새가 들었다. 왼손에 글러브를 끼고 오른손 주먹을 장갑 안으로 툭툭 쳐 본다.

"옷짱이 상대해 줘?"

기분 좋게 한 마디 툭 던지는 투로 옷짱이 말했다. 놀란 표정으로 고개를 들어 보니 이번엔 옷짱이 딴 데를 보면서 물었다.

"공은 어디 있댜?"

"······없어요."

"잃어버렸남?"

"······처음부터 없었어요."

"그럼 뭐여. 방망이허고 장갑만 가지고 뭣을 허겠다는 거여?"

옷짱은 다시 소년을 향해 몸을 돌리고 서서 물었다.

"그거 암것도 아니잖여?"

옷짱은 말이 막혀 우두커니 선 소년의 얼굴을 빤히 쳐다보았다.

자신이 어떤 표정을 짓고 있었는지, 소년은 알 길이 없다. 외로움과 서글픔과 속상한 표정을 전부 뒤섞어 보일 생각은 아니었는데, 옷짱은 말없이 빤히 쳐다보다가, 이내 알았다는 표정으로 씩 웃었다.

"그라믄, 좋아, 옷짱이 상대해 줄 텐게. 여그서 쪼매만 기달려."

옷짱은 왼손에 야구 글러브를 낀 채 몇 번이고 고개를 끄덕거리면서 신사를 빠져 나갔다. 소년은 뒤쫓아가지도, 그렇다고 도망치지도 못하고 그 자리에 얼어붙어 있었다.

옷짱은 금세 돌아왔다. 근처에 있는 소나무 밑둥치에서 솔방울을 주워 온 것이다.

"이걸로 허믄 몸에 맞아도 하나 안 아퍼. 잃어버려도 괜찮어, 얼마 안 있어 또 떨어질 테니께. 여봐, 그 방망이 들어, 어서. 옷짱이 투수 헐 테니께 니가 타자 허란 말이여."

옷짱이 시키는 대로 방망이를 집어 들었다. 옷짱은 언더스로로 솔방울을 던진다. 두 번을 헛스윙 하고 세 번째 맞췄다. 야구공에 비하면 와 닿는 느낌이 가벼웠지만 의외로 잘 맞았다.

"겁나게 잘 하는구만. 나이스 배팅구여."

'배팅구'라는 말이 우스워서 소년은 킥, 웃음을 흘렸다.

옷짱도 기분이 좋았는지 웃음으로 답했다.

"그려, 그려야지. 사내가 어깨를 축 떨구고 있으면 쓰겄어?"

역시나, 내 표정이 그랬구나.

"한바탕 싸움을 혀야 나중에 더 사이가 좋아지는 법이여, 사내란 건 말이여."

약간은 오해를 하고 있다. 하지만 소년은, 뭐, 상관없지, 싶어 그저 말없이 고개를 끄덕거렸다.

4구째. 탱 하고 맑은 소리를 내며 솔방울이 튕겨 나갔다. 날아간 솔방울은 옷짱의 키를 넘겼다. 왼손을 뻗어 그것을 잡으려던 옷짱은 몸의 균형을 잡지 못하고 발이 엉켜 그만 넘어졌다. 엉덩방아를 찧고 웃는 옷짱을 보며 소년도 웃었다. 조금 전보다 훨씬 부드럽게 입이 벌어졌다.

"니, 야구 잘하는구먼."

"위에서부터 던져도 되는데……."

"좋아, 옷짱도 이제부터 정신 차리고 혀야 쓰것네."

옷짱은 자리에서 일어나 오른손을 어깨 너머로 휘휘 돌렸다. 소년은 솔방울을 주워 옷짱에게 건네면서 점퍼의 등뒤에 붙은 나뭇잎을 털어 주었다.

둘은 그렇게 친구가 되었다.

이사를 온 지 열흘이 지났다. 아빠는 매일 귀가가 늦다. 가끔은 소년이 잠들기 전에 돌아와도 뚱한 표정으로 "아빠, 이제 오세요?" 하는 말에 대꾸도 없이 지나치는 밤도 있었다.

이 마을로 오기 전, 그러니까 전근 가기로 결정이 나던 그 무렵부터 아빠는 계속 기분이 좋지 않았다. 10월까지는 여기에서 100킬로미터 정도 떨어진 T시 마을 중심에 살았다. 같은 산잉 지방(일본 서쪽 바닷가에 있는 지방―옮긴이)이라도 현청이 있는 T시는 인구 10만 명이 넘고 백화점이 둘이나 있었다. 역 가까이에 있는 임대 아파트는 한밤중이 되어도 화물 열차 달리는 소리가 시끄러웠지만 그 대신 화장실은 수세식이고 목욕물도 가스로 데울 수 있었다.

그 전에는 태평양에 면한 대도시라는 N시에 살았다. 그곳에는 백화점도, 동물원도, 유원지도 있었다. 지하철도 달렸고, 조금 멀리 산책을 나가면 고속 열차인 신칸센도 보였다. 아빠가 전근 갈 때마다 사는 동네의 규모가 작아진다. 소년이 그 의미를 안 것은 좀 더 큰 이후이다.

엄마는 이사 온 지 얼마 지나지 않아 요통이 생겼다. 욕조 안의 물을 데우기 위해 아궁이 앞에서 매일 쪼그리고 앉아 부채질을 해야 했기 때문이다. 엄마는 회사에 다른 집을 좀 알아봐 달라고 부탁해 보라며 눈물을 머금고 호소했지만, 아빠는 떨떠름한 표정으로 고개만 주억거릴 뿐이었다. "좋아, 나한테 맡겨." 하고 호기 있게 말하지 못한 이유도 그 무렵에는 잘 알지 못했다. 전근 가기 얼마 전에 석유 파동으로 휘발유 가격이 말도 못하게 치솟았다. 석유 파동이 어떻게 일어나게 됐는지는 잘 모른다. 그저, 무조건, 전기와 휘발유, 종이를 절약하지 않으면 안 된다고들 했다. 휘발유를 넣지 않으면 트럭은 달릴 수가 없다. 트럭이 달리지 않으면 운송 회사는 영업을 할 수 없다. 엄마와 아빠가 조그만 소리로 대화를 나누고 있었다. 지금 이 상태로 계속 가다간, 지금 근무하는 지점이 곧 문을 닫게 될지도 모른다.

그렇게 되면……, 또다시 이사를 해야 한다. 또, 전학이다.

소년은 이불을 머리끝까지 뒤집어쓰고, 소풍이나 운동회 전날이면 꼭 그렇듯, 후들거리는 무릎을 가슴 가까이 꼭 끌어안았다.

이사 가면 되는 거야. 빨리 전학 가기로 결정이 났으면 좋겠다.

소년은 여전히 교실에서 외톨이었다. 아무도 같이 놀자고 하지 않는다. 말 한 마디 걸어오지 않는다. 이제 와서 첫날 일을 사과해 봤자 늦었겠지. 이쪽에서 먼저 사과하는 건 녀석들에게 자신이 졌다는 걸 인정하는 것과 마찬가지다. 저런 녀석들에게 지고 싶지 않을뿐더러, 무엇보다 일단 '미안해(고멘네)'의 '고'를 아무리 애써도 발음할 수가 없다. 이 학교는, 이제 틀렸다. 실패다. 다음 학교에서 잘하면 된다. 인사할 때 말이 막혀 아이들이 비웃어도 그냥 신경 쓰지 않고 넘기면 그만이다. 말이 걸리지 않고 나오면, 그러면 정말 좋겠지.

이사는 엄마 입장에서도 기뻐할 일이다. 목욕물 데우는 일로 그렇게 고생하고, 재래식 화장실은 냄새가 나서 눈이 매울 정도라 방향제를 피워야 하고, 물건 하나를 사러 가도 가게 사람들이나 거기 온 마을 사람들이 '이방인' 취급하며 힐끔힐끔 곁눈질하는 것이 기분 나쁘다고, 만날 불평이었다.

엄마는 도시에서 태어나고 자랐다. N시의 서쪽, 공업 단지가 있는 Y시. 아빠가 처음 회사 생활을 시작한 곳도, 엄마를 만난 것도 그곳이다.

가족 모두가 Y시를 방문하는 경우는 1년에 한 번 있을까 말까 하지만 신칸센에서 갈아탄 전차가 Y시에 가까워지면 엄마는 눈에 띄게 기분이 좋아진다. 전차 창문으로 밖을 내다보며 엄마와 아빠는 말을 주고받는다.

"이 근처도 많이 변했네."

"여긴 옛날과 거의 변한 데가 없어."

아빠의 고향은 지금 사는 마을 바로 옆이다. 전근을 거듭할 때마다 고향과 가까워지는 느낌이다. 사투리도 거의 변함없다. N시에 있을 때 아빠는 좀처럼 사투리를 입에 올리지 않았지만 지금은 아주 자연스럽게 쓴다.

"고향에 가까워진다는 거이 그나마 안심이여."

이번 전근이 결정됐을 때 그렇게 말하며 웃는 아빠의 목소리가 소년의 방에서도 들렸다. 엄마의 대답은 잘 들리지 않았다.

엄마는 어디로 이사를 가든 되도록 사투리를 쓰지 않으려 한다. 이 지방으로 왔을 때도 엄마는 이웃 사람들과는 다른, 텔레비전에 나오는 사람들처럼 표준어를 썼다.
 도시로 돌아가고 싶어서 그러는 거겠지. 언제가는 도시로 돌아갈 거라고, 어쩌면 Y시 근처로 가게 될 거라고 믿고 있는지도 모른다.
 소년도 도시로 돌아가고 싶었다. 이 마을에 온 뒤로 T시보다 오히려 N시에서 있었던 일을 자주 떠올리게 되었다. 공장도 네온 사인도 하나 없는 이 마을은 밤하늘의 별들이 무수히 많이 보인다. 하지만 N시에 있을 적에 딱 한 번 가 봤던 천체 과학관의 밤하늘에 비하면 상대도 안 된다.
 소년은 T시에 있던 학교 친구들에게 편지를 썼다. N시의 친구들에게도 편지로 주소가 바뀌었다는 걸 알려 주었다.
 한번 놀러 와. 나도 놀러 가고 싶어. 이런 일들이 무리라는 걸 잘 알고 있으면서도, 소년은 그렇게 썼다.
 "시장 다녀오는 길에 우체통에 넣어 줄까?"
 엄마가 말했지만, 소년은 거절했다.
 엄마가 엽서 뒷면에 적은 글을 읽는 게 싫었고, 엽서 내용을 읽고 난 엄마의 표정을 보고 싶지가 않았다. 하나밖에 없는 아이 방은 매일 나츠미와 그 친구들에게 점령당한다. 이번에 이사를 가면 꼭 자기 방이 있었으면 좋겠다고 소년은 생각했다.

 "니, 도토리 먹었지? 아니여?"
 잡목림 사이를 지나가다가 옷짱이 불쑥, 말했다. 서로 알게 된 지 일주일, 둘이서 도롱이벌레를 찾고 있던 참이었다. 소년은 걸어가면서 낙엽이 많이 쌓였다는 둥, 오늘 아침은 추웠다는 둥, 주저리주저리 이야기를 늘어놓고 있었다. 그것을 중간에 자르며 옷짱이 다짜고짜 이렇게 물은 것이다.
"그런 적 없는데……, 왜요?"
소년은 뜬금없는 말에 멍하니 쳐다보며 되물었다. 도토리를 먹을 수 있다는 것조차 몰랐다.
옷짱은 약간 당황한 표정으로 말을 받았다.
"버벅, 거리잖여. 너, 안 그려?"
버벅거리다. 처음 듣는 말이었지만, '버벅'이라는 말이 남긴 여운에 지레 등골이 움찔했다.
"뭐예요? 그 말이?"
"으응, 모르는구먼."
"네."
"말을 더듬는다는 뜻이잖여. 나는 버벅거린다고 허지만 말이여."
예상대로다. 소년은 고개를 떨구었다. 두 볼이 뜨거워지는 느낌이 들었다. 자신이 잘 발음하지 못하는 '가'행과 '다'행으로 시작하는 단어를 요령껏 피해 가며 떠들고 있었는데, 감쪽같이 속일 순 없었다.
"도토리를 먹으면 말을 버벅거린다잖여. 그거이 참말인지 거짓부렁인지는 모르겠지만, 옷짱은 어릴 때부텀 그런 얘기를 들었단께. 그래서 니도 도토리를 먹었구나 혔어야."
'먹지 않았어요(다베데나이요).'의 '다'나 '먹지 않았어(굿데나이요).'의 '구', 둘 다 발음이 안 되는 말이라서 소년은 그저 잠자코 고개만 흔들었다.

옷짱은 좀 머쓱해하더니, 점퍼 주머니에서 술병을 꺼내 병 주둥이에 곧바로 입을 대고 한 모금 마셨다. 숨을 내쉬자 술 냄새가 좀 전보다 더 진하게 훅 풍겼다.

'나한테 사과하고 싶지 않은 모양이구나.'

소년은 그렇게 생각하며 어금니를 깨물었다.

자신이 말을 더듬는다는 것을 결국 입 밖으로 낸 어른들은 대개 미안해하면서 사과를 하거나, 달래거나 격려해 준다. 소년은 사람들의 그런 행동이 언제나, 끔찍이도, 싫었다.

하지만 옷짱은 아무 말도 하지 않았다. 잠시 말없이 걷다가 "워매, 있다, 있어." 하며 발길을 멈추고 나뭇가지에서 밑으로 늘어진 도롱이벌레를 가리켰다.

"도롱이벌레가 이리 쉽게 눈에 띈 가을도 이제 다 됐다는 얘긴디. 춥고 추운 겨울이 올 거란 말이여."

"……그래요."

"도롱이벌레도 참 바보여. 그냥 따땃한 이불을 만들어도, 봄까장 줄창 혼자니께(도롱이벌레는 일본어로 미노무시, 이불을 뜻하는 '미노부통'의 준말이기도 하다—옮긴이)."

옷짱은 키득, 웃고 소년에게 시선을 돌렸다. 술에 전 탁한 눈동자는 뭔가에 화가 난 듯 보였다.

"친구들 허고 여태 화해 안 한 겨?"

소년은 그 시선과 말로부터 도망치려는 듯, 도롱이벌레 쪽으로 손을 뻗었다. 몸통을 잡고 살짝 잡아당겼더니 나뭇가지와 벌레를 잇는 가느다란 실이 단번에 끊어졌다.

"내던지면 안 돼야. 땅에 떨어지면 겨울을 넘기지 못한단 말여."

옷짱은 힘주어 말했다.

"……어때요, 뭐."

"뭔 소릴 하는 겨? 가엾잖여. 저기 봐, 저기 저 나뭇가지 위에 올려놔. 그라믄 다시 실을 뽑아서 매달릴 것이구만."

"그래요?"

"아니, 뭐 나도 잘은 모르지만서도."

옷짱의 말투는 어느 틈에 원래대로 돌아가 있었다. "그려, 적당히 혀 둬." 하며 히죽대는, 자기 자신을 비웃는 얼굴 표정도, 평상시와 다름없는, 그저 술주정뱅이 옷짱이었다.

소년도 어깨의 힘을 빼고 도롱이벌레를 가지 끝에 올려놓았다.

"미안해요(고멘나사이)."

소년은 옷짱에게 말했다. '고'에서 약간 더듬거렸지만, 옷짱은 별로 신경 쓰지도 않는 눈치로 "사과꺼정 할 것은 없고." 한 마디 던지고서 다시 걷기 시작했다.

"도토리나 줍자, 저짝에 안즉 많이 떨어져 있을 겨."

"……네."

"도토리는 멀리 던져도 되니께."

"옷짱."

"응?"

"지금……, 제가 사과할 때 더듬었어요?"

옷짱은 뒤돌아보고 웃으며 끄덕거렸다.

"버벅거렸재. 뭐 상관없어. 그거이 뭐 워뗘? 너는 말을 버벅이는 아이잖여. 그렇잖여? 그거이 뭐, 좋잖여."

위로도, 격려도 아니었다.

"좋잖여?"

의미는 알고 있었지만 물어보았다. 옷짱은 왜 그런지 갑자기 거북스러워하며 시선을 돌리고 걷기 시작했다. 입으로는 "좋잖여, 좋잖여, 좋잖난 말이여." 하고 되지도 않는 박자를 붙여 노래했다.

소년은 "이상한 노래야." 하며 웃었다. 옷짱은 뒤도 돌아다보지 않고 더 큰 목소리로 하던 노래를 계속했다.

"좋잖여, 좋잖여, 좋잖난 말이여."

그 말만 계속 했다.

소년은 잠자코 옷짱의 뒤를 따라갔다. 낙엽을 밟고 가는 보폭이 아주 약간 넓어졌다.

소년의 거짓말이 엄마에게 발각된 것은 사흘 뒤였다.

"학교에서 야구를 하던 게 아니었니?"

엄마는 험상궂은 표정과 목소리로 소년을 몰아세우며 옷짱을 '그 사람'이라 칭하면서 얼마 전에 알게 된 시영 주택에 사는 이시가와 씨에게 들었다는 이야기를 숨 쉴 틈 없이 쏟아 냈다.

그 사람은 심한 알코올 중독자이고, 약간 머리가 이상해서 일도 제대로 못하는데다, 만날 대낮부터 술만 마시고 빈둥거려 부근에 사는 사람들도 모두 싫어한다고 한다. 주벽이 심한 그 사람이 한밤중에 난동을 부리는 바람에 이웃 사람이 경찰을 부른 적도 있단다. 아내와 자식은 그 사람의 주정에 학을 떼서 몇 년 전에 집을 나가 버렸다는 얘기까지.

"이시가와 씨는 말이야, 요즘 계속 신경이 쓰였대. 그 아줌마 말이 신사에서 요즘 그 사람과 어울려 노는 남자아이가 있다잖아. 설마, 설마 하면서 이야기를 자세히 들어 보니, 글쎄, 바로 너잖니. 세상에, 엄만 심장이 멎는 줄 알았다."

소년은 말없이 엄마의 목소리를 한쪽 귀로 흘리고 있었다. 옷짱에 관한 이야기보다 엄마에게 친구가 생겼다는 사실이 더 놀라웠다.

"이런 말은 하고 싶지 않지만, 그런 사람은 위험해. 술에 취하면 갑자기 난폭해지곤 하니까. 아주 될 대로 되라는 식으로 나오면 그땐 무슨 일을 저지를지 모르잖니? 그러니 이제 그 사람하고 같이 놀면 안 된다. 알았니? 학교 친구들과 야구하면서 놀면 좋잖아. 유격수를 맡았다고 하지 않았어? 왜 엄마한테 거짓말까지 하면서 그런 사람과 어울리는 거야?"

좋잖여……. 소년은 속으로 이 말만 거푸 했다.

옷짱도 외톨이였다는 걸 알자, 옷짱이 더 좋아졌다. 그리고 한편, 이 마을에서 친구를 사귄 엄마가 싫어졌다.

다음 날도 그 다음 날도 소년은 몰래 신사에 갔다. 옷짱과 솔방울로 야구를 하다가 싫증나면 잡목림 속에서 도토리를 주웠다.

옷짱은 늘 취해 있었다. 너무 취해 솔방울조차 던지지 못하는 날도 있고, 무슨 말을 하는지 도무지 알아듣지 못하는 날도 있었다. 하지만 옷짱은 언제나 기분이 좋아 보였다.

알게 된 지 2주일이 지났을 즈음, 옷짱은 도토리를 주우면서 엉성한 목소리로 〈도토리가 데굴데굴〉(일본어로 '돈구리 고로고로')이란 노래를 흥얼거렸다.

연못에 빠진 도토리.
도토리랑 노는 미꾸라지.

"야, 이 노래, 옷짱이랑 네 노래 같잖여?"

옷짱은 신이 나서 말하고 "도련님, 같이 놀아요." 하는 부분에 가선 우스운 목소리를 내며 몇 번이나 반복했다. 소년도 옷짱의 소리에 맞춰 노래를 해 보았다.

도토리가 데굴데굴……. '도'와 '고'가 목구멍에서 걸려 '도, 돈구리, 고, 고로고로'가 되었다.

"도토리 마음(일본어로 '돈구리 고고로')처럼 들리네."

옷짱은 웃으며 말했다.

"도토리 마음? 그거 참 재밌네. 무슨 생각을 허고 있을까. 빨랑 나를 주워서 멀리 데려가 줘요, 하고 생각할까? 마음속으로?"

옷짱은 2절은 부르지 않았다. 연못에서 미꾸라지와 놀던 도토리는 2절에 가선 산을 그리워하다가 울음을 터뜨려서 미꾸라지를 당황케

한다.

그래서 부르지 않은 걸까? 그냥 우연히 그렇게 된 걸까?

그 자리에서 물어보기는 좀 쑥스러워서 내일 묻기로 했다.

5시가 되어 소년이 "그럼 내일 또 봐요." 하며 자전거에 오르자 옷짱이 말했다.

"다음엔 바닷가에 한번 데려가 줄까, 워뗘?"

"거기, 갈 수 있어요?"

"그럼, 갈 수 있고말고. 저 앞길을 쭉 따라가믄, 바다잖여. 자전거로 가믄 10분도 안 걸릴 것이여."

"옷짱은요?"

"옷짱은 네 뒤 따라 뛰어갈 것이여."

"그러면 너무 힘들어요."

"그려? 그러믄 두 사람 타는 자전거 타고 가지 뭐. 옷짱이 앞에서 페달을 밟을 텐께, 나는 뒤에 앉아서 꼭 잡고 있으믄 되는 것이여."

"위험하지 않나요?"

"뭔 소리여. 옷짱 옛날엔 두 사람 타는 자전거 선수처럼 잘 탔어야."

옷짱은 술을 병째 들이키면서 웃었다.

다음 날 학급 활동 시간은 담임 선생님이 감기에 걸려 들어오지 않으셨기 때문에 옆 반과 소프트볼 시합을 하게 되었다.

남자, 여자 모두 두 팀으로 나누고, 후보 선수도 반드시 대타자로 타석에 서야 한다는 것이 규칙이었다.

소년은 자신의 의사를 말할 기회도 없이, 다른 아이들이 정한 대로 야구를 잘하는 아이들만 모인 B팀에 속하게 되었고, 자연스레 후보 선수로 밀려났다.

속은 상했지만, 적어도 한 번은 타석에 들어설 수 있다. 녀석들을 깜짝 놀라게 해 줄 기회가, 있다. 사이가 좋아지지 않아도 상관없다. 다만 녀석들에게 자신의 실력을 보여 주고 싶었다. 이번에 전학 온 아이는 굉장한 녀석이라고 녀석들이 혀를 내두르게 해 주고 싶다.

B팀끼리의 시합은 시시한 실수 연발로 1진 1퇴의 접전을 벌였다. 후반부터는 후보 선수들이 차례차례 대타자로 기용되었지만 각오한 대로, 소년의 이름은 좀체 불리지 않았다. 그게 더 낫다. 최후의 한 방을 날려 주는 것이 효과가 더 클 것이다. 분위기가 한층 더 고조되도록, 먼저 시합이 끝난 A팀 아이들도 모여들었다.

동점에서 맞은 마지막회 투 아웃 상황. 이대로 가다간 무승부로 시합이 끝날 찰나에 마침내 최후의 후보 선수였던 소년이 들어설 차례가 왔다.

타석에 들어서도 응원 소리 하나 들리지 않는다.

"볼 것도 없으니께. 그만 돌아가자."

누군가 들으라는 듯 한 마디 해서 주위에 있던 몇몇 아이들이 큰 소리로 웃었다.

소년은 야구 방망이를 최대한 길게 잡았다. 옷짱의 얼굴을 떠올리며 손에 힘을 주고 꽉 움켜잡았다. 주자는 없었지만 홈런 한 방이면

경기는 끝이다.

첫 번째 공이 날아온다. 솔방울에 비하면 소프트볼 공은 무지하게 컸다.

한껏 휘두른 방망이 중심에 공이 맞았다. 손에 전달되는 느낌이 최고였다. 타구는 좌중간으로 쭉 뻗어 헐레벌떡 쫓아가는 좌익수의 머리 위로 넘어갔다.

깨끗한 홈런이었다. 환호성도, 박수도, 맞이하러 뛰어나오는 동료도 없다. 하지만 모두들 놀라 숨을 삼키고 있다는 건 알 수 있었다. '이방인'을 보는 시선이 달라졌다는 것도 충분히 느낄 수 있었다. 교실로 돌아오는 길에 남자아이들 몇 명이 몰려와 소년 옆에 섰다.

"야구 연습에 껴줘도 쓰겄는디."

그들 중 한 녀석이 입을 떼기가 민망했는지 시선을 빙 돌려가며 말했다.

"너, 꽤 허는 거 같아서 그려."

소년도 수줍은 미소를 지으면서 "좋은데."라고 대답했다. 이 발음은 자신 있었다. '좋아'로 바꾸어 말하면, 소리는 한층 매끄럽게 나온다.

"좋아, 난, 정말로……."

한 번도 더듬지 않았다. 오늘은 정말이지 상태가 좋다.

모두들 더 이상 참지 못하고 쿡쿡, 웃음을 터뜨렸다. 하지만 그것은 소년이 기다렸다는 듯이 곧바로 대답한 것이 하도 우스워서 그랬다는 것을 알기에, 소년도 환하게 웃었다.

"그라믄, 수업 끝난 담에 운동장으로 와. 풀장 옆에서 연습헐 거니께."

알았다고 끄덕이려던 턱이 멈칫했다. 옷짱의 얼굴이 순간 떠올랐던 것이다. 그 얼굴은 웃고 있었다. 어제 "도련님, 같이 놀아요." 하고 노래할 때 본 웃는 얼굴이었다.

"······뭐, 다른 일이라도 있냐?"

옷짱의 얼굴을 털어내 버리고 소년은 말했다.

"그런 거 없어."

소년들이 이야기하고 있는 모습을 본 다른 남자아이들도 하나둘 달려왔다. 누군가 다른 아이에게 "이라믄 니는 후보로 떨어지는 거 아니여?" 하고 놀려 대니, 또다른 누군가가 힘주어 말했다.

"최강팀이 되믄 6학년들도 이길 수 있는 겨."

친구들이 한꺼번에 많이 생겼다. 이제부터 아이들의 이름을 외워 두어야겠다고 소년은 생각했다. 옷짱의 얼굴 대신 옷짱을 '그 사람'이라고 부를 때의 엄마 얼굴을 떠올렸다.

집에 돌아와서 "다녀왔습니다." 하고 큰 소리로 말했다. 평소에 그랬던 것처럼 처음에는 조금 더듬거렸지만 다른 때보다는 훨씬 부드럽게 나왔다.

"편지가 와 있어."

엄마가 거실에 놓인 고다츠를 가리켰다.

"벌써 고다츠를 꺼냈어?"

"추운데, 뭘. 오늘 밤은 꽤 추울 거래."

같은 산잉 지방이어도 이 마을은 T시보다 겨울 추위가 매서운 모양이다.

편지는 고다츠 위에 놓여 있었다. T시에 살 때 사귄 친구에게서 온 답장이었다.

조금 실망스러웠다. 답장은 사이 좋았던 다이카이나 오노나, 여자 아이로서는 유일하게 편지를 보냈던 기시타니한테서 온 게 아니고, 그저 다른 아이들에게 보내는 김에 써 보낸 엔토에게서 온 것이었기 때문이다. 엽서의 뒷면을 읽고는 더 실망했다. 어른들이 보내는 연하장에 적힌 인사처럼, 형식적인 뻔한 내용이었다. 더구나 글씨체가 너무 훌륭했다. 사인펜으로 쓴 글자 밑으로 연필로 먼저 적은 자국이 엿보였다. 아마도 엔토의 어머니가 써 준 모양이다.

"이제 11월도 끝이니 모두들 연하장으로 답장을 보내려는 게 아닐까?"

엄마가 말했다.

소년은 아무런 대꾸도 하지 않고 야구 글러브와 방망이를 들고서 밖으로 나왔다.

"다녀오겠습니다."

평소보다 밝은 목소리로 배에 힘을 주고 말했다. 집 앞 골목에서 큰 길로 나오자마자 자기도 모르는 사이에 신사 쪽으로 자전거 핸들이 돌아가는 것을, 흠칫 놀라 방향을 틀고 페달을 힘껏 밟았다.

소년은 그 길로 옷짱과는 다시 만나지 않았다.

시영 주택에 사는 친구들 집으로 놀러 갈 때에도 신사 옆을 지나는 길은 피했다. 약속을 깼다는 미안함보다 옷짱과 마주치면 어떡하나, 옷짱이 화가 나 집으로 쳐들어오면 어떡하나, 하는 불안이 더 컸다. 텔레비전 드라마에서 번화가를 배경으로 사람들이 술에 취해 휘청대는 장면이 나올 때마다 가슴이 두근거렸다. 옷짱이 시영 주택에서 난동을 부려 아예 경찰한테 잡혀가면 좋을 텐데……. 문득 그런 생각을 하고서 그 다음엔 마음이 무척이나 언짢았다.

소년은 학급 야구팀에서 4번 타자를 맡았다. 유격수 자리는 차지하지 못했지만 대신, 3루수를 맡게 됐다. 일단 사이가 좋아지고 보니 반 아이들은 꽤 괜찮은 녀석들이었다. 소년이 말을 더듬을 때 아이들이 비웃으면 한판 싸움이 붙는다. 그래도 어느 틈에 화해를 한나. 내년은 이 학급 아이들이 고스란히 같은 반으로 올라가 6학년이 된다. 야구 연습을 마치고 돌아오는 길에 모두 모여 5월에 있을 수학여행 이야기를 하는 날도 있다.

옷짱을, 소년은 조금씩 잊어 갔다.

12월이 되어 학교 가는 길에 있는 나뭇가지에 도롱이벌레가 매달린 것을 몇 번이나 보았다. 서리가 내리고, 진눈깨비가 날리고, 물웅덩이에 살얼음이 덮였다.

종업식이 가까워졌을 무렵 웬일인지 저녁 식사 전에 돌아온 아빠가, 좀체 볼 수 없던 환한 표정으로 겨울 방학 때 이사하게 되었다고 했다.

전학이 아니었다. 같은 학군 내에 새 전셋집을 구했단다. 화장실은 여전히 재래식이었지만 목욕물은 가스로 데울 수 있는 집이다. 본사 회의에서 지점을 없애지 않기로 결정해, 그렇다면 이 마을에 정착해 살고 싶다고 아빠가 지점장에게 부탁하니까 회사에서 이사할 집을 알아봐 준 것이다.

"뭐, 정착을 한다고는 혀도 언제 전근 발령이 날지 모르는 거지만서도……."

씁쓸하게 미소 짓는 아빠에게 엄마는 "참말이요? 그래도 마음은 놓을 수 없는 거네." 하고 웃었다. 집에서 엄마의 사투리를 듣는 건 처음이었다. 나츠미는 새 집으로 친구들을 초대해 이사 파티를 하겠다고 큰소리를 치더니 곧바로 초대장을 만들기 시작했다.

이사할 집은 지금 집과는 학교를 사이에 두고 반대편이었다. 학교와는 거리가 훨씬 더 가까워진다. 방과 후 야구 연습에도 제일 먼저 도착할 수 있을 것이다. 하지만 이제 이 근처에 올 일은 없어지겠지.

소년은 마지막으로 딱 한 번, 신사에 다녀오자 마음먹었다.

새해가 밝았다. 먼저 살던 마을의 친구들에게서 받은 연하장은 소년이 보낸 수보다 훨씬 적었다. 그 대신 학교 친구들에게서는 예상했던 것보다 더 많은 연하장을 받았다.

"올해도 잘 부탁해."

아무것도 아닌, 전혀 특별할 것도 없는 인사였는데 읽고 있으려니 등줄기에 벌레가 기어가는 것처럼 근질거렸다.

이사하기 전날, 치과에 간다고 거짓말을 하고 야구 연습을 빠진 소년은 자전거를 타고 신사로 향했다. 이쪽으로 발걸음을 안 한 지 한 달이나 지났건만 길모퉁이를 몇 번 돌아 달리는 동안 마치 어제 왔던 길을 다시 달리는 기분이 들었다. 어쩌면 옷짱과 만나도 "뭐 하고 놀았디야?" 하고 가볍게 말을 걸어오지 않을까, 하는 생각도 들었다.

옷짱은 화를 낼까? 그런 일은 없겠지 싶었다. 옷짱은 늘 술에 취해 있고, 탁한 목소리로 껄껄 웃으며 도토리에 관해 많은 이야기를 해 주고, 야구 놀이 상대가 되어 주고, 말을 더듬어도 "좋잖여." 하고 말해 주고…….

신사 앞에 자전거를 세우고 나서 온 힘을 다해 신사 대문을 지나 뛰어 들어갔다.

옷짱은 없었다. 당연히 없겠지, 소년은 몰아치는 숨을 고르면서 씁쓸하게 웃고 돌계단에 앉았다.

이젠 거친 숨도 가라앉았는데, 속이 답답하다. 저절로 고개가 밑으로 떨어진다.

발 언저리에 껍데기가 벗겨진 도토리가 떨어져 있다. 옷짱이랑 같이 골라 낸 도토리인가, 아무 상관없는 건가? 모르겠다. 단지 이런 모양은 상수리나무 도토리다. 고나라나무나 모밀잣밤나무와 헷갈릴 일은 없을 것이다. 앞으로도 쭉.

소년은 고개를 숙인 채 가슴을 두 손으로 감싸 안았다. 옷짱과 만나면 하고픈 말이 많이 있었다. 처음 할 말과 마지막에 할 말은 이미 정해 두었다. 하지만 옷짱은 보이지 않았다. 아무리 기다려도, 옷짱은 오지 않았다.

주위가 어스름해질 무렵, 소년은 천천히 자리에서 일어났다. 잡목림으로 들어가 푹신하게 쌓인 낙엽들을 손으로 헤치면서, 고나라나무 도토리를 줍는다. 점퍼 소매로 흙먼지를 닦아 내고, 벌레 먹은 곳은 없는지 확인한 다음 바지 주머니에 넣었다. 자전거에 올라탔다. 5시까지 집에 돌아가야 하는데 아직 시간이 조금 있다. 페달을 밟았다. 자전거 안장에서 엉덩이를 들고, 핸들을 꽉 움켜쥐고서, 바다로 향했다.

처음 달리는 길이었지만 외길로 곧게 난 길이니, 헤매지는 않을 것이다. 맞바람을 맞으며 달렸다. 중간쯤 오자 포장도로가 끊어졌다. 있는 힘껏 페달을 밟아 울퉁불퉁한 자갈길을 통과했다. 옷짱이 2인용 자전거 타기를 썩 잘했던 때는 언제였을까? 아이 때였을까? 아니면 어른이 된 다음일까? 옷짱의 뒤에 앉아 있던 아이는 지금 어디에 있을까?

마침내 땅이 우웅, 하고 울리는 듯한 낮은 소리가 들려왔다. 파도 소리. 바다에서 불어오는 삭풍이 한층 거세졌다. 겨울철 바다는 늘 난폭하게 울부짖는다. 종업식 날도 선생님은 어린이 혼자 바다에 가지 말라고 말씀하셨다.

소나무 숲으로 들어갔다. 길이 끊겨, 마른 솔잎이 주단처럼 깔린 숲 속을 걸어 들어갔다. 수평선 너머 지기 시작한 석양이 소나무 나뭇가지에 가려 사방은 꽤 캄캄해졌다. 라이트를 켜자 자전거 페달이 갑자기 무거워졌다. 바람이 고우, 고우 소리를 낸다. 소나무 가지와

잎들이 서로 부벼 대는 소리가 꼭 갑자기 퍼붓는 빗소리 같다.

다리가 쑤신다. 핸들을 잡은 손이 저려서 힘을 줄 수가 없다. 소나무 그루터기가 여기저기에 남아 있어 핸들을 놓칠 것만 같다. 솔잎들이 자전거 바퀴를 적신다. 두 볼이 얼얼하다. 모래가 바람을 타고 날아와 붙는다. 차가운 물방울이 볼을 때리며 튄다. 코끝이 얼어서 감각이 없다. 하늘은 이제 거의 암흑으로 변했다. 무섭다. 춥다. 온몸이 쑤신다. 울고 싶다.

"좋잖여, 좋잖여, 좋잖냔 말이여."

자전거 페달을 밟으며 성난 소릴 내질렀다. 옷짱이 부른 후렴구는 기억나지 않는다. 하지만 옷짱의 노래다. 옷짱이 만들어 준 노래다.

노래를 부른 뒤 신사에서 하지 못했던 두 가지 말을 순서내로 디 큰 목소리로 말해 보았다.

평소엔 제대로 나오지 않던 '미안해요(고멘나사이).'라는 말도 힘껏 소릴 지르니 술술 나왔다.

'안녕히(사요나라).'는 언제나 잘 나온다.

소나무 숲을 빠져 나왔다. 해안으로 나왔다. 해변 도로와 가드 레일 대신 키가 낮은 방파제, 그 앞은 모래밭, 그 너머는 바다다.

자전거를 멈췄다. 방파제를 타고 넘어 모래밭으로 내려갔다. 파도가 하얀 머리를 들고 섰다. 해변에 몰아치는 파도는 흰 포말이 한꺼번에 넓어졌다가 고무줄이 반동으로 잡아당겨지듯 이내 되돌아간다. 때로는 거대한 파도가 덮치지만, 정신만 바짝 차리면, 아주 가까이까지 못 갈 것도 없어 보였다. 해안에서 멀리 떨어진 바다에는 구름이 낮게 드리우고 있었지만 어렴풋이 햇살이 남아 있는 하늘을 올려다보니 별이 숨어 있다.

바지 주머니에서 도토리를 꺼냈다. 오른손으로 쥐고 바다를 향해 달렸다.

파도가 닿는 곳 가까이까지 다가갔다. 때맞춰 바람이 약간 잦아들었다.

3루 쪽으로 굴러온 땅볼을 나이스 캐치, 다시 1루를 향해 화살처럼 송구하는 기분으로 도토리를 바다로 던졌다.

멀리 날아가라, 고 빌었다.

멀리, 멀리, 날아가라, 고 기도했다.

조그맣고 가벼운 도토리는 손을 떠나자마자 바람에 휘말려 옆으로 날아갔다.

하지만 도토리는 바닷가 모래밭에 떨어진 다음에도 바람에 날려 굴러가다 파도가 들이치는 경사면에 떼구르르 떨어졌다.

큰 파도가 밀려와 도토리를 집어삼켰다.

파도가 빠져 나갔을 때, 도토리는, 거기 없었다.

반 아이들 모두에게 대사를 주어야 하는 것이 조건이었다. '어렵겠다.' 소년이 자신 없어 하자 담임 이시바시 선생님은 장난스런 표정으로 제안하셨다.

"아무리 머릴 짜내도 안 되겠다 싶으면, 숫자라도 하나씩 말하게 하면 되잖니."

하나, 둘, 셋, 넷, 다섯. 이런 식으로 하면 벌써 다섯 명의 대사가 된다는 말이다.

"어때? 좋은 아이디어잖아?"

소년은 어깨를 움츠리고 피식 웃었다. 이게 무슨 '전원 집합' 콩트도 아니고. 개그를 너무 좋아하는 이시바시 선생님이니까 실제로 그런 방법을 써도 분명 좋아하시기야 하겠지.

하지만 아무리 생각해도 그건 아니다. 초등학교 생활의 마지막 추억거리가 될 연극이다.

졸업식 전날 전교생이 강당에 모여 개최하는 '송별회'의 피날레.

6학년 1반과 2반은 합창을 하기로 했는데, 3반은 연극을 하게 되었다. 이시바시 선생님이, 합창을 하면 한 사람, 한 사람의 목소리를 들을 수 없으니 너무 시시하다며 교무 회의에서 혼자 결정해 버리신 거다.

연극 대본을 소년에게 맡기기로 한 것도 이시바시 선생님의 결정이었다.

자신 없어 하는 소년을 교무실로 불러서 기합을 넣었다.

"네가 우리 반에서 작문 실력이 제일 좋잖니. 너에게 이 역할을 맡기는 건 당연하지. 해 보기도 전에 약한 소리 하지 말고 일단 해 보는 거야."

그러고는 심각한 표정을 지어 보이더니 한 마디 덧붙이셨다.

"연극 대본 쓰는 법을 잘 모르겠거든 텔레비전을 보면 돼. 만화 영화도 있고, 드라마도 있고 많잖아."

교무실에 있던 다른 선생님이 쿡쿡 웃었다. 이시바시 선생님은 말만 꺼냈다 하면 농담이다. 나이는 소년의 아버지보다 약간 젊고 체격은 프로 레슬러같이 건장한데 텔레비전이나 만화에 대해서는 깜짝 놀랄 만큼 박식하다.

10월 소풍에서 이시바시 선생님은 버스 안 통로를 맨 앞부터 뒷자리까지 뛰어다니면서 히트 가요 메들리를 부르며 춤을 추셨다. 9월에 막 전학 온 소년은 입을 떡 벌리고 놀랐지만, 다른 아이들은 아무렇지도 않은 표정으로, 선생님이 저러시길 기다리고 있었다는 듯이 웃기만 했다.

통로를 몇 차례 왔다 갔다 한 다음 선생님은 소년의 이름을 불렀다. 〈혼자가 아니란 건, 멋진 일이야〉란 노래를 부르면서 멈칫거리는 소년의 손을 억지로 끌어 통로에 세웠다. 노래에 맞춰 어린아이들이 행진하는 것처럼 맞잡은 손을 크게 앞뒤로 흔들며 걷는 시늉을 했다. 그 당시엔 너무 부끄러워 어쩔 줄 몰랐지만 지금 다시 떠올려 보면 말동무 하나 없던 소풍은 선생님과 같이 노래를 부른 뒤부터 갑자기 즐거워졌다. 반 아이들이 선선히 말을 걸어온 것도, 그때부터였다.

"어때? 아무리 생각해도 역시 자신이 없어?"

이시바시 선생님은 소년의 얼굴을 밑에서 올려다보며 물었다.

"네가 쓰고 싶은 대로 쓰면 돼. 반 아이들 전부가 한 마디라도 대사를 할 수 있으면 그것으로 합격이야."

그리고 또 한 마디, 이번에는 약간 엄숙한 표정으로 말했다.

"네가 할 대사도, 잊지 말아라."

소년이 끄덕이자 다시 웃으셨다.

"쉬운 대사를 만들어 넣으면 되잖아."

선생님의 조그만 눈이 더 작아진다.

소년은 고개를 다시 끄덕이면서 선생님의 책상을 흘낏 쳐다보았다. 서류 파일과 채점 중인 시험지, 교육 관계 잡지들이 어지럽게 쌓여 있는 책상 한쪽 구석에 사진틀이 놓여 있다. 선생님의 가족 사진이다. 선생님과 사모님 사이에 조그만 여자아이가 웃고 있다. 유카리라는 이름을 가진 아이다.

3년 전 사진이라고 반 아이 중 누군가에게 들었다. 유치원 때 사진이란다.

사진 속 여자아이는 환자복을 입고 있었다. 벽에는 종이학들이 걸려 있었다. 병원 침대에서 찍은 가족 사진이었다.

초등학교 2학년인 유카리는 지금도 옆 동네에 있는 적십자 병원에 입원해 있다. 심장이 안 좋아 아기 때부터 몇 차례나 수술을 받았고, 학교는 거의 다니지 못했다고 한다. 선생님은 유카리에 대해 아무 말씀도 하지 않으신다. 하지만 소년의 반 아이들은 모두 알고 있다.

선생님은 가끔 학교에 나오지 않으신다. 그때는 언제나 유카리의 몸 상태가 안 좋을 때다. 재작년보다 작년, 작년보다 올해 선생님의 결근 일수가 늘어난 모양이다.

유카리는 다음 달 3월에 다시 수술을 받는다. 성공하면 심장 상태가 단번에 좋아질 것이지만 그럴 가능성은 절반 이하이고, 실패하면, 어쩌면……. 그 뒷이야기는 반 아이들 누구도, 절대 입 밖에 내지 않는다.

"괜히 숙제만 늘어났다고 생각할지 모르지만 한 번 잘 해 봐라."

선생님이 다시 한 번 격려해 주시는 말에 소년은 살짝 목례를 하고 자리를 뜨려는데 "아, 잠깐만." 하고 선생님은 다시 불러 세웠다.

"아까는 말하지 않았지만 선생님이 한 가지 더 부탁할 게 있는데."

"예……."

"마지막 장면은 슬프게 끝내지 말아 줘. 연극이라고 할까, 지어 낸 이야기는 그 중간이 아무리 슬퍼도 끝에 가서는 사람들에게 용기를 주어야 해. 그렇지 않으면 무엇 때문에 연기를 하는지 의미가 없잖아."

그리고 선생님은 덧붙이셨다.

"네 졸업 축하 연극이잖니."

하지만 선생님은 정작 다른 말씀을 하고 싶으셨는지도 모른다. 슬픈 장면으로 끝나는 연극을 보고 싶지 않은 것은, 선생님 자신일지도 모른다. 왠지 모르게 그런 느낌이 들어 소년은 묵묵히 교무실을 나왔다.

6학년 3반은 총 서른일곱 명이다. 남학생이 스무 명이고 여학생이 열일곱 명. 텔레비전 드라마에도, 도서실에서 빌린 연극 작법 책에도 이렇게 많은 등장 인물이 나오는 이야기는 없다. 유치원 학예회처럼 하나의 배역을 몇 명이 나누어 하면 모두가 대사 한 마디씩은 할 수 있겠지만, 4월부터 중학생이 되는데, 그런 건, 아무리 생각해도 볼썽사나운 꼴이다. 선생님을 깜짝 놀라게 해 드리고, 칭찬은 받지 못하더라도, 웃음은 드리고 싶다.

2월 중순까지 이야기를 완성해야 하는데 대강의 줄거리를 잡고 나니 벌써 3월 초였다.

성냥팔이 소녀 이야기를 바탕으로 만들었다. 추운 겨울 밤, 주인공인 소녀가 성냥을 하나하나 그으면 초등학교 시절의 추억이 하나씩 되살아난다는 이야기다. 그 다음부터 지나가는 사람의 역과 추억 장면에 등장할 역으로 등장인물을 하나둘 늘려 나간다.

안데르센의 원작에서 소녀는 마지막 장면에 죽고 말지만 그대로 하면 선생님과의 약속을 지킬 수가 없다. 소녀가 갖고 있는 성냥개비는 모두 일곱 개. 1학년 입학식부터 6학년 수학여행까지의 추억으로 여섯 개를 사용하고 나머지 하나는 미래를 비추는 성냥으로 하기로 했다.

소녀가 마지막 성냥을 그으면, 무대는 순간 밝아지면서 봄 햇살이 눈부시게 내리쬔다. 소녀는 입고 있던 외투를 벗어던진다. 그러면 그 자리엔 새 교복을 말쑥히 차려입은 중학생이 있다.

약간은 쑥스러운 이야기지만 줄거리가 완성된 순간, 우와, 다 됐다! 하고 승리의 세리머니가 절로 나왔다.

새 원고지를 펼치고 곁에 '이 작품에 나오는 등장인물'이라고 써 넣었다. 첫 번째 써 넣은 사람은 주인공 소녀. 그 역은 학급 임원이면서 소년의 짝사랑 상대인데다 꽤 예쁘장하게 생긴 다나베 유키코가 맡는다.

추억 장면에 등장하는 사람은 한 학년마다 세 명씩 총 열여덟 명. 소녀에게 냉정한 말을 쏘아붙이고, 행복한 모습을 뽐내는 행인이 열 명. 이렇게 해서 유키코를 포함해 스물아홉 명의 배역이 다 찼다.

나머지 여덟 명 중 일곱 명은 성냥개비의 불꽃 역이다.

"이제부터 너에게 1학년 때의 추억을 보여 줄게."에서부터 "이것으로 슬픈 밤은 모두 끝이야. 내일부터 너는 중학생이 되는 거야."까지, 대사는 짧지만 빨간 셀로판 종이를 연처럼 붙이고 펄럭이는 불꽃처럼 움직이는 것은 꽤 어려운 동작이 될 것 같다.

그리고 마지막 남은 한 명은 소녀에게 몰아치는 거센 겨울바람 역. 과거의 성냥개비를 모두 써 버린 소녀는 차가운 바람에 휘둘려 길바닥에 쓰러진 뒤 일곱 번째 성냥에 불을 붙인다. 바람은 파란색 긴 줄을 매단 양팔을 비행기처럼 옆으로 펼치고 무대의 오른편 끝에서 왼편 끝으로 달려나간다. 대사는 딱 한 마디, 달려가면서 "휴욱~."

서른일곱 명 가운데 가장 시시한 역이다. 있든 없든 이야기 진행에는 그다지 상관없는, 그러나 소년이 생각하기에는 꼭 필요한 역할이었다.

등장인물 마지막에 '북풍'이라고 쓰고, 그 밑에 자신의 이름을 적어 넣었다.

휴욱~.

숨을 내쉬며 대사를 해 보고 소년은, 됐다, 괜찮아, 하며 고개를 끄덕였다. '휴욱'보다 '퓨욱' 하는 편이 더 매서울 것 같은 느낌은 들지만 '퓨'를 제대로 발음할 자신이 없다.

9월에 이 학교로 전학 온 이후 말을 더듬는 증상이 훨씬 심해졌다. 원래 서툴렀던 '가'행과 '다'행에다가 탁음과 반탁음까지, 요새는 몇 번 심호흡을 한 다음 말을 해 봐도 목구멍에서 걸려 나오지 않는다.

늘 전학을 하고 얼마 안 되어서는 환경이 바뀌어서 그런지 상태가 좋지 않다. 하지만 이번에는 그 기간이 꽤 길어진다. 너무 길다. 저학년 때와는 달리 말이 막혀 나오지 않아도 반 아이들은 그다지 웃지 않는다. 대부분 모르는 체하고 넘긴다. 비웃거나 말이 막히는 것을 흉내 내는 고약한 녀석은, 6학년 3반에 없다. 그러니 마음은 편안

할 터인데 말이 막힐 때마다 가슴 속 깊숙한 곳, 이제까지와는 다른 곳이 쿵, 하고 내려앉는다.

휴욱, 휴욱, 휴욱.

몇 번이나 반복하고 고개를 갸웃거린다. '퓨욱' 하는 것이 더 좋다, 확실히 그래. 하지만 시험삼아 대사를 바꿔 보니 갑자기 가슴이 조여 오면서 '피, 피잇, 핏' 하고 말이 걸려 더 이상 제대로 나오지 않는다.

다른 등장인물의 대사도 전부 마찬가지였다. 대사의 제일 첫 부분, 중간, 마지막 어딘가 꼭 걸리는 단어가 들어 있다. 자신이 열심히 만들어 낸 대사를 발음하기 쉽다는 이유로 다른 말로 바꿔 쓰기는 싫었다. 어찌 되어도 별 상관없는 역이니까, '히'든 '피'든 한 음절일 뿐이니까 대충 이 정도로 하자.

휴욱, 휴욱, 휴욱.

뭐, 이 정도면 됐어. 소년은 웃었다. '휴욱'과 '퓨욱'의 차이 같은 거, 아무도 신경 쓰지 않을 거라고 스스로를 위로했다.

이야기가 완성된 다음 날 이시바시 선생님은 학교에 나오지 않으셨다. 유카리의 몸 상태가 좋지 않은 모양이다. 다음 날도, 그 다음 날도 선생님은 모습을 보이지 않으셨다.

"내리 사흘씩이나 결근하시는 건 처음인디."

1학년 때부터 계속 선생님의 반이었던 히구치가 말했다.

점심시간에 남학생 학급 임원인 마쓰하라가 제안했다.

"학교 끝나고 모두 기온(祇園) 신사에 가는 게 워떠냐."

반 아이들 모두 돈을 조금씩 모으고 기원 종이에 '유카리가 빨리 완쾌하도록 해 주세요.'라고 쓰자는 아이디어였다.

제일 먼저 다나베 유키코가 "찬성!" 하고 소리쳤다. 모두들 입을 모아, 가자, 가자, 했다.

소년은 자리에서 일어나 박수를 쳤다. 박수는 찬성이나 공감을 나타내는 표현이라고 어떤 책에서 읽은 적이 있었다. 하지만 그것을 모르는 아이들은 멍한 표정으로 물었다.

"박수는 왜 치는 겨?"

'가자(이코우)'라고 하려면 도중에 '코'가 막혀 버려서 그렇다고는, 말할 수 없었다.

방과 후 서둘러 집으로 돌아와서 지갑을 들고 더 바짝 힘을 내서 자전거 페달을 밟아 기온 신사로 향했다. 학교에서 집까지는 걸어서 5분도 걸리지 않는다. 우리 반에서 내가 가장 가깝다. 기온 신사로 가는 길도 대충 알고 있다. 국도를 가로질러 수문이 있는 용수로를 따라 달려서 마을 교차로를 돌아간다. 낡은 집들로 길이 구불거리는 동네 언저리는 자신이 좀 없지만 거기까지 가면 산 위에 있는 기온 신사의 대문은 어디서든 보일 터이다.

자전거 페달을 밟으면서 입술을 몇 번이나 핥았다. 헛기침을 해 보고 침을 계속 삼키면서 "아, 아, 아." 소리를 내 보고 목소리를 다듬었다.

"가자, 가자, 가자(이코우, 이코우, 이코우)."

지금은 잘 되는데, 어렴풋이 '코'가 자꾸 걸리는 것 같은 느낌이 아주 없는 건 아니다.

이야기를 짜내느라 너무 피곤해서 그런가? 오늘은 아침부터 쭉 상태가 좋지 않다. 숨을 끊어 쉰 것도 아닌데 말이 도중에 걸려 나오지 않는 경우는 별로 없었다.

아직도 새로운 환경에 익숙해지지 않은 건가?

하지만 이사한 지 벌써 반 년이 지났다. 초등학교 6학년이 되는 동안 학교를 여섯 번 바꾼 비율로 봐서는 이 마을에서 지낼 날도 이제 나머지 반 년 정도라는 계산이 나온다.

아니면, 엄마가 가끔 하는 말처럼 사춘기에 들어서 그런가? 사춘기에 들면 말 더듬는 증상이 심해지는 사람들이 많다고 한다. 그 말대로라면, 중학생이 되면 지금보다 더 말을 더듬게 된다는 얘긴가?

중학교에 들어가 새로운 마을로 이사를 하면 다시 자기소개부터 시작한다. '기요시'의 '기'를 발음하려 애를 쓴다. 몸은 바람을 가르며 앞으로 나가고 있는데 가슴 속은 무겁게 가라앉는다. 통증도 느껴진다. 썩은 이가 욱신거리는 것처럼. 길게 뿌리내린, 깊숙한 곳을 쿡쿡 찌르는 아픔이었다.

기온 신사의 바로 밑에까지 왔다. 여기부터는 돌로 만든 대문을 지나 100단에 가까운 높다란 돌계단을 올라야 한다. 자전거를 대문 옆에 세웠다. 다른 아이들의 자전거는 아직 한 대도 없다. '좋았어!' 속으로 외치며 살짝 승리의 세리머니를 했다. 1등으로 도착했다. 이 시바시 선생님께 아주 미약하나마 보답을 하게 된 것 같은 기분이 들었다.

돌계단 중간 쯤부터 바다가 보이기 시작했다. 세토나이카이다. 인구 3만 명 정도 되는 이 마을은 에도 시대까지는 항구로 번영을 누렸다고 한다. 그러나 지금은 바다와 마을 사이에 간척지가 펼쳐져 있어 높은 곳까지 올라와 보지 않으면 바다는 보이지 않는다.

돌계단의 끄트머리에 다다르자 신사 경내 쪽에서 인기척이 느껴졌다. 이야깃소리와 웃음소리가 들린다.

"모두들 놀러 온 게 아니니께, 조용히 엄숙하게 참배해야 혀."

유키코의 목소리다.

소년이 1등으로 온 게 아니었다. 경내에는 반 아이들 절반 가까이가 모여 있었다. 돌계단을 올라온 소년을 보고 다하라가 어이없다는 표정으로 말했다.

"흐미, 애썼네그랴. 그리 멀리꺼정 뻥 돌아오느라고 말이여."

산의 안쪽으로 신사까지 이어지는 길이 있다고 한다. 거리는 조금 더 멀지만 자전거로 경내까지 들어올 수 있으니 실제로는 훨씬 빠르고 쉽게 도착할 수 있단다.

소년은 이마의 땀을 닦으며 입만 히죽 벌려 웃어 보이고는 입술을 깨물었다. 자신이 이방인이라는 생각이 들 때는, 바로 이런 순간이다. 마을 전경은 대충 알고 있어도 좁은 도로나 안쪽 지름길은 모른다. 그것을 다 익혔을 무렵에는, 다시 전학이다.

모두 모이자 마츠하라가 돈을 걷어 사무소에서 1장에 500엔짜리 기원 종이를 사왔다. 서예를 배운 시나가와 유미코가 대표로 "유카리가 빨리 건강을 되찾게 되길 기원합니다."라고 쓴 글 주변 여백에 모두들 이름을 적어 넣었다.

"다 혔으믄, 순서대로 한 마디씩 기도를 허자."

마츠하라가 먼저 말했다.

다시 가슴이 막힌다. 깊게 뿌리내린 통증이 또, 인다.

"수술이, 꼭 성공하도록."

"유카리가 빨리 퇴원할 수 있도록."

"심장병이 빨리 낫도록."

"꼭, 꼭, 꼭 수술이 성공하도록."

모두 다 한 마디씩 기도를 하고, 소년의 차례가 되었다.

숨을 깊이 들이 마시고 한 걸음 앞으로 나와 배에 힘을 주었다.

"낫도록."

소리를 낸 것은 아니다. 숨을 내쉼과 동시에 토해 낸 것이다. 기원을 담을 여유도 없었다. 누구 하나 뭐라고 한 사람은 없었지만 몸속 깊은 곳이 찌르르, 쑤신다.

선생님은 다음 날도 학교에 나오지 않으셨다.

아침 조회 시간에 2반 담임 선생님인 다나카 선생님이 교실에 와서 오후 시간은 학급 회의를 열고 연극 공연에 대해 서로 이야기해 보라는 이시바시 선생님의 말씀을 전달했다.

"깡패들이 나오는 장면에서는 부끄러워하지 말라고 하셨단다. 진짜 깡패처럼 자신 있게 해야지 괜히 바보같이 뒤로 빼면 안 된다고 하셨어."

교실에 희미한 웃음소리가 번졌다. 웃음 뒤에는 그만큼 더 허전함이 커졌는지 모두들 고개를 떨구었다.

"괜찮아. 유카리는 수술 날짜가 다가와서 더 조심하고 있는 것뿐이야."

아무도 고개를 들지 않는다. 다나카 선생님도 "3반은 모두 착한 아이들만 모였구나." 하면서 엷은 미소를 보이고는 그 이상 아무 말씀도 하지 않으셨다.

5교시에 학급 회의를 열었다. 소년은 교단에 서서 몇 번이나 더듬거리면서 연극 줄거리를 설명했다. 모두들 줄거리에 대해서는 좋아했다. 배역을 칠판에 썼을 때 엑스트라 역으로 밀려난 아이들은 불만스러워 투덜댔지만 두세 명 배역을 바꾸는 것으로 마무리되었다.

여주인공은 소년의 생각대로 유키코가 하기로 했다. 행인 역을 맡은 마츠하라는 주인공에게 짓궂은 소리를 하는 사람이라며, 처음에는 마땅찮은 표정이었지만 나중에는 스스로 대사가 많고 중요한 역이라며 받아들였다. 배역을 적을 때 가슴이 조마조마했다. 하지만 마츠하라는 잠자코 있다가 나중에 소년에게 한 마디 던졌다.

"배역은 쓰는 것보다 그냥 입으로 말하는 게 빠르잖여?"

그 한 마디가 짓궂은 역을 맡게 된 것에 대한 복수일지도 모른다, 고 생각한 자신이, 미웠다.

소년이 맡은 역은 북풍. 그 역을 하고 싶다고 말한 아이는 아무도 없었다.

배역은 정해졌지만 이야기는 아직 완성된 상태가 아니다. 초등학교

6년 동안의 추억 장면에는 아직 손을 대지 못했다. 소년은 모두가 나눠 갖고 있는 추억을 하나도 모르기 때문이다.

그래서 반 아이들에게 기억에 남는 추억담을 하나씩 듣기로 했다. 모두들 차례차례 기억에 남는 일들을 이야기했다. 예상했던 것보다 그 수가 훨씬 많아 다수결로 뽑으려 했지만, 그것도 표가 분산되어 좀체 모아지지 않았다.

"전부 다 연극 속에 넣으믄 안 되남?"

마츠하라가 옆에 끼어들어 소년은 갑자기 화가 치밀었다. 마츠하라는 아무것도 모른다. 에피소드를 하나하나 전부 끼워 넣으면 추억 장면만으로도 주어진 시간을 한참 넘겨 버리고 만다.

"5학년에서 새로 올라오기 전까지는 모두 다른 학급에 있었잖여. 그러니 추억도 지각각이겠지."

마츠하라가 말하자 모두들 고개를 끄덕였다.

소년은 말없이 칠판으로 돌아서서 학년마다 하나씩 재연할 만한 에피소드에 동그라미를 쳤다. 나머지는 삭제. 도서관에서 빌린 연극 작법 책에 나와 있던 '솎아내기' 과정이다.

교실 여기저기에서 불만이 흘러나왔다.

"에이, 그런 얘기라믄 난 출연하기 싫단께!"

아예 딴 데로 시선을 돌려 버리는 아이들도 나왔다.

시간이 없으니까 어쩔 수 없다고 말하고 싶어도 말할 수가 없다. 시간(지칸)의 '지' 발음이 틀림없이 막힐 것이다.

중간에 해결사로 나선 것은 유키코였다.

"추억담이란 것은 말이여 개인적인 이야기잖여. 모두들 자기 나름대로 추억이 있으니께 이럴 때 체험하지 않은 사람이 냉정하게 판단하는 게 좋을 거 같은디."

큰 도움이 되었다. 모두의 불만도 그 말 한 마디로 잠잠해졌다. 하지만 소년의 가슴은 또 묵직이 내려앉는다. 몸속 깊은 곳이 욱신거렸다.

집에 돌아와 책상 위에 공책을 펼쳤다. 후보에 오른 추억담을 휘갈겨 쓴 메모를 보자 속이 상해 견딜 수가 없었다.

견학 갔던 날, 누군가 도시락을 잔디 위에 엎질러서 곤란했다는 이야기, 누가 스키 교실에 다녀오는 길에 버스 안에서 구토를 했다는 이야기, 너무 뻔한 이야기들이었다. 딱히 연극으로 재연할 만한 이야기들이 아니었다. 하지만 소년은 그 자리에 없었다. 반 아이들은 모두 6년 내내 같은 학교에서 어울려 지내 왔지만, 소년이 "맞아, 그랬지. 그때 정말 재미있었어." 하고 맞장구칠 만한 추억은 고작 반 년 동안의 일뿐이었다.

소년은 예전 학교에서 같이 공부하던 친구들과 만나고 싶었다. 예전에 살던 마을에 놀러 가고 싶었다. 산잉 지방의 겨울은 파도소리가 밤새도록 끊임없이 들린다. 인구 200만 명이 넘는 N시는 한밤중에도 네온사인이 꺼지질 않는다. 신칸센을 타 본 것이 큰 자랑이 되는 이 마을 아이들은 그에 비하면 정말로 시골뜨기다. 겨우 2센티미터 쌓인 눈을 보고 큰 눈이 내렸다며 호들갑을 떠니, 이 아이들을 산잉 지방에 데려가면 그야말로 웃음거리가 될 것이다.

공책을 펴고 1학년의 추억담부터 떠오르는 대로 써 내려갔다. 그런 일이 있었지, 저런 일도 있었지, 이런 일, 저런 일…….

시작할 때는 재미있었는데 점점 속이 상했다. 함께 나눌 이야기 상대가 없는 추억담이란, 아무리 많아도 소용없는 것이다. 2학년 때와 3학년 때 일들을 떠올리면 속상함보다 서글픔으로 가슴이 미어져 눈물이 후드둑 떨어질지도 모른다. 그런 생각을 하면서 그 무렵에는 어떤 마을에 있었는지 돌이켜보다가 야속함이 밀려오고 또 밀려와 비명이 새어 나왔다. 그리고 또다시 슬퍼졌다.

다시 공책을 넘긴다. 이 마을에 온 후 반 년 동안의 추억을 적었다. 다른 아이들에게 지지 않을 만한 재미있는 추억거리를 골라내려 애썼지만 겨우 두세 줄로 끝이다.

가슴이 또 툭 떨어진다.

거실에서 전화가 울렸다. 전화를 받은 엄마는 잠시 이야기를 한 다음 소년의 방으로 들어왔다.

"오늘 아빠가 일찍 오신다."

"왜?"

"너랑 나츠미한테 헐 말씀이 있으시다. 얘기가 길어질지도 모르니께 숙제는 미리 혀 놓는 거이 좋것다."

"응."

퍼뜩 머리를 스쳐 간 예감은, 그대로 적중했다.

저녁 전에 돌아오신 아빠는 맥주를 마실 겨를도 없이 소년과 나츠미를 거실로 불러 전근 이야기를 꺼냈다. 이번에 갈 마을은 세토나이카이 해안인데, 여기보다 몇 배나 크다. 신칸센 역도 있다. 국도가 몇 갈래나 교차하고, 고속도로를 연장할 계획도 있고, 인터체인지 예정지에는 이미 공업 단지와 물류 센터가 들어서 있다고 했다.

거절하려면 지금 할 수도 있다. 단, 이번 이동을 거절하면 내년이나 내후년에 다시 전근을 가야 한다. 하지만 이번에 전근을 가면 아마 중학교 3년 동안은 같은 마을에서 지낼 수 있을 것이다. 잘하면 고등학교 3년 동안도.

"음. 그러니께, 뭣이냐. 딱 6개월 만에 전학을 가게 하는 거이 좀 그렇긴 허지만 서도, 중학교에 들어갔다가 중간에 전학 가는 것보담은 나을 것 같은디. 나츠미도 5학년이나 6학년 때 전학 가는 것보담은 4학년 신학기부텀 새 학교에서 보내는 거이 나을 것 같고······."

무슨 말인지는 알겠다. 처음에는 속이 상해 훌쩍거리던 나츠미도 수학여행은 친구들과 친해진 다음에 가고 싶다고 했다. 엄마도 옆에서 거들었다.

"고등학교 입학 시험이나 대학교를 생각하믄 역시 빨리 대도시로 나가는 거이 좋을 것 같은디, 아빠는 이번에 지점으로 가신단 말이여. 지점장 대리로, 그렇잖여?"

"나야 뭐, 아무래도 상관없지만 말이여."

아빠는 엄마의 말을 잘랐지만 지금까지 어두웠던 표정이 말끔히 가신 걸 보면 사정이 꽤 좋아질 모양이다.

"그려서 말인디, 서둘러. 미안허지만 내일 본사에 답변을 해야 허니께. 기요시, 나츠미, 이사혀도 좋은지 워떤지 지금 말해 주겠냐?"

먼저 좋다고 대답한 것은 나츠미였다.

소년은 그저 아무 말 없이 돌아서는 것으로 대답을 대신했다. 자기소개 하는 횟수가 줄어드는 쪽을 택한 것이다.

"내일부텀 상자를 모아야 쓰겄네."

엄마가 나츠미의 머리를 쓰다듬으며 말했다. 엄마의 팔은 소년의 머리로도 뻗었지만 소년은 손길을 피해 거실을 나왔다.

소년은 방으로 돌아와 다시 원고지를 꺼냈다. 두세 줄로 끝난 이 마을에서의 추억을 모두 지우고 다시 연필을 움직이기 시작했다.

가을부터 겨울, 겨울부터 봄. 이제 두 번 다시 체험하지 못할, 이 마을에서의 반 년을 하나하나 남김없이 써 내려갔다. 아무리 시시한 이야기여도 생각이 나면 모두 썼다. 또 하나, 또 하나, 하나만 더……. 도중에 달력을 책상 위에 얹어 놓고 하루씩 희미해진 기억을 짜내며 써 내려갔다.

봄부터 여름, 여름부터 가을. 이 반 년을 체험하지 못한 채 이 마을과 이별이다. 기온 신사의 벚꽃들이 만개하면 온 산이 분홍빛으로 물들 것이다. 오봉 때 미나토 축제에서는 불꽃놀이를 위해 화약을 100발 가까이 쏘아 올린다고 한다. 친구들이 하는 말을 듣고 무척이나 기대하고 있었는데, 기대만으로 끝이다. 그것이 너무 안타깝고 슬프다. 하지만 조금 전에 느낀 속상함과 서글픔하고는 미묘하게 다르다.

반 년치 추억담은 종이를 꽉 메웠다. 후, 숨을 내쉬고 종이를 바꾸어 6학년 3반 친구들의 추억담을 다시 하나씩 읽어 내려가며 자신의 추억담이 빠져 속상해하던 친구들 얼굴을 한 명씩 떠올렸다. 책상 서랍에서 원고지를 꺼냈다. 추억 장면을 처음부터 모두 다시 썼다.

이시바시 선생님은 결국 일주일 동안 결근하셨다. 겨우 교실에 모습을 나타낸 선생님의 얼굴은 약간 수척하고 수염이 길게 자라 있었다. 병원에서 계속 밤샘 간호를 하셨나 보다.
 하지만 선생님은 턱을 문지르면서 자랑스럽다는 듯 농담처럼 말씀하셨다.
 "어때? 좀 터프해 보이지? 음, 맨~담~."
 옛날 서양 영화에 나오는 배우 흉내를 내고서 혼자 웃는다. 아무도 웃지 않으니까, 머쓱해하는 코미디언 흉내를 내더니 마지막으로 딱 한 마디 심각한 얼굴로 말씀하셨다.
 "걱정 끼쳐서 미안하다."
 조회가 끝나고 소년은 교단 옆 선생님 책상으로 불려 나갔다.
 "연극 대본은 어떻게 되었니? 좀 보여 줄래?"
 호치키스로 찍은 대본을 건네자 선생님은 꼼꼼히 읽으셨다. 구레나룻에 섞여 있는 흰 수염이 눈에 띄었다. 눈 밑에는 검은 그늘이 잡혀 있었다. 그런데도 선생님은 읽는 중간에 후후후 미소를 짓는다. 다 읽고 나서 대본을 덮고 얼굴을 든 선생님은 아주 애썼다며 칭찬해 주셨다. 소년은 머뭇거리면서 시간이 넘을 것 같다고 털어놓았다.

아무리 빠르게 진행해도 추억 장면이 처음 생각보다 세 배 정도 늘어난 만큼, 시간이 많이 늘어났다. 선생님은 다시 한 번 대본을 훑어보시더니 고개를 끄덕이셨다.

"확실히 좀 기네."

"추억이……, 너무 많지요?"

"음, 엄청나게 자세히 끼워 넣긴 했는데……. 너는 어떻게 생각하니? 추억이 너무 많은 것 같니? 아니면 이 정도로 해도 될 것 같니?"

소년은 잠시 생각해 보고 나서 대답했다.

"이 정도로……, 해도 좋을 것 같아요."

"아이들은 어찌 생각할까? 너무 길다고 생각할까?"

이번엔 좀 더 자신을 갖고 머리를 좌우로 저었다.

"모두들 즐겁게 연습하고 있니?"

좀 더 힘차게 고개를 끄덕였다. 그러자 선생님은 시원스럽게 대답하셨다.

"좋아, 이대로 가자. 뭐 5, 6분 넘어간다 해도 상관없지. 어차피 우리 반 순서가 맨 마지막이니까."

선생님의 그 말씀을 듣고 용기가 솟았다.

"그리고 배역은 어찌 됐니?"

'이 작품에 나오는 등장인물'을 보여 드렸다.

"뭐야, 너는 북풍이냐?"

"네."

"이런 겸손도 유분수지. 이렇게 고생했는데 좀 더 멋있는 배역을 맡지 않고서."

선생님은 대본을 덮고 말씀하셨다.

"그런데 딱 하나 고쳐야 할 게 있다. 너는, 이야기는 아주 잘 만드는데 아직 중요한 걸 모르고 있구나."

"지나가는 사람 A, 지나가는 사람 B라고 했는데 이 세상에 그런 이름을 가진 사람이 어디 있니?"

등장인물 모두에게 이름을 붙이라는 말씀이었다. 아이들의 이름을 그대로 붙여도 좋고, 새로 지어 붙여도 좋다. 연극 중에 이름이 꼭 불리지 않아도 된다. 아무튼 이름이 없는 등장인물이 있어서는 안 된다는 말씀이다.

"그거 당연한 얘기 아니니? 지나가는 사람이라 해도 그 이야기 속에서만 엑스트라일 뿐이지 당사자에겐 자신이 주인공이잖아. 그렇지? 모두가 진정한 주인공인 거야. 그저 이야기 속이니까 주인공과 엑스트라로 나뉘는 것뿐이지. 이 말 명심하고 한 명 한 명 이름 붙이는 거 잊지 말아라."

일곱 개의 성냥개비에도 이름을 붙이게 생겼다.

1학년 시절을 보여 줄 성냥은 1학년 꼬마 성냥, 2학년은 태양탑 성냥 둘째 형, 3학년은 스마일 성냥 셋째 형……

소년이 연기할 북풍도 마찬가지.

"그냥 북풍이라고 하면 안 되지. 이 바람은 시베리아에서 불어와 바다를 건너고 중국 산지를 넘어 최선을 다해 여기까지 닿은 거야. 퓨우 하고 불어오는 막무가내 고집센 바람이라고."

"예에."

"너 미야자와 겐지가 쓴 《바람의 마타사부로》 읽어 봤니? 치바 데츠야의 《하리스의 바람》도 있잖아. 전학 온 학생은 모두 바람처럼 왔다가 바람처럼 사라진다고. 너랑 아주 딱 맞는 역이잖아. 멋지게 이름을 붙여 줘야지."

'이사를 가게 될 거란 이야기는 아직 하지도 않았는데, 선생님은 전부 알고 계신다.'

쭉 병원에서 유카리만 돌보고 계신 줄 알았는데 소년의 사정도 다 헤아리고 계셨다.

"선생님."

"응?"

"이름은 선생님이 좀 지, 지, 지어 주세요."

평소처럼 말을 더듬고 말았지만 가슴이 내려앉진 않았다.

"이름을? 내가 지으면 아주 코미디가 되어버릴 텐데……."

선생님은 곰곰이 생각하시더니 소년을 위해 이름을 선물해 주셨다. '북풍 퓨우타.'

"멋진 이름이지? 이름만 들으면 주인공인 줄 알겠다."

소년도 기뻤다. 하지만 그만큼 슬프기도 했다. 이름이 퓨우타라면 대사는 '휴우'보다 '퓨우'라고 해야 할 터이다.

"왜 그러니? 마음에 안 들어?"

소년은 잠자코 고개만 세차게 옆으로 흔들었다.

그날 종례 시간에 소년은 반 아이들에게 배역에 따른 이름을 말해 주었다. 평소 같으면 모두들 집에 빨리 돌아가려고 우왕좌왕할 텐데 이 시간만큼은 모두들 숨죽이고 자기 이름이 불리길 기다리고 있었다. 처음에는 그냥 성냥개비 역할이라고 시큰둥하던 아이들도 선생님이 이름을 붙여 주셨다고 하자 모두들 으쓱대면서 좋아해 다른 역할을 맡은 친구들의 부러움을 샀다. 하지만 그것을 가장 기뻐할 선생님은 교실에 안 계셨다. 오전 중에 조퇴를 하셨다. 오후에 유카리의 검사가 있을 예정이었기 때문이다. 4교시 수업이 끝나고 선생님은 처음으로 반 아이들에게 유카리의 병에 대해 이야기하셨다. 칠판에 심장 그림을 그리고 두꺼운 혈관에 ×표를 치고 빨간 분필로 다시 혈관을 그려 넣었다. 목소리는 담담했지만 대신, 농담도 하지 않으셨다. 수술은 일주일 뒤, 송별회가 있기 사흘 전으로 잡혔다.

"수술 전에 검사도 해야 하고, 준비도 해야 하기 때문에 내일부터 학교에 나오지 못할 것 같은데, 정말로 너희에게 미안하지만, 너무 걱정은 하지 말고 연극 연습 열심히 해 주길 바란다."

그리고 천천히 교실의 끝에서 끝까지 둘러보시고는 말을 이었다.

"졸업식까지 이제 보름 남았다. 초등학교도 이제 이것으로 끝이니까 하루하루 소중히 여기며 보내길 바란다. 순간순간을 최선을 다해 살아야 해. 알겠니? 오늘은 평생에 다시 오지 않을 하루잖니? 내일은 다른 어떤 날과도 바꿀 수 없는 내일이고. 소중히 여겨라. 진정으로 소중히, 지금 이 순간을, 소중히 여기길 바란다."

끝까지 농담 한 마디도 없었다. 교단 바로 앞자리에 앉았던 와타나베가 점심시간에 선생님 눈이 시뻘개졌다고 가르쳐 주었다. 하지만 그렇게 말하던 와타나베의 눈도, 그 옆에 있는 여자아이의 눈도 모두 발갛게 물들어 있었다. 반 아이들이 배역 이름을 모두 정했을 때, '유키'라는 이름을 선택한 주인공 역의 유키코가 물었다.
"내 배역 이름 다른 걸로 바꿔도 되겠냐?"
주인공 이름은 '유카리'로 결정했다.

집에 있을 때, 소년은 나츠미에게 시선을 주는 일이 잦아졌다. 정확히 말하면 나츠미와 나츠미를 바라보는 엄마 아빠의 모습을 보는 것이다. 나츠미는 유카리보다 한 살이 많지만 중병을 앓는 아이는 꽤 어른스럽다고 하니까 나츠미와 같은 나이로 보아도 될 거라고 생각한다. 나츠미가 텔레비전을 보며 웃는다. 그 웃는 모습이 재미있어서 부모님도 따라 웃는다. 나츠미가 채소를 먹다가 남기면 엄마는 살짝 눈을 흘기고, 아빠는 괜찮다며 편을 들어준다.
엄마와 둘이서 욕조에 들어간 나츠미가 다섯 손가락 노래를 부른다. 거실에서 듣고 있던 아빠는 나츠미가 노래를 아주 잘한다며 흐뭇해한다.
"다녀왔습니다." "어서 와라." "잘 먹겠습니다." "잘 먹었습니다." "안녕히 주무세요, 아빠 엄마." ……이런 말들이 들리지 않을 이시바시 선생님 댁을 떠올리다가, 유카리는 학교와 집에서 지낸 기억이 거의 없겠구나, 생각하니 자기도 모르는 사이에 두 눈에 눈물이 맺혔다.
유카리가 수술한 다음 날 이시바시 선생님은 학교에 나오지 않으셨다. 아침 조회 시간에 들어오신 2반 담임인 다나카 선생님은 수술이 끝났다고만 말씀하셨다. 성공했다고는 덧붙이지 않았다.

다음 날도 선생님은 학교에 오지 않았다. 송별회는 바로 내일. 다나카 선생님은 이시바시 선생님이 내일 꼭 오실 거라고는 말씀하지 않으셨다. 전하는 말씀도 없었다.

졸업식 예행연습에서 반 아이들 이름을 한 명씩 호명한 것은 3학년 2반 담임인 아라이 선생님이었다. 귀에 익지 않은 목소리로 불린 자신의 이름은 왠지 자기를 부르는 것 같지 않았다. '하마자키'를 아라이 선생님이 '하마사키'라고 부르자 하마자키는 정말로 화를 내기도 했다.

방과 후 마지막 연극 연습을 했다. 지금까지 연습 중 가장 상태가 좋지 않았다. 유키코는 도중에 울음을 터뜨리고, 주인공 유카리에게 못된 말을 하고 지나가는 행인 역의 모리모토도 "이런 심한 말 하기 싫다."며 훌쩍거리다가 반항을 했다. ……북풍 퓨우타는 목구멍이 막혀 들릴 듯 말듯 "휴욱." 하고 겨우 김새는 소리를 냈을 뿐이다.

모두와 상의하여 마지막 장면을 바꾸기로 했다. 소년이 좀 더 기운이 나는 장면을 생각해 낸 것이다. 하지만 그 마지막 장면도 선생님이 보지 않으시면 의미가 없다. 기도하는 수밖에 없다. 수술이 끝난 후에도 선생님이 계속 학교에 나오지 않는다는 게 무엇을 뜻하는지 모두 알고 있기에 아무도 입에 올리지 않았다.

송별회 날, 의자를 들고 강당으로 이동할 때에도 선생님은 모습을 보이지 않으셨다.

하급생들의 합창과 연극 막간에 소년은 몇 차례나 뒤를 돌아다보고 선생님이 없는 것을 확인하고서 한숨을 내쉬며 얼굴을 돌렸다. 다른 친구들도 마찬가지였다. 6학년 3반 전체가 술렁술렁 마음을 잡지 못했다. 하지만 그런 일에 언제나 잔소리를 하시던 교감 선생님도 오늘은 아무 말씀도 하지 않으셨다.

드디어 연극 공연 차례가 됐다. 사회를 맡은 5학년 방송 위원이 발표했다.

"다음은 6학년 3반의 연극 '희망의 성냥'입니다."

어제 연습 때보다 더 상태가 좋지 않았다. 그렇게 연습을 했건만 모두들 목소리는 기어들어가고, 동작도 엉망, 대사를 까먹는 아이도 있었다. 소년, 북풍 퓨우타도 기운이 빠졌다. 무대 오른편 구석에서 객석을 살피다가 선생님이 없는 걸 다시 한 번 확인하고서 쓸쓸함과 동시에 가슴이 다시 푹, 내려앉았다. 몸속 깊은 곳이 또 찌릿찌릿하다.

순서가 다가오자 무겁게 내려앉았던 마음은 격하게 뛰기 시작했다. 몇 번이나 심호흡을 해도 가라앉지 않더니 결국 무릎까지 후들거렸다.

마침내 북풍 퓨우타가 등장할 차례가 왔다.

무대 뒤에서 뛰어나갔다. 최선을 다해 소리를 내려 마음먹었던 '퓨' 소리가 목구멍에 걸려 '휴'로 바뀌더니 '휴욱', 그 목소리를 듣는 순간, 아아, 이젠 틀렸다는 생각이 들었다. 선생님 죄송해요, 죄송해요, 죄송해요……. 마음속으로 외치면서 무대 왼쪽 끝으로 뛰어나갔다. 대본에 의하면 북풍 퓨우타가 스치고 지나갈 때 유카리가 바닥에 쓰러지게 되어 있었다. 하지만 유카리 역을 맡은 유키코는 그대로 서 있었다. 멍한 표정으로 객석을 바라보고 있었다. 무슨 일이 있나? 소년이 가까이 서 있던 아이에게 물으려던 찰나, 유키코가 외쳤다.

"선생님!"

펄쩍펄쩍 뛰면서 손을 흔들었다.

이시바시 선생님이 거기 서 계셨다. 강당으로 뛰어들어와 가쁜 숨을 고르느라 어깨를 들썩이면서도 무대를 바라보고 서 계셨다. 웃고 계셨다. 늘 보여 주셨던 그 웃는 얼굴을 하고 양팔을 들어 크게 동그라미를 만들어 보이셨다.

무대 뒤에서 환성이 일었다. 유키코는 힘차게 일곱 번째 성냥을 그었다.

무대로 뛰어나온 '미래에 희망으로 일어날 성냥 소년' 불꽃이 기세 좋게 일어나고 외투를 벗어던진 유카리는 새하얀 중학교 교복을 입고 있다. 무대 조명이 순간 밝아졌다. 이제부터는 새롭게 바꾼 마지막 장면이다. 반 아이들 전원이 유키코를 중심으로 무대에 늘어섰다. 색종이로 이어 붙인 커다란 현수막을 남학생들이 펼쳤다.

'유카리, 수술 성공 축하합니다.'

현수막을 한 장 더 준비했다. 이번엔 여학생들이 펼쳤다.

'이시바시 선생님, 그동안 감사했습니다.'

유키코가 지휘를 하고 소년을 포함한 반 아이들 전원이 교가를 부른다. 노랫소리는 객석으로 퍼졌고, 강당 안에 모인 아이들은 모두 그대로 하나 되어 교가를 불렀다.

북풍 퓨우타는 무대를 달려 내려갔다. 대본에는 없는, 이런 것을 애드리브라고 하던가.

놀란 얼굴의 이시바시 선생님을 향해 전력 질주. 양팔을 비행기 날개처럼 벌리고 숨을 한껏 들이쉰 다음 '퓨우우우우'라고 말했다. 소리가 나왔다.

"퓨우." 하고 나왔다.

선생님 뒤로 돌아 등을 밀었다.

"어이, 왜 이래. 그만둬. 하지 마."

쑥스러워하는 선생님의 등을 퓨우타는 더욱 세게 밀었다. 숨을 또 한 번 들이마시고 연거푸 소리내며 밀었다.

"퓨우우우, 퓨우우우, 퓨우우우."

선생님은 무대 가까이 다가섰다. 교가 합창은 2절로 들어섰다. 퓨우타는 아직 교가를 전부 외우지 못했기 때문에 아이들과 함께 노래할 수 없었다. 소년은 선생님의 등을 밀며 그저 '퓨우우우'만 계속했다.

선생님은 코를 훌쩍 들이마시고 퓨우타와 똑같이 팔을 벌리고 큰 소리로 '퓨우우' 하고 웃으면서 무대 위로 올라오셨다. 객석은 환호했다. 퓨우타도 선생님 뒤를 따라 올라섰다.

차가운 물방울이 날아와 볼 언저리에 스치는 듯했다. 하지만 그것은 유키코랑 아이들이 무대 위에서 객석으로 뿌리는 색종이 매화꽃잎이었는지도 모른다.

친구 이야기를 해 볼게.

소년이 중학교 2학년 1학기 때 만난, 약간은 껄끄러운 친구 이야기다.

마음이 잘 통해 친구가 된 것은 아니다. '저 녀석 참 착한 아이구나.' 하고 생각한 적도 별로 없다. 만약, 중학교 2학년 과정으로 되돌아가게 된다면, 그 녀석과 친구가 되지는 않을 것이라는 생각도 든다.

하지만 인생은 단 한 번 주어지는 것이고, 중학교 2학년 1학기도 단 한 번뿐인 것, 소년은 분명, 그 녀석과 친구였다. 그 녀석 하는 말로 '베스트 프렌드'였는지, 어땠는지는 잘 모르겠지만. 친구와 그 친구의 친구, 그리고 소년의 이야기다.

게루마와 은상과 소년의 이야기.

"니, 나허고 베스트 프렌드 혀."

게루마는 불쑥 소년에게 말했다.

"좋으냐? 나한테 감사혀라. 넌 나의 베스트 프렌드여."

게루마는 으스대면서 말하더니 책상 옆 고리에 걸린 소년의 가방에서 멋대로 수학 공책을 꺼내 숙제로 해 온 문제풀이를 자기 공책에 베껴 쓰기 시작했다.

옆에서 떠들고 있던 여학생 몇 명이 어이없다는 표정으로 게루마를 쳐다보았다. 안됐다는 얼굴로 소년을 보는 여자아이도 있었다.

게루마는 콧노래를 흥얼대며 숙제를 베낀다. 영어와 일본어가 섞인, 들어본 적도 없는 노래였다.

"캐럴이라는디, 니 아냐?"

베끼던 손을 잠시 멈추고 말했다. 순간 머릿속에 떠오른 것은 《이상한 나라의 앨리스》를 쓴 작가였지만 아마도 99퍼센트 그 캐럴을 말하는 것은 아닐 것이다. 게루마는 만화책만 읽는다. 학기마다 열리는 교내 독서 감상문 쓰기 대회에서 입학 이래 3학기 연속 금상을 받은 소년과는, 다르다.

"에짱하고 조니가 멤버인디. 아냐?"

"어……."

"벌써 해산혔지만 우리 형이 아주 좋아혀서 나도 좋아혀. 〈펑키 몽키 베이비〉하고 〈루이지애나〉, 너 참말 몰러?"

록밴드에 대해 이야기하고 있는 건지도 모른다.

소년이 잠자코 있자 게루마는 그제야 공책에서 얼굴을 떼고 숯검댕이 눈썹을 찌푸리고 살짝 째려보며 말했다.

"안다, 모른다 대답을 해야 헐 거 아니여?"

그러다가 이내 헤헤, 하고 웃었다.
"다음에 우리 형한테 테이프 빌려 갖고 올 거구만."
"……땡큐."
"베스트 프렌드잖여, 그 정도야 당연허재."

게루마가 다시 우쭐거리며 큰소리를 칠 때 수업 시작종이 울렸다. 수학 담당인 이하라 선생님은 언제나 일찌감치 교실로 들어온다. 그리고 숙제를 까먹으면 늘 칠판용 컴퍼스로 엉덩이를 때린다.

"어이쿠, 큰일이네."

한 마디 내뱉은 게루마는 공책을 덮고 서둘러 자리에서 일어났다.

"잠깐 빌려 줘. 금방 베끼고 돌려줄 텐께."

소년의 대답도 듣지 않고 게루마는 자기 자리로 돌아갔다.

소년은 엉거주춤 자리에서 일어나 게루마의 등 쪽으로 손을 뻗었다. 미치지 않는다. '돌려줘(가에세요).'라고도 말할 수 없다. '가' 발음이 목구멍에 걸려 나오지 않는다. 당황해서 다른 말을 찾고 있는 사이에 이하라 선생님이 교실로 들어와 "숙제, 다 해 왔냐?" 하고 컴퍼스로 어깨를 톡톡 두들기며 말했다. 공책은 결국 소년에게 돌아오지 않았다.

수업이 끝나자 옆자리에 있던 나루세 미키가 소년에게 따지듯 물었다.

"왜 선생님께 말씀드리지 않은 겨?"

"됐어, 뭐."

소년은 뚝뚝하게 대답했다. 아직도 엉덩이가 욱신거린다. 맞는 순간 허리를 뒤로 뺀 탓에 엉덩이와 허벅지 사이에 매를 맞았다. 사실 그게 더 아프다.

"이하라 선생님, 그거, 때리는 거 말이여. 사실 문제가 되는 거여."

미키는 선생님이 나간 다음 빈 교탁을 쏘아본다.

"아프지 않어."

소년은 말했다.

"그래도, 쫙, 소리가 나던디."

"아프지 않다고 했잖어!"

여자란 여간 성가신 게 아니다. 별것도 아닌 얘기들을 조잘조잘 떠들어 대면서 언제나 자기들이 옳다고 믿고 있는데, 사실 옳다, 그르다, 무조건 두 개로 딱 잘라 말하자면, 옳은 말만 하긴 한다. 그러니까 더 성가시다. 나루세 미키는 특히 더.

게루마가 공책을 가지고 소년의 자리로 왔다.

"아이고, 이거 미안, 미안. 돌려주려고 했는디, 고것이 타이밍이 안 맞아서……. 용서혀라."

아무렇지도 않게 실실 웃는 게루마를 쳐다보다가, 미키는 홍, 하고 얼굴을 돌렸다.

"이거이 뭐 사과의 뜻이라고 허면 좀 뭣허지만 말이여, 니 별명을 생각했다. 아까 한참 동안 생각한 거여."

"……뭔디?"

"너 말더듬잖여(일본어로 '더듬다'는 도모루라고 한다―옮긴이). 그러니께 도모, 라고 혀."

좋은지 나쁜지 내 의견을 물어보는 투가 아니다. 아예 못을 박는 말투다.

"좋은디, 금방 알 수 있고 쉬운 별명이잖여."

혼자만 신이 나서 킬킬대며 "그렇잖냐, 도모?" 하고 소년의 어깨를 친다.

"잠깐만, 후지노."

미키가 끼어들었다. 여자 선생님이 어린아이를 야단칠 때 쓰는 억양으로 말을 이었다.

"그런 별명 붙이면 못 쓰는겨."

"뭐여, 시방 나루조하곤 상관없는 일이잖여."

미키에게 나루조라는 별명을 붙인 아이도 게루마다. 1학년 때부터 두 사람은 같은 반이었다. 평소 때는 그냥 '나루조', 말싸움이라도 붙으면 '나루조 멘초'라고 부른다. 멘초란 여자의 거기, 은밀한 곳을 이르는 말이다.

"상관 있재. 우리 반 일이잖여."

"남자하고 여잔 서로 아무 상관없어. 이 바보, 나루조 멘초야."

미키……, 나루조는 곧장 불같이 화를 낸다. 성질이 급하고 신경질을 잘 내는데다 기가 세고……, 조금 귀엽다.

"상대방한테 상처를 주는 별명은 붙이는 게 아니여."

소년은 저도 모르게 고개를 수그렸다. 얼굴이 확 달아오르는 게 느껴졌다. 심장 박동이 빨라진다. 호흡이 가다가다 걸려서, 숨이 막힌다.

하지만 게루마는 멍한 표정으로 되물었다.

"워째서?"

나루조를 보다가 소년에게로 시선을 돌리고 다시 묻는다.

"말을 더듬으니께(도모루) 도모라고 허는디, 그거이 당연한 거 아닌감? 그거이 이상하면, 도모짱이라고 하는 게 더 좋을라냐?"

소년의 수그린 고개는 한층 더 밑으로 떨어졌다. 게루마는 일부러 소년을 화나게 하려고 말하는 게 아니다. 워낙 성격이 그렇다. 소년도 그건 안다. 어른들의 말을 빌면 '악의는 없는' 녀석이다.

"저기, 도모. 너 내가 도모라고 부르면 상처받냐?"

"후지노, 제발 좀……."

"시끄러워, 넌 빠져. 말더듬이는 말더듬이지. 사실을 말하는 건데 뭘 그려? 난 거짓말 안 혀. 그자? 도모. 너 참말로 상처받았냐?"

소년은 말없이 고개를 저었다. 게루마하고도 나루조하고도 고개 들어 눈을 마주하지 않았다. 게루마는 거보란 듯이 웃고 화가 난 나루조는 이번에는 소년에게서 시선을 돌렸다.

게루마가 돌려준 공책 겉표지에는 낙서가 그려져 있었다. 머리를 모두 뒤로 넘겨 포마드를 바르고 잠자리테 선글라스를 낀 불량배가 '惡利餓斗(아리가토)'란 말을 내뱉고 있다. 아리가토(고맙다). 소년은 킥, 웃었다. 낙서는 흐리게 그려져 있었지만 굳이 지우개로 지우진 않았다.

중학교 2학년이 막 시작된 참이었다. 조선소와 어시장이 있는 세토나이카이 지방의 이 마을로 이사를 와 2년째를 맞는다.

소년을 '베스트 프렌드'라고 부른 건, 게루마가 처음이었다.

1학년 때는 게루마와 다른 반이었다. 1학년만 일곱 반이 있는 큰 중학교이기 때문에 반이 다르면 같은 중학교라도 거의 교류가 없다. 더구나 소년은 1학년 때 1반이었고, 게루마는 7반. 긴 복도를 사이에 두고 끝과 끝이었기 때문에 작년엔 복도에서 스쳐 지나간 적도 없었다. 그래도 소년은 그 무렵부터 게루마에 대해 알고는 있었다. 그리고 저런 녀석과 같은 반이 되면 기분 나쁘겠다, 고 생각하고 있었다.

게루마는 학년에서 유명했다. 그를 칭찬하는 이이는 단 한 명도 없다. 남자아이들이나 여자아이들이나 모두 그를 싫어한다. 하지만 본인은 친구가 많은 것으로 착각을 하고 매일 기분 좋게, 또 활기차게 주위의 빈축을 사며 지내고 있다.

"초등학교 때부터 저 지경이었재. 지는 주위의 시선을 받고 좋아하는지 몰라도, 뭐랄까, 너무 솔직하다고 헐까, 너무 어리숙하다고나 헐까, 좌우당간 단순혀."

다카하시는 차갑게 말하고 웃었다. 시력이 안 좋아서 눈이 빙빙 돌 정도로 두꺼운 안경을 끼고 있는 다카하시에게 게루마는 '우즈마키(소용돌이. 만화에서 안경 낀 사람을 그릴 때 흔히 빙빙 도는 소용돌이로 안경을 표현함-옮긴이)'라는 별명을 붙여 주었다.

"개들이 전봇대에 오줌을 누잖여, 여기는 내 영역이다, 하는 표시로 말이여. 그것과 마찬가지여. 애들헌테 전부 지멋대로 별명을 붙여 두고 꼭 뭐나 되는 사람마냥 착각허고 있다니께."

다카하시와 소년이 말하는 사이에 끼어든 마루야마는 초등학교 2학년 사회 시간에 외부로 견학을 다녀오다 버스 안에서 구토를 한 탓에 '게로야마(게로는 일본말로 구토라는 의미이다. 이 말에 이름 뒷말 야마를 합친 말-옮긴이)'라는 별명이 붙었다.

하지만 그 두 아이들도 게루마와 얼굴을 맞대고 직접 불만을 얘기하는 일은 없었다. 남들이 짜증내고 싫어하는데도 그것을 게루마가 전혀 눈치채지 못하기 때문에, 더 골치다. '우즈마키'든 '게로야마'든 너무도 어이없이 순식간에 별명이 붙어 버리자 오히려 화낼 틈조차 잡지 못한 것이다. 그리고 무엇보다, "게루마의 형이 무섭잖어." 하고 두 아이는 입을 모아 말했다.

고등학교 2학년인 게루마의 형은 중학교 다닐 때는 학교를 완전히 '접수'했다고 한다. 지금도 시내에서 가장 질이 안 좋은 공고라고 소문난 공업 학교에서 2학년인데 3학년보다 더 큰 소리를 치고 다니는 모양이다.

초등학교 시절 게루마는 언제나 형의 뒤꽁무니만 따라다녔다. '이치로(一郎)'와 '지로(二郎)'라는, 서열을 알 수 있는 이름 그대로 형이 명령을 내리면 절대 복종하고, 그 대신 게루마가 누군가에게 괴롭힘을 당하면 곧바로 형이 복수해 준다(이치로는 일반적으로 첫째 아들, 지로는 둘째 아들이란 의미와 일등, 이등이란 의미로 쓰인다-옮긴이).

"집 지키는 개랑 똑같다고 생각허믄 돼야. 게루마는 별로 힘두 없지만은, 그 형이 있잖여. 그 녀석헌테 무슨 일이 생기면 형이 지켜 준다니께."

"맞아, 맞아. 개는 노상 짖어 대고, 똥도 싸고, 귀찮긴 허지만 그려도 도움이 될 때도 있잖여."

두 아이들은 그런 이야길 하다가 게루마가 "어이, 도모. 영어 숙제 해 왔남?" 하고 소년 쪽으로 다가오자 서둘러 자리를 피했다.

소년이 보기에는 너무 티나게 허둥지둥 도망치는 꼴들이었지만 게루마는 전혀 개의치 않고 소년에게 공책을 받아들고는 투덜댔다.

"우와, 되게 많네 이노무 숙제. 이거 다 못 베낄지도 모르겠는디."

"……메모한 게 있는디."

소년은 자기 공책과는 별개로 따로 뼤닐 수 있는 종이에 메모한 숙제 답안을 건넸다.

"와아, 좋았어. 워쩌케 했냐. 이런 거?"

"정식으로 하기 전에 먼저 한번 해 본 거여."

"도모, 너, 숙제하는 데도 그렇게 허냐?"

"응. 그냥, 뭐."

"머리 좋은 놈은 역시 다르구먼. 좋았어, 훌륭혀. 그라믄 이 메모 빌려 간다."

게루마는 정말이지 둔한 녀석이다.

우즈마키와 게로야마는 게루마가 자리로 돌아간 것을 확인하고 소년 옆으로 살금살금 다가오더니 한 마디씩 한다.

"정말 못 말린다니께."

"겁나게 귀찮은 녀석이여."

네 녀석들이 훨씬 더 귀찮고 짜증난다. 소년은 속으로 두 아이들을 향해 내뱉었다. 밖으로는 나오지 않았다. 걸리는 단어는 없었지만, 소리 내어 말하지 않았다. 중학생이 된 후 그런 경우가 많아졌다. 1학년 때와 비교해 봐도 지금이 훨씬 더 말수가 적어졌다. 생각하고 있던 것의 10분의 1도 겉으로 말할까, 말까 할 정도다. 요즘 들어서는 그런 일에 대해 답답해하거나 안타깝게 생각하지도 않게 되었다.

"베스트 프렌드라고?"

우즈마키는 고개를 갸웃하며 말을 꺼내더니 웃었다.

"게루마 자식, 꽤나 민망한 말을 다 쓸 줄 아네."

게로야마도 맞아, 맞아 하고 맞장구치며 흘깃, 교실의 구석 자리, 게루마가 있는 자리와는 반대편 창가 쪽의 맨 끝 자리를 보았다.

새 학기가 시작된 이후 계속 비어 있는 자리다. 옆을 보니 우즈마키도 그 자리를 바라보고 있다. 소년도 대강의 상황은 알고 있다. 그 자리에 앉아 있을 동급생이 누군지, 그리고 왜 한참 동안 비어 있는지도.

"게루마의 베스트 프렌드는 은상(銀賞)이었는디……."

우즈마키는 가볍게 한숨을 내쉬며 말했다.

"요시다 아니었남? 저 자리?"

소년이 묻자, 게로야마가 대답한다.

"요시다를 은상이라고 하잖여."

게로야마는 곧바로 되물었다.

"너 게루마허고 은상에 대한 야그, 몰러?"

소년은 멈칫거리며 대충 끄덕였다.

"그라믄 게루마가 왜 게루마인지도 모른단 말이여?"

"응."

"이런, 어쩔 수 없구먼. 중학생이 되믄서 이사왔으니께 모르는가 비네."

자신이 이방인이란 생각을 들게 하는 것이, 바로 이런 상황이다.

"게루마란 건 말이여, 게루마늄 라디오를 줄여서 게루마라고 하는 거여."

우즈마키가 말하자 게로야마가 덧붙이며 웃었다.

"줄임말 비슷한 거재."

그다지 우습진 않았지만 소년도 따라 웃었다. 그리고 두 사람이 번갈아 가며 이야기하는 게루마와 은상의 이야기에 귀를 기울였다.

게루마와 은상은 유치원 무렵부터 친구였다. 집이 서로 이웃해 있기도 해서 게루마의 형과 게루마와 은상은 삼형제처럼 어울려 지냈다고 한다. 은상은 얌전하고 체구가 왜소한데다 곧잘 감기에 걸리고 배탈이 나기도 해서 공부도, 운동도 제대로 하지 못했다. 그런 은상을 게루마는 골탕먹이기도 하고, 쥐어박기도 하고, 기합을 주거나 하면서도 다른 아이들은 절대로 은상을 괴롭히지 못하게 했다고 한다.

"게루마의 형은 초등학교 고학년이 된 다음부터 은상을 상대허지 않게 되었지만 게루마는 워낙 남의 뒤치다꺼리를 잘하잖여. 은상처럼 힘없는 아이가 곁에 있으믄 그냥 모른 척하지 않재."
 "무슨 이야긴지 알 것 같다.
 "뭐, 은상은 속으로는 쬐금 부담스럽게도 생각혔겄지만도……."
 이 말에도, 왠지 절로 고개가 끄덕인다.
 게루마는 기계 만지는 것을 좋아했다. 자기가 좋아하는 것은 '베스트 프렌드'에게도 억지로 하게끔 하지 않고서는 못 배기는 성격이기도 하다.
 "부모님헌테 납땜 공구를 아주 세트로 사 달라고 혀 갖고 둘이 게루마 방에 틀어박혀 물건들을 전부 뒤죽박죽으로 만들었잖여. 아무리 봐도 은상은 별수없이 붙어 있었던 것 같지만 말이여."
 4학년 여름 방학 때 게루마는 혼자서 게루마늄 라디오를 만들어 시(市)에서 주최한 어린이 과학전에 응모했다. 결과는 동상. 게루마는 아주 좋아하며 그 때 바로 자신의 별명을 '게루마'라고 바꾸었다. 무슨 지하 조직 같다고 모두들 뒤에서 수군거렸지만 그런 것을 신경 쓸 게루마가 아니었다.
 이듬해 5학년 여름 방학에는 은상이 만든, 진공관을 하나만 사용한 라디오가 어린이 과학전에서 입상했다. 이번에는 은상이었다. 게루마는 자기가 상을 받은 것보다 더 기뻐하면서 요시다의 별명을 '은상'으로 바꾸어 불렀다는 얘기다.
 "지가 받은 것보다 더 좋아했다고는 혔지만, 사실 그거이 당연한 거여. 게루마가 만든 라디오니께. 그거이 말이여."
 "게루마, 지가 직접 라디오를 만들어서 지 마음대로 은상이 만든 것처럼 혀 갖고 응모한 거라고. 그야 누가 봐도 뻔하재."

우즈마키와 게로야마는 서로 마주 보면서 피식거렸다.

소년도 비슷한 웃음을 지었다. 왜 그랬냐고는 묻지 않았다.

'게루마야, 게루마, 역시 게루마야. 정말이지 그건 게루마다운 짓이야.'

속으로만 거푸 뇌까렸다.

"게루마는 은상을 천재라고 칭찬하면서 돌아다녔지만 은상은 곤란해졌지. 정말로 난감해졌다니께."

과학전에서 입상한 이후 은상은 게루마를 피해 다니게 되었다. 교실에 있어도 늘 기운이 없었고 누군가 말을 걸어와도 거의 뚱하니 대꾸도 없이 앉아 있기만 했다.

"은상은 쑥스러워 그러는 거여. 지금까지 다른 사람한테 칭찬받았던 적이 없으니께."

이렇게 대변하는 게루마의 둔감함을, 반 아이들은 뒤에서 키득거리기만 했다.

5학년이 끝나 갈 무렵부터 겨우 은상은 게루마와 다시 어울리게 되었다. 게루마가 물건을 하나 둘씩 잃어버리는 일이 부쩍 잦아진 것도 그 무렵부터였다. 집에서 잃어버린 게 아니라, 아침 나절까지 분명 책상 속에 있었던 물건도 오후가 되면 감쪽같이 사라졌다. 정리를 하지 않아서 그런다고 게루마는 선생님께 늘 야단을 맞았다.

얘기가 갑자기 튀네, 하고 잠깐 이상하게 여기던 소년은 다음 순간, 아, 하고 숨을 삼켰다.

"5학년 때는 게루마의 물건뿐만이 아니었재."

우즈마키가 덧붙였다.

"우리들 물건까지 도둑맞은 건 수학여행 이후였잖여."

게로야마가 거들었다.

6학년 5월에 규슈로 간 수학여행 때도 게루마는 용돈을 모두 잃어 버렸다. 지갑에 넣어 두었던 500엔짜리 지폐가 없어진 것이다. 우즈마키가 말했다.

"혹시 말이여, 게루마가 수학여행 때 그 사건으로 큰 소란을 한 바탕 벌였다면 차라리 그게 더 나았을지도 몰러. 은상을 위해서도 말이여."

게로야마도 고개를 끄덕였다.

"모두들 대충 짐작은 하고 있었재."

하지만 게루마는 그 일에 대해 입을 다물고 있었다. 아무에게도 말하지 않고 자신도 아무렇지 않게 있다가 가족들에게 줄 선물 하나 없이 그대로 집으로 돌아가서 용돈은 신발 사는 데 다 써 버렸다고 말해 엄마에게 꾸지람을 들었다.

수학여행이 끝나자 게루마 이외의 다른 아이들이 갖고 있던 소지품들도 하나 둘씩 없어졌다. 샤프나 지우개 정도였지만 마침내는 옆 반 교실에서도 물건이 없어졌다는 소리가 들려오고, ……가을에는 급식비와 학급비까지 없어지기에 이르렀다.

반 아이들은 그 무렵 이미 은상이 범인이라고 굳히고 있었다. 불시에 그 녀석을 둘러싸고 가방 속을 열어 보자는 아이도 있었고, 당장 선생님께 말하는 게 좋겠다, 는 아이도 있었다.

게루마만, 은상을 감쌌다.

"그럴 리가 없는디……."

웃어넘기다가 옆에서 끝까지 은상을 의심하는 아이가 있으면 끌고 가서 때리기도 했다.

"그렇더라도……, 범인은 분명 은상이었다니께."

은상과 그 애의 어머니가 처음 학교에 불려 간 것은 6학년 2학기. 그때는 주의 주는 것 정도로만 끝내고 급식비와 학급비를 도둑맞은 같은 반 친구들에게는 선생님이 범인 이름을 밝히지 않고 돈만 돌려 주었다.

하지만 그 뒤에도 은상의 도둑질은 계속되었다.

"그런 건 일종의 병이라잖여. 야단친다고 낫는 거이 아니라고 울 엄니가 그러던디."

은상의 어머니는 몇 차례나 학교로 불려 왔다. 가을이 끝나 갈 무렵에는 아버지도 불려 왔다. 선생님은 매주 은상의 집을 방문해 은상을 앉혀 놓고 상담을 했다.

그래도, 고쳐지지 않았다.

중학교 입학식 다음 날, 은상은 동네 슈퍼마켓에서 물건을 훔치다 붙잡혔다. 다음에 또 이런 일이 있으면 그 땐 시설로 보내 버린다고 경찰과 부모님이 무시무시하게 경고를 했건만, 며칠 지나지 않아 똑같은 슈퍼마켓에서 물건을 훔치려다 이번에는 청소년 선도 위원에게 팔목을 잡혔다.

경고대로 은상은 이웃 도시에 있는 시설로 보내졌다. 결국 은상이 중학교에서 수업을 받은 것은 고작해야 이틀인가 사흘밖에 되지 않는다.

시설로 들어가기 전에 은상은 지금까지 드러나지 않았던 도둑질에 대해서도 전부 털어놓았다. 게루마의 수학여행비도 그때 비로소 밝혀진 것이다. 그저 다른 데서 잃어버린 것으로 얘기가 됐던, 게루마의 샤프와 키홀더, 그리고 메모 수첩도 은상 방에 있던, 열쇠가 채워진 책상 서랍 속에서 발견되었다.

선생님이 물어보았을 때 게루마는 수학여행 때 잃어버린 용돈에 대해 잠자코 있었던 이유를 '떨어뜨린 줄 알고 창피해서 말하지 않았다.'고 둘러댄 모양이다. 서랍 속에서 나온 자신의 물건들에 대해서도 '그건 은상에게 준 것', '그건 떨어뜨린 것을 은상이 주운 것', '그건 다른 사람의 것'이라고 우겨서 부모님과 선생님을 한편으로는 감동시키고, 한편으론 기막히게 했다고 한다.

"게루마는 은상을 진심으로 좋아했어. 뭐 그건 호모(동성애자)와는 다른 거이지만."

우즈마키는 억지로 뒤에 토를 달고 못을 박았다.

"게루마헌테는 말허지 말어, 지금 한 얘기."

게로야마도 말했다.

"도모는 은상을 모르잖여. 게루마를 베스트 프렌드로 생각하고 있을지도 모르고."

이야기를 마치고 돌아서 가는 두 사람의 뒷모습을 소년은 말없이 바라보았다.
 게루마의 목소리가 들렸다. 어줍잖은 농담 몇 마디를 지껄이며 혼자 하하하 웃고 있었다.
 소년은 속으로 '저 녀석 정말로 바보 아니야.' 생각하면서 피식 웃고 한숨을 내쉬었다. 어떠한 표정도 내비치지 않는, 어정쩡한 그 얼굴이 지금 자신의 기분에 가장 잘 들어맞는 것이었다.
 황금 연휴가 코앞으로 다가왔을 즈음, 은상이 돌아왔다는 소문이 교실에 파다하게 퍼지기 시작했다.
 5월 들어 은상네 집 2층 창에 불이 켜져 있는 것을 미야자키가 보았다. 야나이가 은상네 집에 장난 전화를 걸었더니 은상이 받았다고 흥분하면서 수군댔다. 목소리를 죽여 조용히 대답했지만 그건 분명히 은상이었단다. 복사한 종이들이 어지럽게 널려 있던 책상은 연휴 중에 깨끗이 치워졌다. 복도에 있는 수납장에는 담임인 이와시타 선생님 글씨로 쓴 명찰이 붙어 있었다.
 반 아이들은 하나같이 게루마의 동태를 힐끔힐끔 살폈다. 하지만 게루마는 아무것도 모르는 표정으로 쉬는 시간마다 '도모, 도모' 하면서 소년에게 다가와 화장실에 같이 가자고 하기도 하고, 매점에 같이 가자고 조르기도 한다.
 억지로, 그렇게 행동하고 있는 것이다. 그것은 이미 반 아이들 모두 알고 있었다.
 "쟤는 우리들이 모르는 줄 알고 있는 거 아니여? 정말이지 바보여."

우즈마키는 키득거리면서 지껄였지만 소년은 다른 생각을 하고 있었다. 은상이 학교로 돌아왔을 때 게루마가 예전처럼 말을 걸어 주지 않으면, 은상은 기분이 어떨까? 엄청 슬플 거라 생각한다.

하지만 워낙 남의 일에 참견 잘하는 게루마가 지나치게 잘해 주면, 그 또한 서글플 것이다. 그렇게 자주 전학을 다닌 소년도 한 번 지나간 학교로 되돌아간 적은 없다. 시설에 있을 땐 그렇게도 그리워했던 학교이건만, 돌아와 보니 이미 옛날 그 모습은 아니고, 과거를 반성하고 새로운 나날을 시작하고자 해도 주변의 모든 이들이 이미 그렇고 그런 눈길을 보낸다면 본인은 어떤 기분이 들까?

그런 생각을 하면, 소년은 가슴이 옥죄어오는 듯 답답했다.

5월 중순 게루마는 집에서 카세트 테이프를 가져왔다. 지난번에 말한 캐럴의 테이프였다.

"형이 갖고 있던 테이프ㄴ디, 내가 졸라서 빌려 온 거니께. 절대로 잃어버리거나 고장내면 안 돼야."

늘 하던 대로 쉬는 시간에 소년의 자리로 다가와, 늘 하던 대로 자기가 먼저 빌려 주겠다고 말한 사실도 잊어버리고는 생색을 내면서 뻐긴다.

그런 식이라면 빌리지 않아도 상관없다고 말해 주고 싶었지만 그리 말하는 것도 귀찮고 '빌리지 않아도(가라나쿠데)'의 '가' 발음을 더듬게 될 것이 뻔하기 때문에 그냥 잠자코 테이프를 받아들려고 했다. 그러자 게루마는 테이프를 들고 있던 손을 뒤로 뺀다. 그 손짓도, 표정도, "야! 도모." 하는 목소리도 약간은 화가 나 있었다.

"야, 너 말하고 싶은 거이 있으믄 속 시원히 말 좀 혀 봐. 엉?"
"······뭐?"
"넌 만날 입술을 오물오물거리고, 그냥 잠자코 있잖여. 그런 걸 보믄 화가 난단 말이여. 사내란 말이여, 말하고 싶은 거이 있으믄 툭 터놓고 말허는 거여."
입술을 오물오물거린다고? 자신은 의식하지 못하고 있었다.
"더듬을까 봐서, 아예 다물고 있는 거여?"
"······그런 건 아닌디."
"근디, 도모. 너 워쩌다가 말을 더듬게 됐냐?"
정색을 하고 물어 보는 게루마의 등뒤에서 나루조가 기가 막히다는 표정으로 이쪽을 바라보고 있었다.
"'가'행과 '다'행이 걸려서 나오지 않재? 그리고 탁음이 붙은 말도 더듬고 말이여. 그려도 그 외의 다른 말은 술술 말할 수 있잖어. 거 참 재밌단 말이여, 말더듬이란 건."
솔직히 게루마의 관찰력에 감동받기도 했고 "뭐, 그런데 잘 듣는 약은 없을까잉?" 하면서 아무 생각 없이 말하는 모습에 결국 쿡, 웃음이 흘렀다. 너무나 둔감하고 무신경해서, 울컥 부아가 치미는 경우도 많지만 이상하게 게루마가 싫지 않은 건 왜일까?
나루조의 시선은 게루마에게서 소년에게로 방향을 바꿔 꽂힌다. 믿을 수 없어, ······놀라움과 분노의 화살은 소년에게로 옮겨진 듯싶다.
"그러니께 도모는 나를 '게루마' 하고 부른 적이 없잖여. '게'란 발음이 안 나와서 그려?"

바로 맞혔다. 게루마와 같이 있어도 가능한 한 이름을 부르려고 하지 않았다.

꼭 이름을 불러야 할 때에는 이름 대신 '후지노' 하고 성을 불렀다.

게루마는 혼자서 잠시 생각에 잠기더니 갑자기 목소리를 죽여 가며 말했다.

"그라믄 은상(일본어로 긴쇼)이란 발음도 안 되겠네?"

게루마는 그 때 처음 소년 앞에서 은상의 이름을 입에 올렸다.

"……그려, 안 돼."

"너 몸 상태가 좋을 때는 발음이 잘 된다든가, 뭐 그런 거랑은 다른 거여?"

"응."

"그렇더라도 이름을 부르지 못한다면 곤란하잖여. 만약 내 성이 '가'행이나 '다'행에 속한 글자였다면 워쩔 뻔혔어?"

"……못 부르재."

"친구가 될 수 없다는 소리여?"

"……그건, 모르겠지만."

"……그려도 이름을 부르지 않으면 친구가 될 수 없을 텐디."

너무나도 단순한 게루마의 이야기를 들으며 뭐라고 대답해야 좋을지 망설이고 있는데 게루마는 순간, 신나서 말을 했다.

"도모, 좋은 생각이 났어. 너 말허는 대신에 종이에 글로 쓰면 되잖여, 그잖여? 그라믄 말을 더듬지 않아도 되고 하고 싶은 말은 전부

헐 수도 있고, 넌 작문 실력이 좋으니께, 뭣이든 쓸 수 있잖여."
 단순한 걸 넘어 이 정도면 바보다 싶었다.
 나루조가 '후지노' 하고 날카로운 목소리로 불렀다.
 "너 그렇게 말하는 거 명예 훼손이여. 그거 몰러?"
 "뭐여, 나루조 멘초 주제에 또 끼어들어?"
 "후지노 네가 너무 심한 말만 허니께 그러재. 안됐다고 생각하지 않어?"
 그 말을 듣는 순간, 소년은 자기도 모르게 책상을 내리쳤다.
 "뭐가 안됐다고 그려!"
 성난 목소리도 얼결에 입 밖으로 터져 나왔다. 말은 좀 너 이어져야 할 터였다. 나루조가 말해 왔던 '올바른 것'에 대해 하나하나 짚어 가며 반박해 줄 작정이었다. 하지만 흥분해서 숨이 막히면 소리가 목구멍에 걸려 나오지 않는다. 연달아 나오는 기침처럼 신음 소리만 새어 나오다가 결국엔 입술과 턱이 덜덜 경련을 일으킬 뿐이었다.
 나루조는 움찔하면서 도망치듯 시선을 다른 곳으로 피했다. 게루마는 멍하니 보고 섰다.
 "도모, 뭔 말 하려고 그려?"
 여전히 멍한 표정으로 묻더니 곧바로 나루조를 돌아보고는 물었다.
 "야, 너 도모가 화낼 만한 말 혔냐?"
 나루조는 잠자코 일어서서 여자아이들이 모여 수다를 떨고 있는 베란다 쪽으로 종종걸음치며 갔다. 게루마는 이번에는 소년을 돌아 보고 물었다.

"야, 도모. 나루조가 뭐, 화낼 만한 말 했냐?"

이런 놈이다. 아무튼, 게루마란 놈은.

캐럴을 들어 보았다. 카세트 테이프 겉장에는 잡지에서 오려 낸 사진이 붙어 있었다. 가죽점퍼를 걸치고 머리를 모두 뒤로 바짝 넘긴 불량배들이었다.

하지만 테이프에 들어 있는 음악은 의외로 멜로디가 아름다웠다. 가사가 참 좋았다. 네가 좋다든가, 사랑한다든가 그런 달콤한 말들은 한 마디도 없지만 일본어와 영어를 섞은 가사는(사용된 영어는 거의 중학생들도 알 만한 쉬운 단어들뿐이었다) 아주 감미롭게 들렸다.

참 좋겠다는 생각이 들었다. 부르고 싶은 게 있으면 일본어에 영어를 섞어 불러도 상관이 없다. 그런 식으로 말도 할 수 있으면 참 좋겠다. '가'행과 '다'행과 탁음으로 시작하는 말을 모두 영어로 바꾸어 버리면······.

소년은 스스로도 참, 어처구니없다는 생각에 피식, 웃었다.

게루마가 그날 은상 얘기를 꺼낸 이유를, 일주일이 지나 중간 시험 마지막 날에 알았다.

"도모, 야구부는 오늘까지 쉬잖여. 집에 같이 가자."

억지로 소년을 잡아끈 게루마는 집 근처까지 와서 지난번과 마찬가지로 뜬금없이 말을 꺼냈다.

"은상 말인디······. 도모, 은상하고 친구 되어 주면 안 되겄냐?"

"어?"

"너랑 은상은 분명히 맘이 잘 맞을 거여. 그 애랑 친구가 되어 줘."

"……무슨 말 허는 거여?"

"은상, 하고 부르기가 어려우면 요시다, 하고 부르거나 욧짱이라고 불러도 돼야. 내일부터 은상이 학교에 나오잖여. 도모가 제일 처음 말을 걸어 주면 좋겠는디."

소년의 대답이 늦어지자 게루마는 갑자기 소년에게 헤드록을 걸었다. 불시에 공격을 받은 터라 도망칠 새도 없었다.

"지금부터 은상네 집에 데려갈 테니께, 오늘 안으로 베스트 프렌드가 되어 줘. 알았냐? 그럼 됐재?"

머리를 팔로 쥐고 흔들면서 말한다. 정말로 힘을 꽉 주고 있는 것은 아니다. 어색한 걸 감출 속셈으로 그럴지도 모르고, 절반은 장난 삼아 그런 것일 수도 있다. 하지만 교복 소매에 붙어 있던 단추가 까까머리에 스쳐 아팠다.

"그만혀, 아프단 말이여, 그만 허라니께."

"베스트 프렌드가 될 거여, 말 거여? 되겠다고 하믄 놔 주재."

갑자기 화가 치밀었다. 조금 난폭하게 머리를 흔들자 게루마의 팔은 단번에 풀렸다.

"후지노, 너 적당히 좀 혀라."

몸을 추스르고 게루마를 쏘아보았다.

"왜 그려. 아아, 도모."

잠시 아무 말 없이 마주 보고 있었더니 게루마네 집 현관문이 열리고 불량배 무리들이 몇몇 걸어 나왔다.

맨 앞에 있던 남자가 탁한 목소리로 물었다.

"뭐 허는 거냐, 지로. 쌈허냐? 어라, 이것 봐라. 지로에게 싸움 거는 골 빈 녀석이 아직도 있남?"

게루마의 형이었다. 교복 앞단추를 풀어헤치고 옆을 바짝 밀고 뒤로 넘긴 머리를 손으로 빗어 넘기면서 건들대며 두 사람에게 다가온다.

"……형허고는 상관없어."

게루마가 고개를 숙이고 말하자 형은 조용히 "넌 가만히 있어."

하더니, 갑자기 꿍 소리가 날 만큼 세게 게루마의 머리를 쥐어박았다.

게루마는 두 손으로 머리를 감싸고 두세 걸음 뒤로 물러서면서 다시 말했다.

"형허고는 상관없다니께."

형은 게루마의 말을 흘려 넘기고 땅에다 침을 퉤 뱉고 나서 소년에게 정면으로 다가섰다.

"너희들 여그서 뭣 허고 있었어? 싸우려던 거 아니었남? 우리가 2층서 다 보고 있었은께. 거짓말하면 죽을 줄 알어."

소년은 아무 말 없이 형 뒤에 서 있던 무리들을 보았다. 불량배는 전부 다섯 명. 모두 고등학생으로 보였지만 그 중 딱 한 명, 체구가 왜소하고 교복을 입고 있지 않은 아이가 있었다. 까까머리인 걸로 보아서 중학생인가, 불량배들 무리에 섞여 있어 질이 안 좋아 보이긴 했지만 게루마를 보고 슬며시 시선을 돌릴 때에, 아무래도 자신 없고 불안한 표정이 스쳤다.

어쩌면……. 소년이 생각하고 있던 차에 게루마의 형이 턱을 바짝 쳐들고 말했다.

"너, 이름 뭐여?"

"……시라이시……입니다."

"이름은? 이름은 뭐냐?"

기요시의 '기'자가 나오지 않는다. 심호흡을 하고 내쉬는 틈을 타서 말하려 했지만 가슴이 떨려 심호흡조차 할 수 없다.

게루마의 형은 눈썹을 찌푸렸다. 날카롭게 위로 다듬은 눈썹이었다.

"야 인마, 내 말 안 들려?"

낮게 깔리는 말에 그만 당황해서 가슴 속에 숨이 하나도 남아 있지 않았는데 소리가 흘러나와 버렸다.

"기, 깃, 깃…… 기, 기, 기, 기……."

불량배들은 "뭐야, 저 녀석." 하고 큰 소리로 웃었다. 형도 웃었다. 불량배들 뒤에 끼어 있던, 약해 보이는 녀석도, 따라 웃는다.

울고 싶었다. 두고 봐라, 다음에 이 녀석 두들겨 패 줘야지, 하는 생각도 들었다. 게루마의 형은 괜찮다. 고등학생들한테도 별 감정은 없다. 다만, 그 약해 보이던 까까머리에게 비웃음을 산 것이 너무도 속상하고, 분하고, 서글퍼서……, 역시나 끝에 가선 서글퍼서, 정말로 울고 싶었다.

"웃지 마!"

버럭 소리를 지른 것은……, 게루마였다.

형은 순간 멈칫했지만, 곧바로 게루마를 노려보면서 양미간에 주

게루마 163

름을 깊게 잡고서 말했다.

"지로, 너 지금 누구헌테 헌 소리여?"

게루마는 그 말에 대꾸도 없이 소년의 팔을 잡아끌었다. 조금 전 헤드록을 할 때보다 훨씬 강한 힘이었다. 성큼성큼, 나중에는 거의 달리듯이 집으로 향했다.

"지로, 너 이따가 나헌테 맞아 죽을 줄 알어!"

형이 소름끼치는 소리를 내뱉었지만 게루마는 뒤도 돌아보지 않고 현관문을 열고서 소년을 집 안으로 던져 넣듯 들여보내고 나서 얼굴만 밖으로 내밀었다.

"은상! 라디오 보여 줄 텐께 이리루 와."

대답 소리는 들리지 않았다. 불량배들의 웃음소리만 겹겹이 울려 퍼질 뿐이었다.

게루마는 문을 닫는다. 좁은 현관에 두 사람이 우두커니 서서 얼굴을 마주 보았다.

"······지금 거기 있던 게, 은상이여."

소년은 말없이 고개를 끄덕였다.

"저 바보 녀석이 시설에 들어갔다가 곱절은 더 나쁜 물이 들어 돌아왔어."

내뱉듯 던진 말에도, 소년은 그저 조용히 고개만 끄덕였다.

"도모, 올라와."

"······응."

"라디오 보여 줄 텐께."

게루마는 신발을 벗어던지고 마루에서 곧장 이어진 2층 계단을 올라갔다. 소년은 그 뒤를 따라 올라갔다.

"아까는 고마웠다."

중간쯤 올라가다 서서 소년은 게루마의 등에다 대고 이렇게 말했는데 낡은 계단이 밟을 때마다 끼익끼익 소릴 내더니 그 소리에 묻혀 들리지 않았는지, 게루마는 아무런 대꾸도 하지 않았다.

방에서는 금속 냄새가 감돌았다. 납을 녹인 냄새라고 게루마는 말했다. 책상 위에는 만들다 만 작은 기계가 있었다. 욕조의 물이 다 차면, 울리는 비저를 만들고 있는 중이라고 했다.

"엄마헌테 300엔 받고 팔 거여."

웃으며 말하다가 "부품값이라도 건졌으믄 쓰겄는디." 하고 덧붙이는 게루마의 덩치는, 교실에 있을 때보다 훨씬 커 보였다. 책 선반에는 라디오 공작과 무선 라디오에 관한 책들이 나란히 꽂혀 있고 서랍에서 꺼내 온 상자를 열자, 소년의 눈에는 잡동사니로밖에는 보이지 않는 부품들이 빼곡히 들어차 있었다.

콘덴서, 트랜스, 레지스터, 퓨즈, 가변 축전기, 다이오드, 트랜지스터, 코일, 터미널, 워셔, 비즈, 베이크판······.

게루마는 상자 안의 부품들을 하나하나 가리키며 이름을 가르쳐 주다가, 소년이 아무런 반응도 보이지 않자 약간은 서운한 듯 서랍 안에서 다른 상자를 꺼냈다

"도모는 책 읽는 거만 좋아하재."

나무 판자와 조금 전에 이름을 들은 베이크판이 L자형으로 조립되

어 있고 작은 부품들이 몇 개 연결되어 있었다.

"4학년 때 만든 라디오여. 과학전에서 동상밖에 못 받았지만."

생각했던 것보다 훨씬 볼품 없었다. 아무리 봐도 라디오로는 보이지 않았다. 다이얼 부분은 베이크판에 붙어 있었지만 스피커도 없고, 스위치도 없다. 베이크판 옆으로 늘어져 있는 코드 끝에는 콘센트 플러그가 있었지만 구멍에 꽂을 금속 부분이 한쪽밖에 없었다. 이 플러그가 안테나 기능을 한단다. 집 안의 배선을 안테나로 해서 전파를 끌어들인다는 설명을 들어도 소년에게는 그저 횡설수설 지껄이는 소리로밖에 들리지 않았다.

"한번 들어 볼텨?"

게루마는 플러그를 콘센트에 꽂고 이어폰을 소년에게 건넸다.

"스피커로 들으려면 건전지를 넣어야 되지만 이어폰으로만 들으려면 암것도 없어도 돼."

"참말?"

"그러재, 바로 그거이 게르마늄 라디오의 장점이재."

전원이 필요 없는 라디오가 있다는 건 태어나서 처음 듣는 소리다. 소년은 상상해 본 적도 없다. 긴가민가하면서 이어폰을 귀에 틀어넣었는데, 앗, 정말로 소리가 들린다. 클래식 음악. NHK 채널인가?

"트랜지스터나 진공관에 비하면 잡음투성이지만 그래도 이건 초등학교 4학년짜리도 만들 수 있고, 건전지 값도 들지 않은께 이만하믄 좋은 라디오 아니여?"

게루마는 천천히 다이얼을 돌렸다. 그러면서 채널도 바뀐다.

"와, 굉장하다."

무심결에 소년의 입에서 그런 소리가 흘러나오자 게루마는 한층 신이 나서 떠들었다.

"밤에 전파 상태가 안정되믄 한국이나 소련에서 내보내는 전파도 잡혀."

전원이 없이도 소리를 들을 수 있다. 바다를 건너 흘러온, 눈에 보이지 않는 전파를 잡아서 이야기나 음악으로 내보낸다. 평소엔 당연한 것처럼 듣던 라디오가 엄청나게 신기한 기계처럼 생각되었다. 그리고 말소리나 음악은 평소에는 의식하지 않고 있을 뿐, 사실 이 방 안에도, 방 밖에도, 거리거리에, 저 하늘 가득히, 어느 순간에나 흐르고 있었다는 것을, 알았다.

숨을 들이쉰다. 들리지 않는 말소리나 음악 소리가 가슴 속으로 흘러든다. 숨을 토한다. 내뱉지 않고 가슴 속에 묻어 둔 말들이 숨결에 녹아 전파처럼 멀리까지 흘러가면 좋겠다. 누군가, 어딘가에서, 라디오처럼 그 말을 소리로 바꾸어 주었으면, 정말 좋겠다.

소년이 이렇게 라디오를 마음에 들어할 줄 몰랐던 걸까? 어리병병한 표정을 짓고 있던 게루마는 그 얼굴 그대로 불쑥, 화제를 바꾸었다.

"형허고는, 앞으로 쭉 절교할 거여."

소년은 귀에서 이어폰을 뗐다. 게루마는 칫, 하고 코웃음을 치고는 시선을 딴 데로 돌렸다.

"은상 자식도 바보고, 형도 바보여. 바보들끼리 사이좋게 지내는 건 당연한 얘기겠지만……."

 소문대로 은상은 황금 연휴 직전에 집으로 돌아왔다. 선생님은 연휴가 끝나면 곧 학교로 나오라 했지만 은상은 하루이틀 미루면서 해가 떨어지면 거리로 놀러 나가곤 하다가 결국 게루마의 형 무리에 끼게 된 것이다.
 "처음에는 형도 어릴 때 데리고 놀던 아이라고 생각혀서 상대해 주지 않았는디 잠깐 놀아 보니, 하는 짓이 보통이 아닌 거여. 그러는 새 은상이 또 담배 가게에서 물건을 훔쳤지 않겄어? 형도 깜짝 놀랐다니께."
 소년은 아까 본 은상의 얼굴을 떠올렸다. 약해 보이던 녀석이 바로 그 아이였다. 하지만 '약하다'와 '나쁘다'는 딱히 모순이 되는 건 아니다. 오히려 같은 부류에 속하는, 아주 많이 닮은 말일지도 모른다.
 "그런디, 후지노, 정말 내일부터 요시다는……."
 '올 거야(구루노)?'의 '구'가 걸려 더듬으려고 하자 게루마는 용케 앞질러서 말했다.
 "은상의 어머니가 우리 엄마한테 그리 말혔대. 이런 식으로 계속 형들 무리하고 어슬렁거리며 놀러 다니다간 또다시 시설로 돌아가게 될지도 몰러."
 "……음."
 "그러니께 친구가 필요한 거여."
 이야기가 다시 원점으로 돌아왔다.

"학교에 와도 친구가 없으믄 하나도 재미없잖여. 그라믄 다시 손버릇이 나오게 될 거이고, 그렇잖여? 그렇다고 옛날 일을 알고 있는 사람들 하고는 은상도 솔직히 어울리지는 못할 것인께. 도모밖에는 없어. 너뿐이여. 은상의 베스트 프렌드가 되어 줘."

그렇지 않다. 그건 아니라고 말하고 싶었지만, 말할 수 없었다.

"좋은 아이디어가 있는디."

"아이디어라니?"

"다음 달에 학교에서 독서 감상문 쓰기 대회가 있잖여. 도모가 은상의 작문도 써 주는 거어. 너는 계속 금상을 탔으니께 어쩌다 한 번쯤은 양보해도 될 것 같은디. 저기, 너라믄 작문을 두 개 써서 두 개 다 금상을 받을지도 모르지만은 그리 되믄 더 좋은 거이고. 나, 은상헌테 자신감을 불어넣어 주고 싶어서 그려. 그 녀석은 공부고 운동이고 제대로 하는 게 없어. 할 수가 없재. 이번에는 은상에게 말이여, 그 녀석 자신감만 있으면 참말로 뭐든 할 수 있는 녀석이거든. 난 그리 믿고 있어. 응? 도모, 워찌 생각혀? 좋은 아이디어 아닌감? 저기 뭐랄까, ……'우정'이란 거잖여. 이런 거이……."

아니, 전혀. 네 생각은 틀렸어. 더듬는 게 두려웠던 것도 아닌데, 말할 수가 없다. 입술이 오물거리고 있다는 걸 알 수 있다. 게루마가 그걸 눈치채고 있다는 것도.

게루마는 이제 은상에 대해 입에 올리지 않았다.

"주스 같은 거 뭐 마실려?"

"아니, 이제 됐어. 집에 돌아갈래."

'돌아갈래(가에루와)'의 '가' 발음이 약간 떨렸지만 겨우 말하긴 했다.

"참말이지 말더듬이라는 건 재밌는 거여."

게루마는 그저 웃으며 이렇게 말하고는 더 이상 소년을 붙잡지 않았다.

은상은 다음 날 학교에 왔다. 까까머리에 새로운 머리 모양, 집 앞에서 봤을 때와는 달리 귀 위쪽을 바싹 쳐올린 머리 모양을 하고 있었다. 짧게 목 위로 올라오는 교복 깃의 단추를 풀어헤치고, 허벅지 부근은 부풀리고 바짓단은 아주 좁게 줄인 바지를 입었다. 반 아이들은 아무도 은상에게 말을 걸지 않았다. 옛날에 이랬다는 둥 저랬다는 둥, 자기들끼리 뒤에서 수군댄다기보다, 불량배 그 자체인 은상의 분위기에 완전히 압도당한 것이리라.

"시설에 들어가면 그 주위엔 모두 나쁜 녀석들만 있잖여. 반성은 커녕 더 그쪽으로 물이 드는 사람도 있다든디."

우즈마키가 어디서 주워들은 얘기를 하니, 게로야마가 한술 더 떠 아는 체를 하며 장단을 맞췄다.

"심약한 사람일수록 더 그렇게 되겄재."

두 사람은 누가 시키기라도 한 듯 게루마를 힐끔 훔쳐본다. 게루마는 기분이 좋지 않았다. 성난 표정으로 앉아, 은상 쪽은 아예 눈길도 돌리지 않았다. 쉬는 시간에 소년에게 말을 걸지도 않는다. 기다리고 있을지도 모른다고 소년은 생각했다. 은상에게 말을 걸어 친구가 되자고 해 주기를, 저 녀석은 잠자코 기다리고 있을지도 모른다.

그리고 게루마가 정작 가장 절실히 기다리고 있는 것은 은상이 예전처럼 자기 곁으로 돌아와 주는 것, 이리라.

소년은 쉬는 시간이 되어도 자리에서 일어나지 않았다. 점심시간에는 우즈마키를 포함한 다른 아이들과 운동장에 나가 축구를 하고 방과 후에는 쏜살같이 교실을 빠져 나가 야구 연습장으로 향했다. 다음 날도, 그 다음 날도 또 그 다음 날도, ······일주일이 지나도 마찬가지였다.

은상을 저녁때 상가에서 봤다고 노구치가 말했다. 공업 고등학교에 다니는 불량배들 꽁무니에 붙어서 찻집으로 들어갔다고 한다. 우메즈는 밤 9시 넘어 은상이 오토바이에 다른 사람과 둘이 타고 있는 것을 봤단다.

다음 날도, 그 다음 날도, ······그렇게 2주일이 지나도록 첫날과 똑같이 아무도 은상에게 말을 걸지 않았고 은상도 교실에서 입을 떼지 않았다.

게루마는 계속해서 은상과 소년 두 사람 모두를 무시하고 있었다. 덕분에 소년은 그때까지 카세트 테이프를 돌려주지 않았다. 매일 가방에 넣고 등교해 '오늘은 꼭 타이밍을 잘 살피다가 돌려줘야지.' 하고 생각했지만 어쨌거나 게루마는 단 한 순간도 이쪽으로 시선을 보내지 않았다. 은상의 어머니가 교장실에서 선생님들과 이야기를 하고 있다고 후지야마가 말했다. 은상의 교복 주머니에 담배가 들어 있는 것을 봤다고 모리타가 말했다.

비가 내렸다. 사흘 내리 내렸다. 나흘째는 비가 뿌리다 멎다 했는데 기상청은 장마에 들었다고 발표했다.

닷새째도 비, 수업 시작하기 직전에 교실로 뛰어들어온 게루마는 왼쪽 눈두덩이에 검푸른 멍이 들어 있었다.

시끌벅적하던 교실이 게루마의 상처를 알아본 녀석들 순으로 조용해졌다. 한 아이가 어떻게 된 일이냐고 게루마에게 물었지만 게루마는 아무 대답도 없이 자기 자리를 지나쳐 소년의 자리로 왔다.

"도모, 오늘이 마지막 기회여."

협박은 아니었다. 농담도 물론, 아니었다. 감정을 최대한 억누른, 낮게 깔린 목소리였다. 그리고 그대로 게루마는 자기 자리로 돌아갔다. 가까이 있던 우즈마키의 안경을 벗기고 골려 준 다음, 교실 분위기가 좀 풀어지자 누구보다 우선 게루마 자신이 안심한 듯 웃으며 말했다.

"형이랑 오랜만에 대판 붙었재. 몹쓸 형이여, 빨리 소년원에라도 들어가지 않으면 이 동네는 진짜 무법천지가 될 판이라니께."

은상은 아직 교실에 들어오지 않았다. 오늘도 지각이다. 게루마는 우즈마키 무리를 상대로 프로 야구 이야기를 하면서 아마도 은상이 학교로 돌아온 이래 처음으로 비어 있을 은상 자리에 계속 눈길을 주고 있었다.

1교시 수업이 끝나자 드디어 은상이 모습을 드러냈다. 평소대로 교실 전체를 매서운 눈초리로 휘, 한번 둘러보고 건들거리면서 자기 책상 위에 납작한 책가방을 내리찍듯 얹어 놓고, 평소와는 달리,

의자에 앉지 않고 게루마를 돌아보았다.

"야, 지로."

게루마의 형처럼, 게루마를 불렀다.

"너, 캐럴 테이프 이치로 형님 방에서 훔친 것 같은디, 내가 빌리기로 했으니께 빨리 갖다 놔."

소년은 자기 자리에 앉은 채 온몸이 빳빳하게 굳었다. 캐럴의 테이프,……이제야 알았다. 게루마가 예전에 이미 형과 절교를 했다면 그 테이프를 형에게서 빌릴 수 있었을 리가 없다. 가방 안에 있다. 오늘도 갖고 왔다. 게루미를 흘낏 쳐다보았다. 여기 있다고 사인을 보내고 싶었다. 하지만 게루마는 은상을 쏘아보며 내뱉었다.

"그 딴 것 알게 뭐여. 좋아하지도 않는 캐럴의 테이프를 내가 왜 훔쳐 가냐? 이 바보야."

"훔쳤으면서 시치미 떼고 있어."

은상은 눈썹을 찌푸리면서 게루마에게 한 발 한 발 다가갔다. 방어 자세를 취한 게루마도 의자에서 일어나 피식 웃었다.

"은상 주제에 많이 컸나 보네."

그리고 이 한 마디도 덧붙였다.

"도둑놈헌티 도둑놈이란 소린 듣고 싶지 않으니께."

교실은 일순, 파도가 밀려들 듯 일렁이다 파도와 함께 쓸려 나간 듯 조용해졌다.

"후지노! 빨리 사과혀! 그런 소리 하면 못써!"

나루조가 소리 질렀다.

게루마는 나루조를 돌아보며 말했다.
"멘초는 입 다물고 있으란 말이여!"
게루마의 시선은 소년에게도 와 닿을 듯했지만 그러기 전에 다른 여자아이의 비명 소리가 울려 퍼졌다. 은상이 주머니에서 칼을 꺼내 든 것이다.
소년은 책상 옆 고리에 걸어 둔 가방을 낚아챘다. 가방을 가슴에 끌어안고 "있어! 있어! 있다니께!" 하고 외치며 게루마와 은상이 있는 쪽을 향해 자리에서 펄쩍 뛰었다.
"후지노! 있어. 있어! 있다니께!"
가방을 열고 카세트 테이프를 꺼냈다. 가방을 든 채로 손에 쥔 테이프를 높이 쳐들고 그 자리에서 큰 소리로 '캐럴 테이프' 하고 말할 요량이었지만 실제로는 '캐'와 '테' 모두 목구멍에 걸려 "캐, 캐, 캐, 캣, 캣, 캐럴, 테, 테, 테, 테, 테이프!"가 되어 버렸다.
소년은 은상에게 달려갔다.
"봐, 봐, 맞잖여, 있잖여!"
소년이 웃으며 말했는데, 은상은 인상을 찌푸리고 몸을 웅크리더니 머리를 몸에 갖다 붙이듯 숙이다가 칼로, 소년을 찔렀다.

게루마와 은상과 소년의 이야기는 이것으로 끝이다.
이 다음은 몇 가지 후일담.
은상이 반 아이들 앞에 모습을 보인 것은 그날, 그 쉬는 시간이 마지막이었다. 시끄러운 소리를 듣고 달려온 선생님들에게 붙잡힌 은상은 그 길로 교장실로 끌려가 청소년 담당 형사에게 넘겨졌다. 기물 파손과 절도와 방화.

사건이 있기 전날 밤, 은상과 게루마의 형 무리는 모든 가게들이 셔터를 내린 아케이드에서 신나 놀이를 하고 자판기를 흔들어 쏟아진 돈을 훔친 뒤, 공터에 세워 둔 자전거들을 금속 야구 방망이와 철제 파이프를 들고 마음속에 쌓여 있던 울분을 모두 터뜨리듯 때려 부수다가 막판에는 기어이 불을 질러 버린 것이다.

게루마는 형이 돌아오기를 밤새 기다렸다. 새벽녘이 되어 겨우 집에 돌아온 형을 붙잡고 너 이상 은상을 나쁜 길로 이끌지 말라고 부탁하다, 형이 들은 체도 안 하자 다짜고짜 먼저 덤벼들었다가 되레 된통 두들겨맞은 것이다.

경찰 조사에서 지금까지의 공갈과 도둑질, 무면허 운전이 모두 드러났다. 게루마의 형과 그 무리들은 보호 감찰과 무기 정학으로 마무리되었지만, 은상은 다시 시설에 송치되었다. 은상은 소년들이 졸업할 때까지 학교로 돌아오지 않았다. 그의 집은 언제부턴가 빈 집이 되었고, 또 언제부턴가 새로운 사람들이 들어와 살기 시작했다. 그러니 녀석이 그 뒤로 어떻게 되었는지는 아무도 모른다.

은상이 칼로 찌른 소년의 가방에는 누군가 도려 낸 것처럼 보이는 구멍이 뚫렸다. 작지만 깊은 상처였다. 혹시라도 가방을 가슴팍에 껴안고 있지 않았으면 위험했을 것이다. 은상이 시설로 보내진 이유 가운데 하나가, 바로 그 사건이었다.

소년은 그 뒤로도 한동안 은상이 칼을 들고 있는 모습을 떠올리면

등골이 오싹해졌다. 하지만 시간이 흐른 뒤에도 기억에 가장 또렷하게 남아 있던 것은 그 전에 소년이 카세트 테이프를 들고 달려갔을 때 본, 은상의 일그러진 얼굴이었다. 겁먹은 표정이었다. 절반은 울상을 짓고 있는 것처럼도 보였다. 녀석은 약한 놈이었다. 정말이지, 서글플 정도로 약한 놈이었다.

 은상의 사건 이후, 게루마와 소년은 '베스트 프렌드'로서 어울리지 않게 되었다. 게루마는 소년이 은상과 친구가 되어 주지 않은 것을 계속 야속해한 것도 같고, 또 소년에 대해서도 늘 마음 한켠에 빚을 진 것처럼 느끼는 것도 같다. 하지만 소년과의 사이에서 오는 거북함만 빼면 게루마는 예전과 다름없는 게루마였다. 둔감하고 무신경해서 반 아이들에게 빈축을 사도 눈치채지 못하고 매일 허허 실실대며 지내고 있다. 소년도 변함 없이 '가'행과 '다'행과 탁음을 제대로 발음하지 못했다. 하고 싶은 말을 입안에 물고 잠자코 있을 때는 입 주위가 오물오물 움직이는 것도, ……이것은 아마 지금껏 그대로일 것이다.

 소년과 소원해진 반 아이는, 또 한 명 있다.

 나루조는 그 사건 이후 남의 일에 끼어들며 '바른 말'을 하지 않게 되었다. 말을 더듬어 다른 아이들에게 웃음거리가 되는 소년을 옆에서 거들어 주는 일도 없다. 그리고 쉬는 시간에 다가와 말을 거는 일도, 없어졌다.

 한참 뒤에 다른 여자아이에게 전해 들었다.

 "시라이시, 너 몰랐남? 나루조, 너를 좋아했는디. 그 소문은 아이들 전부 알고 있었는디, 이젠 자연히 없어졌지만서도."

그 말을 듣는 순간에는 기쁨과 쓸쓸함과 쑥스러움과 안타까움이 한꺼번에 뒤섞여 어떤 표정을 지어야 할지 몰랐다.

6월 말에 열린 교내 독서 감상문 쓰기 대회에서 소년은 4학기 연속 금상을 수상하지 못했다.

"책 선정이 잘못된 거야. 감상문의 완성도도 좀 모자랐고, 일단은 중학생한테 맞는 책을 고르지 않으면 금상 타기는 어렵지."

심사를 맡았던 국어 담당 다이다 선생님은 소년에게 은상 상장을 건네주며 말했다.

소년이 고른 책은 《울어 버린 빨간 도깨비》, 동생 나츠미가 깆고 있던 초등학생 대상의 동화책이었다.

하지만 소년은 꼭 《울어 버린 빨간 도깨비》에 대한 감상문을 쓰고 싶었다. 게루마와 은상를 떠올리며 썼다. 인간과 사이좋게 지내고 싶었던 빨간 도깨비와 빨간 도깨비를 위해 미움 사는 일을 자처하고 나선 파란 도깨비 이야기. 감상문 말미는 '파란 도깨비가 되는 건 어려운 일이다. 내 친구는 파란 도깨비가 되고 싶었는데 그럴 수 없었다.'라고 마무리지었다. 다이다 선생님은 그 부분에 빨간 펜으로 밑줄을 긋고 '의미 불명'이라고 토를 달았다.

중학교 3학년 기간 동안 총 아홉 차례 있었던 글짓기 대회에서 금상을 놓친 것은 그때 한 번뿐이었다. 친구들은 모두 너무 아깝다며 위로해 주었지만 소년은 전혀, 지금 생각해도, 전혀 후회하지 않는다.

후일담에 이은 후일담. 이것으로 마지막이다.

게루마와 소년은 3학년으로 올라가 반이 바뀌면서 1학년 때와 마찬가지로 긴 복도를 사이에 두고 양 끝에서 공부하게 됐다.

소년은 게루마에게 해야 했던 '고마워'와 '미안해'란 말을 가슴에 묻고 중학교를 졸업한 뒤 인문계 고등학교에 진학했다.

게루마는 공업 고등학교 전기과에 입학했다. 게루마가 입학하던 해에 졸업한 게루마의 형은 오사카로 나가 야쿠자가 됐다는 소문을 들었다.

고등학교 때 딱 한 번, 게루마를 길에서 만난 적이 있다.

2학년 가을이었다. 학교에서 돌아오는 길에 자전거를 타고 상가를 빠져 나오는데 불량배들의 아지트가 된, 인베이더 게임기가 있는 찻집에서 공업 고등학교 학생들이 하나 둘 나왔다.

위험하다 싶어 도로 반대편 끝으로 돌아가려는 찰나, "어이! 도모." 하는 소리가 들렸다.

게루마는 언젠가 본 그의 형처럼, 교복 단추를 풀고, 머리는 뒤로 빗어 넘기고 눈썹을 가늘게 밀었다.

하지만 무리들을 돌아보고 "잠깐만 기다려 줘." 하는 목소리는 게루마가 자기 형만큼 불량배들 속에서 힘 있는 위치가 아니라는 걸 말해 주었다. 가까이 다가와 "오래간만이다, 도모." 하며 빈정거리는 투로 말을 해도 억지로 눈매를 치켜뜨려 애쓰고 있다는 걸 알 수 있었다.

"너 안즉도 말 더듬냐?"

이런 식으로 말하는 것만큼은 예전과 다름없다.

소년은 히죽 웃어 보이며 고개를 끄덕였다.

"응, 그렇지 뭐."

"거 참 못 말리겠네. 평생 그렇게 말을 더듬어야 하는 거여? 너 앞으로 취직이나 결혼은 제대로 허겄냐?"

"글씨."

소년은, 다시 웃었다.

소년이 그렇게 웃어 보인 것이 게루마가 아니라 다른 불량배들의 심기를 거슬렸다.

"뭐여, Y고에 다니는 주제에 뭣이 잘났다고 실실 웃는 거여?"

무리 속의 한 명이 인상을 찌푸리자, 옆에 섰던 다른 한 명이 협박했다.

"저 자식 뺀질이 아니여? 이름이 뭐여, 이름이? 집에다 불을 확 질러 줄 텐께."

"우지노, 이 자식 확 그냥 패 줄까?"

옆에 있던 한 명이 후지노가 아니라 우지노라고 불렀다.

"야아, 거 좋겠다."

제일 먼저 인상을 찌푸렸던 녀석이 누런 이를 드러내 보였다.

"우지(우지는 일본어로 구더기라는 의미—옮긴이), 네가 아무리 우지라도 Y고에 다니는 자식에게 얕보이면 안 되재. 그렇게 얘들 앞에서 전례를 보이믄 진짜로 우지가 돼야, 너."

파리의 유충을 가리키는 그 우지. 게루마는 동료들을 보고 헤헤, 웃었다. 둔감하고 무신경한 게루마의 웃음이 아니었다. 게루마는 이미 알고 있다. 자신의 위치도, 자신의 미약함도, 어떻게 하면 무리들 마음에 들고, 어떻게 행동하면 무리에게서 버림받게 되는지도.

게루마는 다시 소년을 향해 섰다. 양미간에 주름을 잡고 험상궂게 인상을 쓰기 직전, 한 순간, 울음이 터질 듯 얼굴이 일그러졌다. 그 전날 은상이 지었던, 바로 그 얼굴이었다.

소년은 고개를 숙이고 게루마에게서 시선을 돌리며 물었다.

"라디오, 아직도 조립혀?"

게루마는 아무 대답도 하지 않았다. 그 대신 무리들이 빨리빨리 끝내라고 채근을 해도 손을 내밀지 않는다. 소년도 고개를 들지 않는다. 게루마는 꼼짝도 않는다.

소년은 잠자코 자전거 페달에 발을 얹었다. 불량배들이 잠시 한눈을 파는 틈을 타서 그들의 앞을 빠져 나와 그들이 뒤쫓아와도 충분히 도망갈 수 있을 만큼 거리를 두고서, 브레이크를 잡았다.

숨을 들이마셨다. 오랫동안, 깊이.

"……게, 게, 겟, 겟, 게루마! 그럼, 또 보자!"

손을 흔들었다. 안녕, 크게 손을 흔든 뒤 페달을 힘껏 밟았다.

"저 자식, 죽여 버려!"

"까불게 놔두지 마!"

소리치는 불량배들의 성난 목소리가 등뒤로 날아와 꽂혔지만 상관하지 않고 속력을 냈다.

뒤를 돌아다보았다. 정말로 화가 났던 것은 아닐 게다. 불량배들은 이제 소년에게 신경도 쓰지 않고 찻집 앞에 세워 둔 자전거와 오토

바이에 올라타고 있었다.

　게루마만 그 자리에 그대로 서 있었다.

　바지 주머니에 손을 쑤셔 넣고 고개를 숙인 채 눈동자만 위로 홉뜨고서 소년 쪽을 바라보며 살짝 고개를 끄덕이는 듯하다가, 다시 고개를 떨구었다.

　그것이 게루마와의 마지막 추억이다.

　두 사람은 그 뒤로 두 번 다시 만난 일이 없다. 게루마의 소식은 전혀 모른다. 중학교 때 친구들 중 누군가에게 물어보면 가르쳐 줄지도 모르지만, 어차피 지금 만난다 해도, 딱히 할 말도 없었기 때문에 묻지 않았다.

　하지만 어른이 된 소년은 택시에 올라타 카 라디오가 켜져 있는 걸 보면 늘 게루마를 떠올린다.

　"라디오란 건 참 신기한 거예요." 하고 운전사에게 말을 걸 때도 있다.

　운전사는 대개 "예에." 하고 시큰둥하게 대답할 뿐이지만.

교차점

오노는 교복 차림으로 교실 옆 세면대에서 유니폼을 빨고 있었다. 특별 활동 시간이 길어져 연습에 늦은 소년은 야구부실로 뛰어들어 가다가 오노가 있는 것을 보고 "어이, 빨래혀?" 하며 말을 걸었다.
　오노는 아무런 대꾸도 하지 않는다. 뒤도 돌아다보지 않는다. 입술을 동그랗게 말아 삐죽이 앞으로 내밀고 고개를 떨군 채. 세차게 쏟아지는 물이 시멘트 바닥에 맞고 튀어올라 셔츠 깃을 적시는데도, 오노는 내민 입에서 힘을 뺄 기미도 없이 유니폼을 두 손으로 잡고 박박 문질렀다.
　유니폼의 가슴 부위에 로마자로 중학교 이름이 새겨져 있다. 등번호는 5번. 6월에 치뤄졌던 시 대회 이후 한 번도 사용한 적이 없었을 유니폼이었다.
　"……때가 탔어."
　물소리에 파묻혀 들릴 듯 말 듯한 소리로 오노는 말했다. 여전히 소년에게로 시선을 돌리지 않는다. 유니폼을 빠는 손도 멈추지 않았다.

"때가 타? 아니 그라믄, 마사가 안 빨아 놨단 말이여?"
"빨았는데도 더러워."
등번호 위로 발자국이 나 있었다. 자세히 들여다보니 다른 데도 여기저기.
그랬구나……, 짐작이 갔다.
"마사 그 자슥도 바보 아니여?"
소년은 일부러 실실 웃었다. '너무 신경 쓰지 마(안마리 기니스루나).'라고 말하려다가 중간의 '기' 발음을 더듬을 것 같아 다른 말로 바꾸려는데, 그 전에 오노가 한 마디를 툭 던졌다.
"마사오카마 그런 게 아니야, 이것 봐, 발자국이 여러 개잖아."
"……그려."
"난, 등 번호가 14번이라도 상관없는데."
3학년 야구부원은 6월 시 대회가 있던 날까지 모두 열세 명이었다. 6월 말에 전학 온 오노가 야구부에 들어와 열네 명이 되었다.
"그렇지는 않재. 주전 선수는 정해진 등번호를 다는 게 좋재."
소년은 말했다.
오노는 마사로부터 3루수 주전 자리를 빼앗았다. 다음 달, 8월에 열릴 현(縣) 체육 대회 예선에는 오노가 등번호 5번, 마사는 6월 대회까지 2학년이 붙이고 있던 등번호 14번을 달고 출장하게 되었다.
야구부 고문인 후지야마 선생님이 그 사실을 발표한 것은 일주일 전이었다. 6월 대회가 끝나고 유니폼을 집으로 가져갔던 마사에게 선생님은 제2중학교와 연습 시합이 있는 날까지 가져와서 오노에게 넘겨주라고 했다.

연습 시합은 내일, 토요일이다. 시합 날이 닥치기 직전까지도 유니폼을 주지 않다가 기껏 가져온 것이 발자국이 여기저기 찍힌 흙투성이……. 마사의 기분은, 소년도 어느 정도 알겠다. 하지만 그 이상으로 그런 유니폼을 건네받은 오노의 심정을 잘 이해할 수 있었다.

"야구는, 실, 실, 실……."

"실력이라고?"

"응, 그거. 그런 세계잖여. 마사가 한 일은 그냥 잊어버리는 게 좋아."

말이 걸렸다 나온 다음에는 숨이 막혀 버린다. 창피스런 기분에 눈 둘 곳을 모르다가, 괜히 손짓 발짓만 커진다.

오노는 피식 웃고 나서 고맙다고 말하며 수도꼭지를 약간 줄였다.

"내일 더블 플레이로 잡아 버리면 좋겠다."

그래, 그랬으면 좋겠다. 소년도 웃음으로 답했다. 소년의 등번호는 4번. 2루수다.

주자가 1루에 있고, 타자가 때린 볼이 3루 앞 땅볼일 때, 3루수가 2루로 공을 던져 주자를 아웃시키고, 2루수가 재빨리 몸을 돌려 1루로 던져 더블 플레이 성공! 소년도 바라는 바다.

마사가 3루수일 때는 한 번도 성공한 적이 없었지만, 오노하고라면 멋지게 성공할 수 있을지도 모른다. 마사보다 오노가 훨씬 야구 실력이 좋다. 타격도, 수비도 누가 봐도 오노가 한 수 위다.

8월에 있을 현 체육 대회 예선전은 3학년에게는 마지막 대회였다.

시에서 4강에 들면, 9월 현 대회 본선에 진출할 수 있지만, 지면 거기서 물러나야 한다. 6월 대회는 2회전에서 졌다. 4강에 드는 길은 멀고도 멀다. 그렇지만 단 한 게임에서라도 큰 점수차로 이겨 꼭 진출하고 싶다. 하루라도 더 오랫동안 야구부에 있고 싶다. 그러니까, …… 소년은 다시 한 번, 말했다.

"야구는 실력으로 말하는 세계잖여."

이번엔 더듬지 않았다. 그렇다 하더라도 오늘 하루 전체로 보면, 탁음이 붙은 말의 성공률은 30퍼센트 정도. '가'행과 '다'행으로 시작하는 음이 말머리에 오는 단어는 처음부터 아에 포기하고 있었고, 중간에 '가'행이나 '다'행이 나올 때도 재빨리 다른 말로 대치한다. 야구로 말하자면, 대타자를 내보내는 셈이다.

"오노, 나중에…… 허자."

공 주고받기(캐치볼, '가'행으로 시작하는 단어-옮긴이)하는 시늉을 해 보였다. 오노는 고개를 끄덕였다.

"빨래 다 하면 금방 갈게."

"그럼, 나 먼저 가서 …… 하고 있을 텐께."

옷 갈아입는 시늉을 하자, 오노도 알았다고 했다.

야구부실로 들어와 옷을 갈아입으며 소년은 숨소리만으로 캐치볼, 캐치볼, 기가에, 기가에('갈아입다'라는 의미의 일본말, 역시 '가'행-옮긴이), 하고 혼잣말을 했다. 혼자서 말할 때는 막힘없이 잘 나온다. 그게 더 화가 난다.

운동장으로 나가자 1학년생들과 2학년생 부원들이 일제히 "안녕

하십니까!"하고 모자를 벗어들며 인사를 했다. 어떤 표정으로 답을 하면 좋을지, 은퇴할 때가 다 됐는데도 아직 결정하지 못하고 있다. 이쪽에서도 웃으며 인사를 하자니 3학년 선배로서의 위엄이 안 서는 것 같고, 모르는 척하고 지나가자니 그것도 꽤 어색한 일이다.

3학년은 오노를 제외하고 모두 모여 있었다. 연습 전 몸풀기로 공을 주고받거나, 마스코트 배트로 스윙 연습을 하는 아이들 있는 데서 약간 떨어진 자리에 마사가 있었다. 2학년이 던진 볼을 있는 힘껏 방망이로 치고, 그 날아간 볼을 1학년 후배에게 전력 질주를 시켜 주워 오게 하고 있다.

소년이 곁에 다가서는 것을 보고 마사는 방망이를 그대로 쥐고서 물었다.

"시라, 너 오노헌테 꽤 잘해 주는 것 같던디. 맞지? 아까 야구부실 옆에서 무슨 얘기 혔어?"

"유니폼 얘기."

"오라, 그거?"

억지로 쥐어짜듯 웃는다.

"떨어뜨린 거여. 일부러 그런 거이 아니고."

"옷 전체에 발자국이 잔뜩 찍혀 있던디."

"난 모르는 일이라니께."

강한 타구가 땅볼이 되어 1학년들 사이를 뚫고 나간다.

"저기, 마사. 야구는 실, 실, 실……."

"실력이라고?"

"응, 그려. 그런 거잖여."

"나도 알어, 그런 거."

"그라믄 오노헌테 심술부리지 마."

"난 그런 짓 안 헌다니께."

"유니폼, 마구 짓밟아 놓은 거 같던디."

"너도 참 끈질기다. 자꾸 그렇게 사람 신경 건드리면 내가 그냥 확, 2루로 옮겨 버린다."

순간, 소년은 숨을 꿀꺽 삼켰다. 마사는 확실히 오노를 이길 수는 없다. 하지만 소년과 마사의 실력을 비교하면, 마사가 한 수 위다.

"거짓말이여, 거짓말. 이제 와서 2루로 옮겨야 할 상황이라믄 차라리 3루수 후보 선수가 되는 거이 더 낫재. 나도 자존심이 있는디."

휴우, 한숨을 놓는다. ……이런 자신이, 조금은 싫었다.

마사의 타구는 이번엔 쭉 뻗어 나가 운동장 담장을 넘겨서 밭에 떨어졌다. 허둥대며 밖으로 뛰어나간 1학년생은 트레이닝복의 바짓단까지 걷어올리고 밭고랑 사이로 들어가 공을 찾는다.

마사는 그제야 소년을 돌아보고 웃었다.

"트레이닝 바지만 입고 뛰어다니던 그때가 눈에 선하다. 시라는 밭고랑에 떨어진 공을 아주 잘 찾았는디."

"가재헌테 발을 물린 거이, 마사 너 아니었남?"

"아니여, 난 아니여. 그건 얏짱이었재. 나는 도모나가한테 밉보여서, 그 선배가 내 등에다 식용 개구리를 집어 넣었잖여."

맞아, 맞아, 소년도 웃는다. 2년 선배인 도모나가는 정말로 짓궂은 장난만 치는 선배였다.

마사가 심각한 얼굴로 불렀다.

"저그, 시라. 우리, 모두 트레이닝 바지만 입고 뛰던 시절부터 함께 해 왔잖여."

"응."

"나가 말이여, 내가 후보 선수로 밀려났다고 혀서 화가 난 거이 아니여. 그저 이거이 막판인디, 이제 막 다른 데서 들어온 놈이 주전 선수가 된다는 거이, 아무래도 좀 우습잖여."

마사는 거기까지 말하고 2학년생이 새로 던진 볼을 다시 힘껏 날렸다. 소년은 잠자코 다른 3학년생들이 모여 있는 곳으로 돌아갔다. 연습용 유니폼으로 갈아입은 오노가 야구부실에서 나왔다. 예전 학교에서 입었던 흰 소매의 언더셔츠를 입고 있다. 이 학교 야구부는 언더셔츠의 소매가 검은색이다. 지금까지는 소매 색깔 같은 건, 흰색이든 검은색이든 별 상관없다고 생각했는데, 이제 다시 보니, 색깔이 다른 게 자꾸 마음에 걸린다. 후배들이 오노에게 인사를 한다. 다른 3학년들에게 하는 것보다 인사 소리가 작다. 말없이 모자 챙에 손만 얹어 보이는 2학년도, 있었다.

중학교 입학할 때 이사를 와 이제 3년째를 맞는다. 한 동네에서 이렇게 오래 살기는 처음이다. 아직 반 아이들이 학교에 익숙해지기 전에 이사를 온 덕에 전학생이라고 딱히 눈에 뜨이지는 않고 지낼 수 있었다. 지금은 "거짓말! 시라, 너 초등학교 때까지 이 동네에 살지 않았다고? 그거이 참말이여?" 하며 눈을 동그랗게 뜨고 말하는 아이들도 꽤 있다.

이 동네에서 맞는 여름은 세 번째. 장마가 끝난 직후, 몸을 축축 늘어지게 만드는 딱 이맘때의 찜통 더위는 재작년과 작년에 경험해 봐서 잘 알고 있다. 저녁 무렵 먹구름은 어느 방향에서 시작해 번져 가는지도 알고, 가을이 깊어 가는 산이 어떤 색으로 물들어 가는지도, 대충 짐작할 수 있다. 추억거리도 많다. 마사와 보낸 훈련 시절. 1학년 때의 이야기를 같이 나눈다는 것쯤, 그 녀석에게는 시시하고 아주 당연한 일일지 몰라도 소년에게는 가슴 벅차게 감격스런 일이었다.

야구부는 운동부 가운데 가장 상하 관계가 엄격하다. 1학년생들은 기본적으로 공줍기와 기합넣기만 하고, 2학년생은 수비와 토스 배팅만 할 수 있다. 야구 방망이를 마음껏 휘두르는 건 3학년 선배들이 은퇴하고 난 다음에나 가능하다. 복장이나 용품들도 예전부터 이어져 내려온 전통에 따라 딱 정해져 있다. 3학년생들이 현역일 때 1학년생들은 체육 수업 시간에 입는 웃옷에 흰색 트레이닝 바지에 운동화를 신는다. 야구 글러브는 자기 것을 갖고 있어도 되지만, 방망이는 건드릴 수 없다. 3학년이 은퇴하면 트레이닝 바지는 그대로 입고 신발만 스파이크로 갈아 신는다. 2학년이 되면 유니폼을 입을 수 있지만 언더셔츠의 소매와 스타킹은 모두 흰색이어야 하고, 흰 모자에 학교의 이니셜 'K'를 붙일 수는 없다. 3학년이 은퇴하고 난 다음, 10월 신인전을 앞두고 연습할 때가 되어서야 비로소 모자에 학교 이니셜 K를 붙일 수 있고 언더셔츠와 스타킹이 검은색으로 바뀐다.

무의미하고 고리타분한 전통이다. 그러나 트레이닝복 시절부터 마치 주사위놀이의 말을 차례차례 앞으로 옮기듯이 그 전통을 2년 반 가까이 모두가 고스란히 지켜 온 지금은 그런 무의미하고 고리타분한 일들도 모두 소중하게 여겨진다.

'우리, 모두 트레이닝 바지만 입고 뛰던 시절부터 함께 해 왔잖여.'

마사가 한 말의 의미를, 소년은 안다.

'우리' 속에 자신도 포함되어 있다는 것이, 뿌듯하게 느껴지기도 한다.

하지만 야구는 실력으로 말하는 세계인 것이다.

오노도, 마사도 그 섬은 잘 일고 있을 터이다.

소년이 '실, 실, 실' 하고 더듬기만 해도 '실력'이라고 알아듣는 것만 봐도 알 수 있다.

토요일 오후, 야구부실의 분위기는 최악이었다.

유니폼으로 갈아입으면서 미코가 유난스레 큰 소릴 내며 한숨을 쉰다.

"어휴, 마사도 참 안됐지 뭐여. 1학년 때부터 월매나 애썼는디."

"맞는 말이여, 참말 그려."

맞장구를 친 것은 시노하라. 두 아이 모두 마사와는 초등학교 스포츠 소년단 시절부터 같은 멤버였다.

"나, 전학 가 버릴까?"

마사가 우스꽝스러운 몸짓으로 질질 짜는 흉내를 냈다. 미코와 시노하라는 서로 쳐다보며 깔깔대고 웃었고, 다른 아이들도 입 밖으론 내지 않았지만 기분들은 모두 마찬가지일 것이다. 오노에게는 아무도 말을 걸지 않았다. 오노도 다른 아이들한테서 등을 돌리고 서서 라커에 착 달라붙은 것처럼 거북한 자세로 옷을 갈아입고 있었다. 연습 시합은 저녁부터 시작이다. 그 전에 준비 운동을 하고 평소처럼 연습을 하기로 되어 있었다.

오노의 언더셔츠는 전과 다름없는 흰색 소매였다. 소년은 그걸 확인하고 한숨이 나오려는 걸 애써 참았다.

유니폼으로 갈아입은 다음에도 재잘거리며 떠들고 있는 마사와 다른 아이들을 뒤에 남기고 오노는 혼자 야구부실을 빠져 나갔다.

소년이 서둘러 뒤쫓아 나가려 하자 미코가 대뜸, 물었다.

"시라, 너 이방인 편이 될 거여?"

"……같은 야구부잖여."

"고것은 아니재!"

시노하라가 날카로운 목소리로 끼어들었다.

"중간에 끼어든 것뿐이재, 저 녀석은. 난 시합에 져도 좋은께, 옛날부터 같이 연습해 온 친구들하고만 하고 싶어. 아무리 야구를 잘한다고 혀도 이방인은 이방인이여."

미코와 시노하라는 입을 맞춰 예전에, '이방인'이었던 소년에게 묻는다.

"안 그려? 시라도 그렇게 생각허재?"

소년은 두 사람을 쏘아보다가 다시 미사를 보고 또렷한 목소리로 말했다.

"잘허니께 주전 선수가 되는 거이, 당연한 거 아니여?"

그리고 그대로 오노를 쫓아 밖으로 나갔다.

오노는 3루 담장 옆에서 스트레칭 체조를 하고 있었다. 예전 학교에서 연습 전에 했다던 그 체조였다.

소년을 보자 오노는 쓸쓸한 표정으로 웃었다.

"껄끄럽게 됐어. 어쩌다 난 저 아이들을 모두 적으로 만들어 버렸네."

그게 아니라고는, 말하지 않았다. 소년은 그 대신 말했다.

"인디셔츠, 내 것 줄게. 오노, 검은색 언더셔츠, 없재?"

"시합용은 있어. 어제 엄마가 사 주셨거든."

"몇 장이나?"

"딱 한 장. 연습용은 앞으로 한 달이나 두 달 정도밖에 사용하지 않을 거 아니냐면서 한 장만 사 주셨어."

가나가와 현의 중학교에서 전학 온 오노는 텔레비전 드라마에 나오는 아이처럼 말한다. 마사와 그 무리들은 아마 그것도 마땅찮을 것이다.

"내 것, 줄게. 난 또 있으니께. 내 것 한 장 줄게."

소년은 말했다.

"됐어. 연습인데 뭘, 그러면 너한테도 미안하잖아."

"아니여, 괜찮여. 참말로 난 또 있다니께, ······당장 갖고 올 것이구먼. 시합 전에는 모두 똑같은 색 셔츠를 입는다고. 그라믄 뭐랄까,

더 분위기도 살고 그렇잖여."

5월에 새로 산 셔츠였다. 6월 대회에서 그것을 입었더니 두 번 출전에 8타수 7안타였다. 재수가 좋은 셔츠, 사실은 8월 마지막 대회에서도 입으려고 했던 셔츠였다.

오노는 계속 망설였지만 소년이 "응? 그렇게 혀." 하고 재차 권하자, 살짝 고개를 끄덕여 보였다.

"연습 시합, 제2중학교를…… 이기면, 아이스, ……집에 돌아가기 전에, 같이, ……머, 먹, 먹, 먹자."

대타를 계속해서 내보냈다. 마지막엔 내보낼 대타자를 더 이상 고르지 못하고 그대로 '가'행을 타석에 보냈더니, 예상대로 삼진이다.

오노는 다시 씁쓸한 표정으로 웃으며 말했다.

"안타를 많이 날리는 쪽이 한턱 내기로 할까?"

소년과 오노는 학교에서 집으로 돌아가는 길이 같았다. 사실 소년의 집까지는 좀 더 가까운 길이 있었지만, 전학 온 지 얼마 안 된 오노가 혼자 돌아가는 것을 정문에서 보고, 다가가서 "뭐여 오노, 나허고 같은 방향이네." 하면서 집으로 가는 길을 바꾸어 버린 것이다.

오노와 딱히, 마음이 잘 통해서 그런 것은 아니었다.

그저 오노가 전학생이기 때문에, ……예전 자신과 똑같은 '이방인'이기 때문에, 꼭 사이 좋게 지내야지 하고 생각한 것이다. 오노가 곤란에 처하면 꼭 도와줘야겠다고 마음먹고 있었다. 내가, 이렇게 남의 걱정 잘하는 성격이었나? 가끔씩 생각해도 신기할 때가 있다.

제2중학교의 실력은 소년의 학교와 비슷한 수준으로, 8월 대회 때

승리로 가는 최초의 발판으로 삼을 팀이었다.

소년은 2번, 2루수로 선발되었다. 3루인 오노는 타순도 다섯 번째를 맡게 됐다.

시합은 양 팀 모두 10점 이상 득점하는 난타전이었다.

소년의 성적은 좋지 않았다. 땅볼, 보내기 번트에 실패해 포수 앞 뜬공 아웃, 삼진, 유격수앞 뜬공, 3루 앞 땅볼. 수비를 할 때도 평소 같으면 충분히 처리했을, 유격수가 잡아 던진 공을 너무 늦게 처리해서 안타를 허용했다.

한편 오노는 5타수 3안타, 3타점, 도루 2회, 수비에서도 안타성 타구를 몇 차례나 잡아냈다. 마사는 출장하지 못했다. 유니폼 위로 상의를 걸쳐 입어 등번호 14번을 감추고서, 오노가 타석에 들어서면 응원도 하지 않았다.

접전을 벌인 시합은 마지막회에 결판이 났다.

동점 상황에서 맞은 원 아웃, 주자 1, 2루에 둔 상대팀 공격. 다음 타자의 타구는 3루 쪽으로 빠지는, 잘 맞은 공이었다. 더블 플레이를 노릴 수 있는 기회다. 날아오는 공을 잡은 오노는 3루로 달려드는 주자에 개의치 않고 2루 베이스에서 준비하고 있던 소년에게 공을 넘겼다. 2루에서 포스 아웃, 소년은 곧바로 1루로 송구했지만 그것이 땅에 한 번 튀기며 악송구가 되는 바람에 그 사이 3루를 밟은 주자가 전력 질주해 홈인했다.

모두에게 면목이 없어 어깨를 축 늘어뜨리고 야구부실로 들어왔더니, 패인은 어느 틈에 오노에게로 쏠려 있었다.

"거, 거, 거기서 주자를 먼저 죽일 수 있었잖여. 괜히 폼 잡는다고 더블 플레이를 노린 거 아녀? 잘난 척하다 그런 거이재."

미코가 들으라는 듯이 말하자, 마사와 시노하라뿐만 아니라 다른 부원들도 모두 고개를 끄덕거렸다.

"마사가 3루에 있었으면 주자를 단번에 아웃시켰을 것인디."

모두가 내린 결론은 오노에게 5번 타자 자리를 맡긴 것이 근본적인 패인이라는 것이었다.

오노는 시합 전과 마찬가지로 라커에 들러붙듯이 몸을 바싹 붙이고 옷을 갈아입고 있었다. 5번 등번호가 적힌 유니폼을 벗자마자 개지도 않고 가방 안에 쑤셔 넣었다. 언더셔츠는 새로 산 셔츠가 아닌, 소년이 선물한 운 좋은 그 셔츠였다. 그것을 본 소년은 영 그 자리에서 있기가 거북해 계속 오노를 뒤에 세워 두고 잘못을 탓하는 미코의 어깨를 뒤에서 움켜잡았다.

"저기, 미코. 내가 잘못해서 진 거여. 모두헌테 너무 미안허다. 내 잘못이여."

소년은 고개를 숙였다.

"시라도 패인일지 모르지만, 그 전에 누~군가 주자를 아웃시켰더라면 2루에서 포스 아웃한 것으로 끝낼 수 있었을 거 아니냐고?"

미코가 말했다.

'누군가'라는 부분에서 모두들, 누구라고 딱 집어 말할 수도 없는 누군가가, 피식 웃는 것처럼 보였다.

"그런 게 아니라니께, 오노 잘못이 아니라니께."

"오라, 그려. 우정이란 말이재. 참말로 못 말리겠네."

시노하라가 앞에 앉은 아이들을 보며 키득키득 웃었다.

속에서 울컥 치받친 소년은 시노하라의 멱살을 잡아 올렸다.

"적당히들 혀 둬! 너희들, 다 같은 야구부잖여!"

"뭐 하는 거야, 잠깐만. 시라, 그만해!"

"티, 티, 티, 티, 티, 팃팃팃……."

팀워크라는 말을 하고 싶었다.

흥분해서 쩔쩔 매다가 대타자를 내보냈는데, 그마저 선택이 잘못됐다.

"다, 다, 다, 닷, 다닷, 다……."

단결, 이 말도 안 나온다.

"우정도 모르냐!"

얼굴이 시뻘겋게 달아오를 정도로 창피한 말을 내뱉고 나자, 그다음엔 다시 대타자를 찾을 힘조차 없어졌다.

"제, 제, 제멋대, 대, 대로 떠, 떠, 떠들기만 하면, 시, 시, 시, 시 시합에 지는 거야. 저, 저, 저, 전, 전학을 왔다고 해서 그, 그, 그, 그, 그게 무슨 상관이냔 말이여."

이렇게 심하게 말을 더듬은 적은 좀체 없었다.

시노하라는 갑자기 머쓱해하며 수그러들었다. 다른 아이들도 듣기 민망했는지 고개를 숙여 버린다. 중학교 후반기에 들고부터 이런 반응들이 늘어났다. 말이 걸려 나오지 않아도 놀리거나 비웃는 아이들은 거의 없다. 그 반대로 모두들 그 자리에서 그 모습을 목격한 것을 미안해한다. 네가 말을 더듬게 만들어서 미안하다고, 얼굴에 써 붙인 것처럼.

"그려, 됐어. 응? 시라, 알았다고, 이제 흥분 그만 혀."

주장인 요네가 틈을 비집고 들어와 말했다.

"실제로 앞으로 한 달 뒤면, 현 체육 대회 예선이여. 모두 마음을 합허지 않으면 안 돼야."

오노의 일은 입에 올리지도 않고 일단 이야기를 거기서 마무리지었다.

시노하라에게서 손을 뗄 때 오노와 눈이 마주쳤다. 오노는 곧 울음이 터질 것 같은 표정으로 고개를 살짝 끄덕이고서, 웃었다.

그날 이후 미코와 시노하라의 짓궂은 짓은 없어졌지만 오노는 야구부실에서나 운동장에서나 맘이 편치 않은 듯 보였다.

소년과 둘이서 집으로 돌아갈 때도 늘 "마사오카, 아직도 맘이 풀리지 않았나 봐." 하고 한숨을 내쉰다. 3루 자리에서 볼을 치고 받을 때 뒤에서 순번을 기다리는 마사의 시선이 신경 쓰여 견디기 힘들단다. 멋진 플레이를 보였을 때도 마사는 아무 말도 해 주지 않는다. 오노가 뒤로 놓친 볼이 바로 자기 발 앞으로 굴러 와도 주워 건네주는 일이 없다. 그런 한 가지 한 가지 일들이 모두 작은 바늘처럼 와 꽂힌다고 한다.

소년은 지금까지 늘 오노를 격려하는 입장이었다. 마사와 미코 모두 악의를 품고 있는 나쁜 녀석들이 아니라고 그때마다 덧붙이면서, 모두들 야구는 실력으로 말하는 세계라는 걸 잘 알고 있다고 했는데 그래도 오노의 기분이 나아지는 것 같지 않을 때는, 제과점에 들어가 아이스크림이나 주스까지 사 먹인다.

"시라이시, 너 정말 좋은 놈이다."

오노는 야구부의 어떤 아이도 별명으로 부르지 않는다.

"지금 무슨 말 하는 거여, 오노도 같은 야구부 선수잖여."

오노에게도 아직 별명은 없다.

하굣길은 용수로를 따라 직선으로 뻗은 길이었다. 제과점에서 주스를 마시면 다음 교차로에서 오노는 오른쪽으로 돌아가고 소년은 그대로 직진이다.

함께 걷는 거리가 너무 짧다. 매번 좀 더 멀리 나란히 걸어가며 더 많은 이야기를 나누고 싶다. 주스를 마시면서도, 풀이 죽어 앉아 있는 오노와 헤어지는 날이면 특히 더.

여름 방학 첫날, 연습 시합을 했다. 이번 상대는 제2중학교보다 약간 더 실력이 좋은, 8강 진출이 목표인 동산 중학교였다.

후지야마 선생님은 오노를 4번 타자에 앉혔다. '에이스이자 4번 타자'라고 자랑이 대단했던 하세가와는 스타팅 멤버가 발표되자 곧바로 기분이 상해, 그것이 피칭에도 영향을 미쳐 볼넷을 연발했다.

3대 9로 참패. 하지만 오노는 후지야마 선생님의 기대에 부응해 4타수 4안타를 때리고 팀이 그나마 점수를 올리는 데 견인차 역할을 했다.

시합의 향방이 거의 확실해진 마지막회, 후지야마 선생님은 투수를 하세가와에서 오노로 바꾸었다. 시합 중의 투구 연습은 물론, 평소에도 투수석에는 오른 적이 없는 오노였지만, 비밀 병기로 승부를 내겠다는 후지야마 선생님의 말대로 의외로 빠른 직구를 던져 동산 중학교의 상위 타선을 모두 3자 범퇴로 제압했다.

하세가와는 오노와 맞교대해 불만스런 모습으로 3루를 지켰다. 타격을 생각하면 당연한 선택이었지만 벤치 안에서 캐치볼을 하며 몸을 풀고 있던 마사는 잠자코 장갑을 손에서 빼내고 벤치 끝에 가 주저앉아 버렸다.

그 옆에는 여태까지 줄곧 방긋거리던 등번호 10번의 가와하라도, 마사와 똑같이 굳은 표정으로 운동장을 바라보고 있었다.

소년은 이 시합에서도 상태가 좋지 않았다. 3타수 무안타. 마지막 회에 맞은 네 번째 타석에서는 소년 대신 마사가 나오게 되었다.

미코와 시노하라의 응원을 받으며 타석에 들어선 마사는 방망이를 한 번도 휘두르지 않고 스트레이트로 볼넷을 골라 냈다. 등번호 14번은 왠지 몸이 나른하게 쳐져서는, 1루 쪽으로 느릿느릿 향한다.

"야! 전력 질주 안 할 거냐!"

동산 중학교 벤치에서 야유가 쏟아졌지만 발길을 재촉할 기미는 보이지 않았다.

다음 날도 여전히 오노에게는 아무도 말을 걸지 않았다.

"나, 아무래도 선생님께 등번호 바꿔 달라고 해야겠어."

오노는 소년과 돌아오는 길에 오랫동안 망설이고 있던 속엣말을 큰맘 먹고 꺼내려는 듯 사뭇 강한 말투로 말했다.

"그럴 거 없는디."

소년은 씁쓸히 웃으며 대충 얼버무렸다. 열흘 뒤, 현 체육 대회 예선전의 첫 번째 시합이 있다. 이 상태로라면 이제 등번호가 문제가 아니다. 등번호가 5번이든 14번이든, 3루를 지킬 사람은 오노밖에 없다.

"그런데 말이야, 내 기분이란 건, ……난, 내가 정말 잘못했다고 생각해. 마사오카에게도 하세가와에게도 말이야. 입장을 바꿔 생각하면 나라도 기분이 나빴을 거야, 이런 상황은."

이젠 두 사람의 단골이 된 제과점에 들렀다. 오노가 "오늘은 내가 살게." 하며 자동판매기에서 캔 콜라를 두 병 샀다. 다시 "뭐, 과자 같은 것도 좀 살까?" 하더니 대답도 듣지 않고 가게 안으로 들어간다. 소년은 가게 앞 의자에 앉아 오노를 기다리면서 몇 번쯤 고개를 갸웃해 보았다. 등으로 벌레가 기어가는 듯 근질근질했다. 텔레비전 드라마에 자주 나오는, 샐러리맨이 퇴근길에 선술집에 들르는 장면과 비슷한 상황이다.

회사까지 자가용으로 출근하는 아빠는 퇴근길에 술을 마시는 일이 별로 없다. 회사에 대한 불만이나 털어놓으면서 우는 소리 하는 건 질색이란다. 그런 아빠가 요 며칠 계속해서 회사에 차를 두고 귀가했다. 혼자서는 제대로 걷지도 못 할 정도로 술에 취해 들어온 밤도 있었고, 어안이 벙벙해질 정도로 기분이 좋은 밤도, 말도 붙이지 못할 만큼 기분이 언짢아 보이는 날도 있었다.

이제 슬슬 전근 갈 때가 된 걸까? 지금까지의 경험이, 그것을 말해 준다. 작년 여름에도 전근 이야기가 있었지만 거절했다고 한다. 나중에 엄마에게서 들은 이야기다. 지점장으로 승진할 기회였다는 말과 함께.

오노는 과자를 하나 사들고 나왔다. 과자값만큼은 둘이 나누어 내려고 지갑을 꺼내자 "됐어, 이러지 마." 하며 손을 내젓는다. 정말이지, 드라마에 나오는 회사원들이 하는 짓이랑 똑같다. 의자에 나란히 앉아 과자를 입안 가득 넣고 콜라를 마셨다. 처음엔 잠자코 있던 오노가 콜라가 절반 정도 남았을 즈음, 저녁노을로 물든 하늘을 올려다보며 말을 꺼냈다.

"나 전학이란 건 이번이 처음이거든. 시라이시, 너. 굉장히 자주 전학 다녔다며? 정말이야?"

"그려. 초등학교만 다섯 번."

"우와, 엄청나게 다녔구나."

"뭐, 초등학생이었으니께."

요즘에는, 정말로 그렇게 생각한다. 초등학교 다닐 때는 전학을 가서 자기소개를 하는 게 너무너무 싫었다. '기요시'의 '기'가 목구멍에 걸려 나오지 않아 모두에게 웃음을 사는 게 두려웠다. 하지만 전학생이기 때문에 정작 견디기 힘든 건 그런 게 아니라고, 지금은 생각한다.

"나, 우리 엄마한테 한 마디 들었어. 야구부에 들어가는 거 그만두면 안 되겠냐고. 앞으로 고등학교 입학 시험도 있고, 어차피 이젠 은퇴할 때도 다 됐고. 아무래도 도중에 불쑥, 끼어드는 거잖아. 정말로 엄마가 말하는 대로 됐으니……. 이젠 엄마나 아빠한테 고민을 털어놓을 수도 없게 됐다니까."

오노는 또 '울트라맨'과 '가면 라이더' 이야기를 했다. 괴물이나 우주인은 어디서 튀어나왔는지, 어느 날 갑자기 나타나 사람들의 평화로운 일상을 위협한다. 하지만 그 와중에 어딘가에서 반드시 영웅이 등장한다. 영웅은 절대로 지는 법이 없다. 영웅은 결국 괴물이나 우주인을 물리치고 마을은 다시 평화로운 일상을 되찾는다.

"전학생이란 건 괴물이랑 비슷한 거라고 생각해. 내가 중간에 끼어들어 야구부의 평화를 흐트러뜨린 거잖아. 시라이시, 너는 그런 생각해 본 적 없어?"

있을지도 모른다.

그건 몇 학년 때의 일일까? 남학생 수가 짝수로 딱 맞았던 학급으로 전학 간 적이 있다. 체육 시간, 두 사람씩 조를 짤 때, 출석 번호가 가장 마지막이었던 소년은 '나머지'로 혼자 남게 되었다. 선생님이 그걸 보시고 학급 임원인 아이와 짝을 맺어 주었다. 그 바람에, 학급 임원과 한 조였던 아이가 소년 대신 '나머지'가 되었다. 그 때는 자신이 '나머지'가 되지 않아 다행이라는 생각밖에 하지 않았지만 지금은 중간에 자기가 끼어들어 얼결에 '나머지'가 되어 버린 녀석의 기분을 알 것 같다.

"난 말이야, 전학 가기로 결정이 되고 나서 만화를 무진장 많이 읽었다. 전학생이 주인공인 만화 말이야, 반 친구들이 하나씩 가르쳐 주는 대로 다 읽었어. 멋지더라, 전부 영웅 같더라고. 그것 참 괜찮은 거구나 싶어서 속으론 전학 가길 꽤나 기다렸는데, ······완전히 다른 거였어."

오노는 거기까지 말한 다음 갑자기 과자를 입안 가득히 우겨 넣고 콜라를 벌컥벌컥 들이켜고 나서 "전혀 다른 거야, 전혀, 전혀." 하고 되풀이했다.

소년은 오노에게서 시선을 뗐다. 정면에 있는 산등성이 너머로 가라앉는 석양을, 눈 흘기듯 쏘아봤다. 잠시 있으려니 옆에서 코를 훌쩍거리는 소리가 들렸다.

무슨 말이든 하고 싶다. 잠자코 있지 말고 무슨 말인가 오노에게 해 주고 싶다. 하지만 말이 떠오르지 않는다. 타석은 텅 비어 있다. 망망한 바다 위를 표류하는 보트처럼, 아무도 없는 텅 빈 벤치만 운동장에 덩그러니, 놓여 있었다.

콜라와 과자를 다 먹고, 벌개졌던 오노의 눈도 원래대로 되돌아오고 나서, 두 사람은 다시 용수로 길을 따라 걷기 시작했다.

별다른 이야기도 서로 나누지 못했는데, 그새 교차로에 도착했다. 평소대로 교차로 오른쪽으로 돌아가려는 오노를 소년은 불러 세웠다.

"곧장 가지 않을려? 다음 신호등에서 돌아가도 같은 길이 나오잖여."

약간 멀리 돌아가는 셈이긴 하지만 오노의 집으로 가는 길은 나오게 되어 있다.

"그러지 뭐."

오노는 히죽 웃으며 교차로를 곧장 건넜다.

"꼭 연장전 같네."

"정말 그러게."

꼭 아이스크림을 먹을 때, 포장에 적혀 있는 경품이 들어맞은 것처럼 뭔가 뜻하지 않은 횡재한 것 같은 기분이 들었다.

불과 100미터 정도 더 걸었을 뿐인데 하고픈 말이 갑자기 엄청 늘었다.

소년은 빠르면 8월 중순에 달성할 것으로 보이는, 자이언츠 소속 왕 선수의 최다 안타 세계 신기록 이야기를 했다. 756호 홈런을 맞는 투수는 어느 팀의 누가 될까? 오노는 야쿠르트의 마츠오카 투수가 될지도 모른다고 하고, 소년은 다이요의 히라마츠 투수라고 예상했다.

시험 이야기도 했다. 소년은 야구부를 은퇴하더라도 학원에는 다니지 않을 생각이었지만, 오노는 9월부터 영어와 수학 학원에 다닐 거라고 했다.

"시라이시도 같이 다니자. 내가 시라이시 네 것까지 신청서 받아 올게."

오노가 자꾸 권하길래, 그것도 괜찮을 것 같다는 기분도 들었다.

현 체육 예선 대회 이야기도 물론, 했다. 오노는 소년이 지난 달부터 타격 상태가 안 좋아진 것을 걱정했다. 소년도 그것을 고민하고 있었다. 2루수 후보 선수는 2학년인 기우치니까. 일단, 주전 자리를 빼앗길 염려는 없지만 마지막 대회이니만큼, 역시 최상의 컨디션으로 임하고 싶다.

"시라이시의 타격 폼을 보면, 방망이 쥐는 부분의 위치가 너무 낮은 것 같아. 그렇게 잡으면 안쪽 높은 곳에 공이 와 닿아서 안 돼. 좀 더 이렇게, 다운 스윙으로……"

계속 앞으로 걸어가면서 팔 동작으로 다운 스윙 자세를 해 보일 때 즈음, 교차로에 도착했다. 이번에는 오노 쪽에서 다음 신호에서 돌아가도 되냐고 물었다.

'괜찮지(다이조부).'의 '다'가 걸릴 것 같아서 대타자를 내보냈다. 숨겨 둔 비밀 병기를 내 보이듯, '괜찮다.'는 의미로 V사인을 해 보였다.

오노도 재미있었는지 야간 경기를 중계하는 아나운서 흉내를 냈다.
"자, 그럼 연장전 승부는 계속 이어지겠습니다."

그날 오노는 두 개의 교차로를 그대로 지나쳐 세 번째 교차로까지 같이 걸어왔다. 꽤 멀리 돌아온 셈인데, 다음 날도 마찬가지로 아주 당연하단 듯이, 오노는 평소에 헤어지던 교차로를 그대로 지나쳤.

다음 날도, 또 그 다음 날도 그랬다.

오노는 소년을 '시라'라고 부르게 되었다. 소년도 오노에게 그 전 학교에서는 친구들이 뭐라고 불렀냐고 묻고, "오군." 하고 불러보았다. 오노는 웃으며 말했다.

"아아, 그때가 생각난다. 그렇게 불러 주니."

그리고 이런 말도 덧붙였다.

"시라와 만날 수 있었으니, 전학 오길 역시 잘했네."

시합을 이틀 앞둔 날 밤, 아빠는 어쩐 일인지 저녁 식사 전에 집에 돌아와 소년을 거실로 불렀다. 아아, 드디어 때가 왔구나. 속으로 생각하며 거실로 나가 보니 아빠 옆에는 엄마도 앉아 있었다. 어렴풋이 스쳤던 예감은 이로써 80퍼센트는 확실해진 셈이고, "나츠미헌테도 나중에 야그허겠지만……." 하는 말본새로 보아 100퍼센트 확신하게 되었다.

10월에 전근을 가게 될지도 모른다고 한다.

"아직 확실한 건 몰러. 내일 본사 회의서 결정되겠지만, 그 전에 네 생각을 오늘 밤 안으로 들어 보려는디……."

전근 가게 될 곳은 지금과 같은 현(懸)으로 바다에서 조금 안쪽으로 들어간 시였다.

"뭐 같은 현이니께 고등학교 입학 시험 보는 데는 그다지 바뀌는 거이 없을 것 같은디."

아빠는 이렇게 말했지만, 엄마는 굳은 표정으로 앉아 한 마디도 거들지 않았다.

아빠도 그 이유는 잘 알고 있을 것이다. 엄마를 한 번 흘낏 쳐다본 다음, 담배를 입에 물고 불을 붙이며 이야기를 계속했다.

"엄마는 니가 '말하는 것'을 제일로 걱정하고 있어야. 이렇게 입학 시험 앞두고 전학 가서 환경이 확 바뀌면 말 더듬는 게 더 심해지지는 않을까 혀서 말이여."

소년은 말없이 앉아 있었다. 엄마도 입을 꼭 다문 채 아무 말 하지 않았다.

"엄마는 아빠 잘못이 제일 크다는디, 초등학교 때부터 아빠 혼자

직장 근처로 이사 가서 살았으믄 너랑 나츠미도 그렇게 전학을 댕기지 않아도 되고 말 더듬는 증상도 치료됐을지 모른다믄서 말이여."

그럴지도 모른다. 그렇지 않을지도 모르고. 소년은 모르겠다.

"응? 기요시, 이번 이사는 아빠 혼자 가는 거이 좋겄지? 아빤 말이여, 가족은 늘 함께 지내는 거이 좋다고 생각허는디. 그려도 네가 정, 이사는 가기 싫다고 허믄, 아빠 혼자 이사 갈 생각도 있으니께."

아빠는 거기서 잠깐 말을 끊고 다시 담배에 불을 붙였다. 내뿜는 담배 연기가 공중으로 너울너울, 힘없이 퍼졌다.

"할머니랑 할아버지가 함께 살면 어떻겠냐고 하시던디. 시골에 가면 너나 나츠미 모두 이사 가고 전학 가고 하는 일 땜에 고생하지 않아도 되고 말이여, 할아버지도 이제 연세가 많이 드셨으니……."

"그런 이기적인 말은 허는 게 아니재!"

엄마의 목소리가 짱짱했다.

아빠는 순간 눈썹을 찌푸렸지만 엄마에게는 아무런 대꾸도 하지 않고 하던 말을 계속 이어나갔다.

"만약에 엄마랑 기요시랑 나츠미가 시골로 가게 되믄, 아빠도 한동안은 혼자 전근 가서 살다가, 다다음 번에는 그 쪽으로 전근 갈 수 있게끔 이야기를 혀 볼 테니께. 워떠냐? 아빠도 장남이잖여……."

"그란 건 아이들하고 상관없는 문제잖여."

엄마 목소리는 아까보다 더 날카로웠다.

소년도 짐짓 짚이는 구석이 있었다. 엄마는 할아버지와 할머니를 싫어한다. 나츠미를 임신했을 때 소년을 할아버지 댁에 맡겨서 말

더듬는 증상이 생겼다고 늘 후회하고 있다. 할머니는 엄마에게 기요시를 맡아 주겠다고, 데려오라고, 완전히 명령조로 말했다고 한다. 하지만 그렇다고 할머니와 할아버지가 소년을 구박한 적은 없다. 두 분은 첫 손자인 소년을 아주 귀여워했다. 기억 속에 남아 있는 것은 그저, 아무런 설명도 듣지 못하고 시골에 내려온 다음 날, 엄마 아빠가 가 버린 줄도 모르고 "안녕, 안녕!" 소리치며 방문을 열어젖히다가 아무도 없는 텅 빈 방 앞에 우두커니 섰을 때의, 그 서글픔인지, 외로움인지, 두려움인지도 모를, 뭔가가 몸 속에서 슬그머니 연기처럼 빠져 나간 듯한, 순간이었다.

"할아버지는 기요시만이라도 괜찮다고 말씀하시던디."

아빠는 그렇게 말하고 막 불을 붙인 담배를 재떨이에 부벼 껐다.

"안 가도 된다, 기요시. 거기 안 가도 돼야."

엄마는 눈물 섞인 목소리로 소년에게 말하고 아빠를 돌아다보았다.

"당신, 그런 일을 아이헌테 결정하라고 강요허면 못쓰는겨. 당신이 전근을 거절허믄 될 거 아녀? 작년에도 거절했잖여. 금년에도 거절하면 되지 뭘 그려."

"작년에 거절했기 땜에, 그 담부터 월매나 가시방석이었는지 당신도 잘 알 텐디. 작년에는 회사에서 아이들 문제를 최우선으로다가 이해해 주어서 가능했지만 금년엔 더 이상 안 돼야."

"워째서? 아이들이 가장 중요허재. 당신은 아이들 생각도 안 혀?"

"그라믄 지금 나보고 회사를 그만두란 말이여?"

아빠의 감정도 격해졌다.

엄마는 그만 그 자리에 엎드려 울음을 터뜨렸다. 소년은 알 수 없었다. 아무것도, 이젠, 모르겠다. 생각해 보려 해도 머릿속에 아무런 말도 떠오르지 않는다. 복도에서 전화벨 소리가 울렸다. 자리를 뜰 구실이 생겼다.

소년은 거실에서 나왔다. 복도로 새어 나오는 엄마의 울음소리를 등으로 가로막아 보려는 듯 서서 수화기를 들었다.

"아, 시라냐?"

마사였다.

"니헌테 좀 말해 둘 거이 있는디……."

가라앉은 목소리는 이어지는 다음 말에서 더 깊이 떨어졌다.

"나, 내일 2루 맡게 됐다."

"뭐여?"

"연습 끝나고 후지야마 선생님이 교무실로 오라고 해서 갔는디. 나보고 2루수 연습을 허라고 하잖여. 이제 시간이 없으니께 내일 하루 동안 특별 훈련을 허라고. 저기 시라, 너 쭉 슬럼프였잖여. 그래서 선생님도 걱정혔겄지. 너한테는 안됐지만, 뭐 나도 시합에는 나가고 싶고, 지금까지 애써 왔으니께 마지막 시합만큼은 나가고 싶단 말이여. 미안혀. 용서혀라. 응?"

마사는 잘못이 없다. 후지야마 선생님의 잘못도 아니다. 물론 오노의 탓으로 돌릴 수도 없는 노릇이다.

"유니폼은 나 그냥 14번을 달고 나가도 상관없으니께."

마사는 말했지만, 소년은 "주전 선수가 4번이잖여. 그 자린." 하고 최대한 아무렇지 않은 듯 말했다. '야구는 실력으로 말하는 세계…….'라는 말은 부메랑이 되어 자신에게로 돌아왔다.

마사는 계속 미안해하며 변명을 덧붙였다.

'열심히 해(간바레요).' 하고 말해 주면, 녀석도 마음이 편해지겠지.

하지만 '열심히 해.'의 대타자가 없다. V사인도 전화로는 해 보일 수가 없다.

소년은 말없이 마사가 변명을 하는 도중에 수화기를 내려놓았다. 거실로 돌아오자 엄마 아빠는 서로 뚱하니, 입을 다물고 딴 데 시선을 돌리고 앉아 있었다. 엄마는 잘못이 없다. 아빠 잘못도 아니다. 할머니와 할아버지도 마찬가지다. 잘못이 있는 건, 말을 더듬는 자신일지도 모른다. 하지만 제대로 말을 하지 못하는 건, 자기 탓이 아니다.

"아빠."

소년이 불렀다. 어디에도 중간에 끼어들고 싶지 않다. 중간에 끼어들어서 누군가를 곁으로 밀어내고 싶지 않다. 어떤 선택을 해서, 누군가에게 아픈 순간을 겪게 하고 싶지 않다.

"나, 나, 어, 어, 어, 어떻게 혀도 상관없어."

이젠 아무것도 결정하고 싶지 않다.

다음 날, 2루수 주전 선수는 마사가 되어 있었다. 시합 날까지, 딱 하루밖에 안 남았다. 조금이라도 기술을 익히라고 후지야마 선생님은 마사 옆에 딱 붙어서 더블 플레이할 때의 자세나 외야수가 던진 공을 중간에서 커트할 때의 포지션을 열심히 가르치고 있다.

　소년은 연습 시간보다 훨씬 일찍 야구부실로 들어가 집에서 가져 온, 등번호 4번이 새겨진 유니폼을 마사의 라커에 넣어 두었다. 자신 이 꼭 '곤기쓰네(일본 동화 〈곤기쓰네〉에 나오는 아기 여우. 곤기쓰네라 는 외톨이 여우가 숲 속에서 살아가는 이야기—옮긴이)' 같다는 생각이 들자, 갑자기 눈물이 나올 것만 같았다.

　마사가 가져온 등번호 14번 유니폼은 연습이 끝난 뒤에 받았다. 마사는 "시라의 몫까지 열심히 할겨." 했다. 소년은 잠자코 고개를 끄덕였다. V사인을 해 보이려 했더니 시야의 끄트머리로 오노가 이 쪽을 보고 있는 것이 보였다. 눈이 마주치자 곧 고개를 숙여 버렸기 때문에 표정까지는 읽을 수가 없었지만.

　집으로 돌아갈 때는 오노와 둘이서 용수로를 따라 걸었다. 같이 가자고 말을 한 게 아니라 따로따로 야구부실에서 나와 정문 근처부 터 어쩌다 보니 같이 가게 되어, "어이!"라는 말도, "잘됐다!"란 말 도 없이 그저 나란히 걷기 시작한 것이다.

　오노는 말수가 적었다. 소년도 거의 아무 말도 하지 않는다. 어떻 게 하면 좋을지 모르겠다. 텅 빈 타석과 아무도 없는 벤치가 오롯이 떠오를 뿐이었다.

　두 사람 모두 단골 제과점을 말없이 지나쳤다. 첫 번째 교차로에 다다랐다. 오노는 곧장 길을 건넌다. 두 번째 교차로에서도 오노는 오른쪽 길로 돌아가지 않는다. 세 번째 교차로, '이제 됐어. 너무 멀 리 돌잖여. 여기서 돌아가.' 하고 소년은 말하려고 했는데 모두 첫 음절이 걸리는 말들이라 대치할 표현을 찾으려 잠시 머뭇거렸다. 그러는 사이에 오노는 다시 횡단 보도를 곧장 건넜다.

그리고 마지막 교차로.

오노는 횡단 보도 바로 앞에서 멈춰 섰다. 오른손에 들고 있던 스포츠 가방을 발 밑으로 떨어뜨리듯 내려놓았다.

"시라……."

소년도 걸음을 멈췄다. 오노는 오른손을 가슴 높이 들어올려 왼손으로 오른손 주먹을 감쌌다.

"나……, 오늘 수비 연습할 때 손가락을 삐었어."

오노는 후훗, 웃는다. 거짓말이 아니라면서, 얼굴까지 찡그렸다.

"아까부터 참고 있었는데 너무 아파서……."

소년은 아무런 대답 없이 오노의 손 언저리를 가만히 바라보았다.

"벌받았나 봐. 난 〈울트라맨〉에 나오는 괴물이니까. 마지막에 꼭 격퇴 당하는 괴물."

소년은 잠자코 있었다. 숨소리도 내지 않고, 가만히 있었다.

"선생님한테는 내일 말할 거야."

말을 잇는 오노의 목소리는 갑자기 가늘어지다가 이내 푹 가라앉는다.

"근데……, 너무 아파서, 못 참겠다……."

소년은 가볍게 숨을 들이쉬고 "힘내라(간바레야)."고 말해 주었다. 거짓말처럼 말이막힘 없이 나왔다. 혼잣말하듯 읊조렸기 때문인지도 모른다.

오노는 금방이라도 울음을 터뜨릴 것처럼 얼굴을 일그러뜨렸다.

"나, 안 나갈 거야. 정말이야. 시라를 후보 선수로 만들면서까지 시합에 나가고 싶지 않아. 내 탓이니까, 이제 됐어. 나는 원래 이 팀에 없었던 놈이니까. 내가 없어지면 그냥 원래대로 돌아가는 거잖아. 그것으로 난 괜찮고, 아니, 그러는 편이 더 좋아. 정말이야."

"바보 같은 소리 허지 마."

"믿어 줘."

"오노, 언더셔츠 돌려줘. 시합 얘기는 이제 됐으니께, 셔츠나 빨랑 내놔."

'돌려줘(가에세)', 할 때 '가'가 거침없이 나왔다. 목소리는 커졌어도 지금 한 말은 전부 혼잣말인지도 모른다.

"빨리 돌려줘. 내 셔츠잖여."

소년은 오른손을 내밀며 채근했다. 오노는 무슨 말을 하려는 듯 입을 열려다가 곧 다물더니 다시 말했다.

"빨아서 돌려줄게."

"그런 거 안 혀도 돼. 빨랑 돌려줘. 지금 있재? 당장 내놔."

소년은 오른손을 오노의 가슴팍에다 들이댔다. 말이 술술 나온다. 하지만 귓가에 울리는 소리는 자기 목소리가 아닌 것 같은, 낮고 가느다란 낯선 소리였다.

오노는 이제 아무 말도 하지 않았다. 스포츠 가방 앞에 쭈그리고 앉아 지퍼를 열고 꾸깃꾸깃 뭉친 언더셔츠를 꺼냈다. 무릎 위에 놓고 개려는 것을 소년은 됐다고 가로막고 낚아채듯 셔츠를 빼앗았다.

땀으로 축축했다. 시큼한 냄새도 난다.

내다 버리려는 심산이었다. 셔츠를 용수로에 던져 넣고 오노에게 다시 한 번 힘내라고 말해 준 다음, 그 대신 다시는, 교차로에서 멈춰 서지 말고 곧장 건너야지, 생각하고 있었다.

셔츠의 배 부분에 검은 얼룩이 묻어 있었다. 아니, 그것은 사인펜으로 쓴 글자였다.

Never Give Up. 별로 능숙하지 않은 글씨체로 써 있다.

"시라, 미안, 난 네가 아주 준 것으로 알고, 써 버렸거든."

오노는 변상해 주겠다며 고개를 숙였다.

"정말 미안해. 미안해."

소년은 배 부분의 글자가 안 보이게 셔츠를 둘둘 말았다. 오노는 고개를 떨군 채 그대로 서 있었기 때문에 소년이 오노의 가방에다 셔츠를 도로 넣었다. 네버 기브 업, 속으로 읊조렸다. 네버 기브 업, 네버 기브 업, 거푸 뇌까리면서 지퍼를 닫았다.

"이제 됐어."

소년이 말하자, 오노는 그제야 고개를 들었다. 눈이 마주치기 전에 소년은 얼른 등을 돌리고 걷기 시작했다. 고개도 돌리지 않고 오노에게 말했다.

"히, 히, 히, 힘……."

말이 막히는 걸 깨닫고서 이렇게나 마음이 편해지다니, 이런 경험은 태어나서 처음인 듯싶었다.

"힘낼 테니까 걱정 마!"

교차점 217

오노는 소년의 등에 대고 대답했다.
"정말이야, 나 내일 힘낼게!"
소년은 걸으면서 앞을 향한 채 고개를 끄덕였다.
하지만 사실, 오노는 착각을 한 것이다. 소년이 하고 싶었던 말은 '힘내라.'가 아니었다. '힘낼 거야……'였다. 자신의 의지를 말하고 싶었던 것이다.
집으로 돌아와 등번호 14번이 찍힌 유니폼을 꺼내니 야구에 대해서는 거의 아는 게 없는 엄마가 물었다.
"등번호가 클수록 좋은 거여?"
소년은 웃기만 하고 대답은 하지 않았다. 냉장고에서 우유 1리터짜리 병을 꺼내 주둥이에 입을 대고 마셨다. 오늘은 평소보다 목이 더 마르다. 제과점에 들르지 않은 탓이다.
"그것보담……."
엄마는 부엌에서 저녁 준비를 하면서 어젯밤 이야기를 꺼냈다. 전근 가는 아빠에게 온 식구가 매달려 같이 이사를 갈 것인지, 아빠만 혼자 갈 것인지, 아니면 할아버지 댁으로 모두 이사를 할 것인지.
"엄마는 아빠만 혼자 전근지로 이사를 가는 거이 제일 좋다고 생각했는디……."
나츠미가 울면서 반대하더란다.
"그 앤 천상 아빠 딸이잖여. 아빠가 집에 없으면 싫다고 떼를 쓰는 거여."
엄마는 쓸쓸한 미소를 지으며 한숨을 내쉬었다.

"어쩌면 좋으까······."

소년은 우유를 얼마간 남기고 나머지를 냉장고에 도로 집어넣었다. 엄마가 "남길 거믄 컵에 따러 마셔야지."라고 한 말은 한 귀로 흘리고 냉장고 속을 들여다보면서 말했다.

"이사혀도 괜찮어."

"그렇지만, 너의······."

"됐어. 이젠 익숙해졌는디, 뭘."

그렇게만 말하고 야구 방망이를 들고 나왔다. 손잡이 끝에 적힌 숫자 4를 가만히 쳐다보다, 어쩔 수 없지, 하고 고개를 주억거리고 나서 현관 앞에서 스윙 연습을 했다.

방망이 잡는 위치를 높이고 다운 스윙을 반복했다. 해는 졌어도 밖은 아직 환했다. 100번 연습하자. 50회를 넘겼을 즈음, 길가에서 자동차가 가볍게 경적을 울렸다. 아빠다.

운전이 그다지 능숙치 않은 아빠가 몇 번을 넣다 뺐다를 반복하면서 차고에 자동차를 넣는 것을 소년은 방망이를 들고 서서 멍하니 보고 있었다. 오늘 귀가도 평소보다 빠르다. 어젯밤 이야기를 계속하려는 거겠지.

엔진이 멈추고 운전석 문이 열린다. 소년은 심호흡을 몇 번 했다.

자동차에서 내린 아빠는 "어이, 특별 훈련하는 거여?" 하며 웃었다.

"아빠······."

"응?"

"이사 가는 거 말이여, 괜찮아. 이사혀도."

처음에 멍한 표정으로 섰던 아빠는 웃는 얼굴로 시원시원하게 말했다.

"아아, 그 얘기? 거절허고 오는 길이여."

"참말?"

"그럼, 그 대신 앞으로 승진은 할 수 없을 거여. 월급도 지금 받는 것 그대로일 테니께 사립 고등학교에는 입학하기 힘들 거여. 현립 고등학교에 진학할 수 있도록, 야구도 좋지만 공부도 열심히 혀라."

"참말이여? 그게 참말이여?"

"아들놈헌티 거짓말하는 아빠가 어디 있겄냐? 바보야."

아빠는 손에 든 작은 종이 상자를 들어올려 소년에게 보여 주었다. 역전 케이크 가게 상자였다.

"오늘 밤은 네 엄마 기분도 좀 풀어 줘야재."

아빠는 하하하, 웃고 현관문을 열고서 "나 왔구먼!" 하면서 들어간다. 그 뒷모습이 만족스러운 모습인지, 쓸쓸한 모습인지……, 소년은 잘 모르겠다.

하지만 곧 엄마의 웃음소리가 밖으로 새어 나와 소년의 두 볼에도 미소가 번졌다.

야구 방망이를 고쳐 쥔다. 처음부터 숫자를 다시 세기 시작하며 이번엔 200회, 스스로 마음을 다잡는다.

퍼져 가는 어둠을 가만히 바라본다.

하얀색 공을 눈앞에 그리며 다운 스윙으로 맞춘다.

정확히 때린 공이 쭉 뻗어서 3루를 빠져 나가는 장면을 그려 보았다.

벤치에서는 환호성이 터져 나올 터이다. 오노도, 마사도, 미코와 시노하라도, 모두 만세를 부르며 기뻐해 줄 거다.
1루 베이스에 선다. 가슴을 활짝 펴고 벤치를 쳐다보며 V사인.
소년은 방망이를 계속 휘두른다.
부엌에서 튀김 요리를 하는 소리가 들려오고, 그 소리에 놀랐는지 매미 한 마리가 홀로 울기 시작했다.

도쿄

소년을 주인공으로 한 이야기는 이것이 마지막이다.

소년은 꽤 성장했다. '소년' 시대에 그 입구와 출구가 있다면, 이제 출구가 바로 앞으로 다가온 시점이다. 소년은 마침내 '청년'이라 불리게 되었고, 앞으로 '어른'이라고 불릴 것이다.

소년이 가족과 지낸 마지막 날들의 이야기다. 소년을 아주 좋아해 준 여자아이에 관한 이야기이기도 하고.

계절은 겨울. 하늘하늘 날리는 눈송이 같은 이야기로 마무리할 수 있다면, 그 여자아이, 왓치는 분명 좋아하겠지.

눈발이 휘날리는 가운데, 공통 과목 제1차 시험이 끝났다. 시험이 치러진 학교 캠퍼스를 나오자 정문 옆 버스 정류장에 왓치가 서 있었다. 소년을 발견하고 벙어리장갑을 낀 손을 가슴 앞에서 가볍게 저으며 "수고했어." 하며 웃는다. 콧등과 두 볼이 빨갛다. 오리털 점퍼와 니트 모자는 눈이 녹아 젖어 있다. 시험이 끝나는 시간을 말해 주었건만, 아마도 훨씬 전부터 와 기다리고 있었을 것이다. 늘 있는 일이다.

소년은 어색하게 웃어 보였다. 버스 정류장은 수험생들로 가득해서 몇 대를 보내지 않고서는 도저히 올라탈 수가 없을 것 같다. 같은 학교 아이들도 있다. 왓치와 사귀고 있다는 말은 아직 아무에게도 하지 않았다.

왓치는 소년의 얼굴을 빠끔히 들여다보았다. 이제 알았다, 는 표정으로 살짝 고개를 끄덕이고 소년과 보폭을 맞춰 걷기 시작한다.

"역까지 걸을까? 샛길이 있는디."

"……어."

소년은 낮게, 목소리라기보다 목구멍을 울리는 소리 정도로만 대답한다.

왓치는 피식 웃는다.

"그렇게 쑥스러워하지 않아도 되는디."

왓치는 이렇게 말하더니 팔짝 뛰어서 소년 곁으로 바짝 다가선다. 소년은 고개를 숙였다. 여름 방학 때부터 사귀기 시작해 지금은 1월, 반 년이 지나도 서로 몸이 맞닿은 적은 한 번도 없었다.

버스 정류장의 인파 속에서 빠져 나오니 기분이 조금 편해졌다. 두 볼에 달아오르던 열기가 사라지고 답답함도 많이 풀어졌.

왓치도 그 순간을 기다렸다는 듯이 물었다.

"시험 잘 봤어?"

"응……. 뭐, 약간."

"어제와 비교해서, 워땠어?"

"수학은······."

거기서 말이 막혔다. '간단히 해치웠어(간단 얏타).'의 '가'를 제대로 발음할 수가 없다.

왓치는 다시 소년의 얼굴을 살피면서 "간단히 해치웠어?" 하고 물었다. 소년이 말없이 고개만 끄덕이자 싱긋 웃더니 "영어는?" 하고 또 물었다.

장문(초우붕) 독해 문제가 어려웠다고 대답하고 싶었지만 이번에는 '초' 발음이 안 된다. 소년은 몇 차례 숨을 들이마시면서 매끄럽게 '초'가 목구멍에서 나올 타이밍을 고르고 있었다. 하지만 왓치는 그것만 보고도 안다.

"장문 독해가 워땠는디?"

"별로······."

'잘 못했어(데키나캇다)'의 '데'가 걸려도, 왓치는 안다.

"잘 못했구만. 그려도 시라이시가 잘 못푼 문제라믄 다른 아이들도 할 수 없었을 거여. 괜찮어. 걱정허덜 말어."

왓치는 참 밝다. 언제나 긍정적으로 생각한다. 다른 사람을 격려하고 칭찬하는 것을 정말 좋아한다.

"큰 문제만 없으믄, 이젠 Y대는 결정난 거이네."

둥근 얼굴을 더 동그랗게 하고, 조그만 눈은 더 가늘어진다. 그것이 왓치가 가장 기분 좋을 때의 표정이다. '미인'이라고 할 만한 생김새는 아니어도 싹싹함은 두 볼에서 뚝뚝 흘러넘칠 정도였다.

"시라이시가 후배가 된다니, 꿈만 같은디, 인자 4월부터는 좀 더 자주 만날 수 있겠네."

왓치는 공통 과목 제1차 시험이 치러졌던 Y대의 교육학부 2학년이었다.

장애아 교육을 공부해서 졸업 후 복지 시설이나 장애아 학교에서 일하고 싶단다.

"기쁘지 않아?"

'그런 건 아니지만(손나고도 나이케도).' 하고 말하려던 입은 '손나'에서 멈췄다. '고도'의 '고'가 안 된다. 시험 날짜가 다가오면서 말더듬는 증상은 더 심해졌다. 첫머리에 오는 단어뿐만 아니라 '가'행과 '다'행, 그리고 탁음이 중간에 들어간 말들도 전부 막혀 버린다.

"그런 건 아니라고?"

왓치는 말했다. 상냥하게 웃었다. 어린아이가 손에서 떨어뜨린 과자를 땅에 떨어지기 전에 주워서 건네줄 때처럼 웃는다.

소년은 잠깐 웃어 보이고는, 다음엔 아무 말 없이 다시 고개를 숙이고 걷는다.

왓치의 이름은 와카코다. 와카짱이라고 하던 것이 왓짱으로, 그러다가 이제 왓치가 된 것이다.

"여자답지 않은 별명이제? 우리 할머닌 만날 나 이름 갖고 불평하셨어."

왓치의 이야기 속에는 늘 할머니가 등장한다. 대학에 들어오기 전까지 Y시에서 기차와 신칸센을 갈아타고 세 시간이나 가야 도착하는 작은 마을에 부모님과 할머니 그리고 남동생과 왓치 이렇게 다섯 식구가 살았다.

'1년 동안'이라는 말도 왓치는 자주 입에 올린다. 고등학교 2학년 때의 1년 동안, ……할머니가 중병이 들어 꼬박 자리에 누워 계시다가 돌아가실 때까지의 기간이기도 하다.

"난 1년 동안 할머니헌테 완전히 단련됐재. 신경질 잘 내고 무서운 할머니셨은께."

왓치는 지팡이를 흔들어 떨어뜨리는 시늉을 해 보였다.

"비위에 거슬리는 일 있으믄 이부자리에 누워서 효자손으로 후려친다니께."

그린 할미니의 뒤치다꺼리를 왓치는 거의 혼자서 해 왔다.

"할머니는 엄마를 딱히 이유도 없이 싫어했어. 밥 짓는 건 엄마여도, 그것을 갖고 들어가는 건 나여. 그러지 않으면 할머닌 밥에 손도 안 대셨어. 욕창이 생기지 않게, 몸을 돌아 뉘는 것도, 몸을 닦아 드리는 것도, 그리고 용변 수발도 전부 내 일이었다니께."

그런 옛날 이야기를 하는 왓치의 얼굴이나 목소리에 원망의 기색은 전혀 없었다. 그리운 듯, 소중한 무엇처럼 할머니에 대해 이야기한다.

"마지막까지 할머니를 집에 모시고 간호해 드릴 수 있어서 다행이여. 할머니를 입원시켰으면 지내기는 편했겠지만, 할머닌 많이 외로워하면서 돌아가셨을 것 같고, 나도 많이 후회했을 것이여. 그리고 이렇게 '사회 복지'를 전공하겠다는 생각도 못 했을 거구만."

왓치는 말을 이었다.

"게다가 시라이시의 통역을 할 수 있는 것도 다 할머니한테 단련된 덕분이재."

기력이 쇠약해지면서 할머니는 말을 제대로 할 수 없게 됐단다. 말이 좀체 입 밖으로 나오지 않게 되어, 본인은 무슨 말을 하고 있는데도 상대방이 알아듣지 못하는 경우가 많았다. 왓치는 초조해하고 안달하는 할머니를 달래고 비위를 맞춰 가면서 할머니가 하고자 했던 말을 한 발 앞질러 생각해야 했다.

조금씩 감이 생겼다. 할머니가 표정만 살짝 바꾸어도, 눈동자가 움직이기만 해도 소리로 나오기 전에 무슨 생각을 했는지 간파할 수 있게 되었다.

"요령은 간단혀. 난 할머니를 무서워하긴 혔지만 좋아혔거든. 좋아하는 사람이 무슨 생각을 허는지, 무엇을 허고 싶어허는지, 확실히 그런 건 궁금하잖여. 알고 싶다는 생각이 들면, 알 수 있는 거이재."

그래서 소년이 하고픈 말도 알 수 있었던 것이다. 왓치는 더 자세히 알고 싶다고 한다. 공통 과목 제1차 시험이 끝나고 오는 길에 두 사람은 처음 손을 맞잡고 걸었다. 왓치가 먼저 "장갑이 없으니께 춥재?" 하며 소년의 손을 자기 벙어리장갑으로 감쌌다.

소년과 왓치는 여름 방학에 도서관에서 처음 만났다.

9월 모의 고사를 앞두고 자습실에서 공부를 하고 있던 소년이 기분 전환차 열람실로 나와서 책을 훑어보고 있는데 리포트 자료를 찾고 있던 왓치가 먼저 말을 걸었다.

"수화(手話)에 관심 있어요?"

그것이 첫마디였다.

소년은 당황하면서 막 펼쳐 든 수화 입문서를 덮었다.

"......별로, 그런 건 아니지만."

나중에 왓치는 가르쳐 주었다. '별로'의 앞 글자가 미묘하게 흔들렸던 모양이다. 그것을 듣고 곧 소년이 말을 더듬는다는 것을 알아차렸다고 한다. 그리고 소년이 수화에 관심을 갖고 있었던 이유도, 어렴풋이.

"고등학생? 몇 학년이야? 학교는 어디, Y고등학교 다니냐?"

틈도 없이 질문이 이어졌다. 추궁하는 식은 아니고, 빨리 친구가 되고 싶다고 마음속으로 단단히 벼르고 있는 것처럼 들렸다.

왓치는 질문만 하는 게 아니라, 자기에 대해서도 참새처럼 재재댔다. 왓치는 Y대 복지 동아리 회원이었다. 동아리에는 노인 간호반과 점자반, 수화반 등이 있다. 왓치는 간호반의 부팀장을 맡고 있었는데 가을부터는 점자와 수화에 대한 공부도 시작하려던 참이었다. 바로 그때 수화 책을 읽고 있던 고등학생을 발견하고는 놀랍고, 반갑고, 감동해서 "저기, 차라도 한잔할까? 누나가 한턱 낼 틴께." 한 것이다.

도서관 안에 있는 찻집으로 들어갔다. 소년은 주문을 받으러 온 종업원에게 콜라를 주문하려다가, '코'가 목구멍에 걸려, 순간적으로 '아이스커피(아이스 고히)'로 마음을 바꿨는데, 처음 보는 여자와

서로 마주 보고 있어 긴장했는지, '아이스' 뒤에 '고'가 걸려 나오지 않아 결국에는 '밀크' 하고 내뱉었다.

고등학교 3학년짜리 남자가 여대생과 단 둘이 찻집에 들어가 아이스 밀크를. 얼굴이 시뻘겋게 달아오를 정도로 창피해서 마룻바닥을 마구 짓밟아 버리고 싶을 만큼 후회스러웠다.

찻집에서 왓치가 지망하는 학교를 물어 보았다. 'Y대'라고 대답했다. 사실은 '국립 제1지망이 Y대이고, 사립은 도쿄에 있는 대학'이라고 대답하고 싶었지만 '국립(고쿠리츠)'의 '고'와 '제1지망(다이이치시보우)'의 '다', 그리고 '도쿄'의 '도' 발음이 안 나올 게 지레 걱정되었기 때문에 절반만 대답한 것이다.

그 때문에 왓치는 오해를 했다. Y대 한 군데만 지원을 하는 줄 알고 "그럼, 앞으로 내 후배가 될지도 모르는 거이네." 하고 좋아하면서 학부를 물었다.

'교육(교우이쿠)학부'라고 말하려다가 '교'에서 막혔다. 왓치는 곧바로 "교육학부?" 하고 말했다. 생각해 보면 그것이 소년이 하려던 말을 왓치가 한발 앞질러 먼저 말을 해 준, 최초의 일이었다.

"거짓말, 그럼 내 직속 후배가 되는 거이네. 그럼 정말로 열심히 해야 혀. 내일도 도서관에 올 거여? 나도 한동안 도서관에 출입혀야 되니께 모르는 데가 있으면 가르쳐 줄틴께. 언제라도 전화혀."

왓치는 하숙집 전화 번호를 메모지에 적어 주었다. 소년이 머뭇거리자, 그제야 왓치는 흠칫, 쑥스러워했다.

"수화를 배우고 싶어하는 고등학생을 만난 게 기뻐서, 응원해 주고 싶고, 내 후배가 됐으면 혀서 그려. 그뿐이여. 정말로 그것뿐이라니께."

민망한 기분을 빨리 쫓아 버리려 그랬는지 정색을 하고 재차 말하는, 그 발그레해진 얼굴을 보고 소년은 참 귀여운 여자구나, 생각했다.

여름 방학 기간 내내 매일 도서관에서 만났다. 2학기가 시작된 다음에도 방과 후에 도서관에서 만나기도 하고, 토요일 오후에 Y대 캠퍼스로 나가 만나기도 했다.

시라이시의 통역이 되겠다고 왓치는 맹세했다.

"발음이 안 되는 말은 무리해서 말하지 않아도 돼. 내가 전부 통역해 줄 텐께. 내가 시라이시가 하고 싶은 말이 뭔지 확실히 이해할 수 있도록 노력할 거여."

왓치와 함께 있으면 포근하고 부드러운 것에 감싸여 있는 듯한 느낌이다. 가슴이 두근거린다기보다, 편안하다. 늘 오그라드는 목구멍이 욕조에 들어가 한숨을 놓고 쉴 때처럼 부드러워진다.

아직도 왓치에게 W대를 지원할 거란 말은 하지 않았다. 고백할 기회를 잡지 못한 채 지금까지 와 버렸다. 거짓말을 하고 있는 게 아니라고 자신을 억지로 추스르고 있었다.

'나는 다만 사실을 이야기하지 않은 것뿐이여, 잠자코 있는 것허고 거짓말을 하는 건 다른 거여. ……그걸 알아차리지 못한 왓치가 잘못이재.'

공통 과목 제1차 시험지 채점을 하면서, 왓치가 놀랐다.

"만약 ×표만 수두룩 나오면, 충격받을 거인디."

문제지에 메모해 둔 답과 신문에 게재된 정답을 맞춰 보고, 마지막으로 전자계산기로 점수를 내본 다음, 갑자기 얼굴을 들었다.

"붙었다!"

자습실에서 공부하고 있던 다른 학생들의 눈치가 보였는지, 곧 자라목이 되어 어깨를 움츠린다.

이번에 소년이 자기 것을 직접 채점했다. 됐다! 무난히 합격할 수 있는 점수다. Y대는 2차 시험 배점이 낮기 때문에 이 시험 결과만으로도 합격은 거의 확실하다. 긴장이 풀려 후우, 하고 의자 등받이에 몸을 기대자, 왓치도 똑같은 자세로 앉아 높은 천장을 올려다보았다.

"역시 도서관에서 채점허길 잘 혔어."

작은 목소리로 말한 왓치는 한결 목소리를 낮춰 말했다.

"우리가 처음 만난 장소잖여. 행운이 따르게 되어 있재. 안 그려?"

어린아이처럼 고개를 옆으로 갸웃 기울이고 소년의 얼굴을 올려다보았다. 채점을 마치고는 늘 하던 대로 도서관 안에 있는 찻집으로 들어갔다.

이제 아이스 밀크를 주문하지 않아도 된다. 소년이 '고' 발음에 막혀 얼굴을 약간 긴장시키기만 해도 왓치는 종업원에게 "커피 두 잔." 하고 바로 주문을 해 준다. 종업원과는 이제 꽤 안면이 있지만, 아마도 그 여자는 소년이 말을 더듬는다는 걸 알아차리지 못했을 것이다. 왓치와 함께라면 막히는 말을 입에 올리지 않아도 된다. 왓치가 옆에 있으면 말을 더듬어 웃음을 사는 일도 없고, 동정받을 일도 없다.

그건 다 좋은데 말이야, ……소년은 커피에 설탕과 우유를 넣었다. 사실 좀 전에 말하려던 '고'는 홍차(고우차)의 '고'였다. 하지만 그런 것쯤 아무래도 상관없다 치고, 레몬의 신맛을 상상하면서 커피를 홀짝거렸다.

왓치는 테이블 위에 턱을 괴고 방긋대면서 소년을 쳐다본다.

"2차 시험이 끝나면 내 하숙집에 초대할 텐께 놀러 와."

소년은 잠자코 커피잔을 테이블 위에 올려놨다. 요즘엔 설탕과 우유를 듬뿍 넣은 달짝지근한 커피가 예전만큼 좋지는 않다. 아무것도 넣지 않고 마시는 게 더 맛있다는 말의 의미를, 왠지 이젠 알 것 같나. 하지민 쓴 커피를 마서 볼 용기가, 아직은 나지 않는다.

용기……란 말은 너무 과장된 말일까. 다른 상황에서 써야 할 말일까. 그것도, 어렴풋이 알 것 같지만.

시내에서 가장 큰 서점에 가 Y대학과 W대학의 입학 원서를 샀다. W대학은 예정대로 문학부와 교육학부, Y대학은 교육학부와 경제학부 두 통씩. 저녁 식사를 마치고 2층 제 방에 틀어박혀 모두 네 통의 원서에 필요 사항들을 기입하고 딱지치기 할 때처럼 방바닥에 죽 펼쳐 놓았다.

계단 밑에서 엄마가 불렀다.

"헐 얘기가 있은께, 좀 내려와 봐라."

공부한다며 거절했다. 거실에는 지금 이 방과 마찬가지로 종이들이 몇 장이나 펼쳐져 있을 터이다. 집을 사기로 한 것이다. 엄마가 무슨 일이 있어도 꼭 사고 싶다고 말을 꺼냈다. 지어서 팔 요량으로 만든 싼 집이라도 상관없으니 아무튼 맘 편히 못질도 하고, 달력 붙인 자국을 신경 쓰지 않아도 되는, 우리 집을 갖고 싶다고.

중학교와 고등학교 6년 동안, 이 마을에서 살았다. 엄마는 이제 이사는 싫단다. 나츠미도 4월부터 고등학교에 입학한다. 전학은 절대로 안 하겠다고 고집을 부리고 있다. 집을 사 버리면 이제부터 쭉 한 동네에서 살 수 있다.

아빠도 집을 사는 것에 찬성했다. 시골에 계신 할아버지와 할머니를 설득하느라 꽤 애를 먹었지만, 하며 웃는다.

"뭐, 다음 일은 다음에 생각허지."

6년 동안 아빠는 몇 번이나 전근 발령을 거절하고 그때마다 승진 기회를 놓쳤다. 하지만 다음에 만약 이동이 있으면, 받아들이겠다고 한다.

"나도 이 직장에서 좀 더 버텨 내지 않으면 안 되는 상황이니 혼자 전근지로 이사를 가야 헌다 허더라도 할 수 없지. 이젠 기요시가 엄마하고 있으면 안심해도 되고 말이여."

바로 얼마 전 아빠는 그렇게 말했다. 소년을 바라보며 "그렇재?" 하고 물을 땐 어찌 대답해야 좋을지 당황스러웠다. 하지만 엄마가 "기요시도 하숙하면 되재. 식사랑 빨래허느라고 시간 낭비 안 혀도 되니께." 하고 말했는데 그것이 처음부터 장난기 어린 표정에다 목소리도 그러했기 때문에, 소년은 속으로 더 난감했다.

도쿄로 가고 싶다.

원서를 보며 조그만 소리로 뇌까렸다. '도'가, 걸린다. 늘 똑같다.

몇 번이나 심호흡을 해도 매번 실패한다. 같은 '도'로 시작하는 '찬장(도다나)'이나 '잠자리(돈보)'나 '시계(도케이)'를 발음할 때보다 더 목구멍이 달라붙어 꼬이면서 옥죈다.

도쿄에 가게 해 주세요. 이번에도, '도' 발음이 안 된다. '해 주세요(구다사이).'의 '구'도 막힌다.

캔디 항아리하고 비슷한 것 같다. 색색깔 캔디가 담긴 유리 항아리처럼 마음속 어딘가에 말들이 가득 담긴 항아리가 있다. 무언가를 말한다는 것은 항아리 안에서 캔디를 끄집어 내는 것과 같다.

먹고 싶은 캔디는 있다. 확실히, 거기에 있는 것이 보인다. 하지만, 그것을 잡는 게 겁이 나 인지녜 손으로 집기 쉬운 캔디를 선택하고 만다.

앞으로도……?

계속, 평생토록……?

도쿄에 가고 싶다.

Y대학에 합격한다 해도 도쿄에 있는 W대에 가고 싶다. Y대학에도 W대학에도 둘 다 불합격했을 경우엔 재수를 하고, 다음에는 처음부터 지원 대학을 W대학만으로 좁힐 것이다. 왜 그러냐고 누가 묻더라도 똑 부러지게 설명할 자신은 없다.

"말을 더듬는데 왜 학교 선생님을 하겠다는 거냐?"고, 물어도 처음부터 끝까지 논리적으로 대답할 수는 없을 것 같다.

하지만 갖고 싶은 캔디는 이거다. 이것뿐이다.

소년은 Y대학 원서를 펼쳐 두 손으로 들었다. 제일 앞에 교육학부

원서, 그 뒤에 경제학부 원서를 포개고 그러고 나서 가운데부터 부욱, 찢었다.

다음 날 아침 일찍 아빠가 집을 나서는 소리를 듣고 아직 어둠이 벗어지기도 전에 이부자리에서 일어나 따라나섰다. 무슨 일이냐며 놀라는 엄마에겐 대꾸도 하지 않고, 넥타이를 매고 있던 아빠에게 역까지 데려다 줬으면 좋겠다고 말했다.
"너무 이르지 않남?"
아빠도 의아한 듯 말했지만 소년을 돌아보다 눈이 마주치자 슬그머니 고개를 끄덕이고 다시 얼굴을 돌렸다.
"곧 나갈 텐께 준비허고 내려오거라."
"응."
세면대 거울 앞에 서 보니, 눈이 빨갛게 충혈되어 있는 게 보였다. 눈 밑에는 거무스름하니 그늘이 생겼다. 턱에는 어젯밤까지 없었던 커다란 여드름이 하나 돋아 있고. 양치를 하는 도중에 갑자기 속이 미식거려 세면대에 토하려고 했는데 아무것도 나오진 않았다.
아빠는 평소보다 조금 일찍, 7시도 되기 전에 차고로 가서 자동차에 시동을 걸었다. 차갑게 식은 아침이다. 간밤에 서리가 내렸다. 아침 해가 그제야 겨우 얼굴을 들어올린다. 혼슈의 서쪽 끝에 가깝기 때문에 이 마을은 도쿄보다 날이 밝는 시간이 한 시간 이상 늦다. 신칸센으로 여섯 시간 이상, 거리로 따지면 약 900킬로미터이다.
도쿄는 정말로 먼 곳이다.

소년은 조수석에 앉아 가방을 가슴팍과 무릎 사이에 얹고 껴안았다. 역까지는 5분. 짧은 시간 안에 자신의 심정을 어디까지 설명할 수 있을지는 모르겠다. 그저 거실에서 마주 앉아 이야기하는 것보다 운전석과 조수석에 나란히 앉아 있는 것이 분명 이야기를 꺼내기는 쉬울 것이다.

차가 달리기 시작하자 아빠가 먼저 입을 뗐다.

"뭐 할 야그라도 있남?"

소년은 가만히 앞을 바라보며 Y대학에 가고 싶지 않다고 했다.

아빠는 왜냐고 물었다. 놀란 음성이었지만 서두르거나 당황하진 않았다.

"이유는 딱히 모르겠지만, 암것도 모르는 완전히 새로운 동네서…… 나 혼자, ……지내 보고 싶어. W대학에 가면 장학금도 받을 수 있고, 또 육영회 장학금도 있고, 아르바이트도 할 거니께."

"돈 문제는 됐다. 그런 건 네가 걱정허지 않아도 돼야."

아빠는 야단치듯 딱 잘라 말하고 늘 우회전하던 교차로를 곧장 지나친다. 멀리 돌아가는 길을, 택한 것이다.

"오사카나 하카다 정도는 안 되겠냐?"

"……응."

"교사가 될 거면 Y대가 같은 고장이라 좋을 거인디."

"W대학에서도…… 교사 자격증, 받을 수 있어."

"그려도 교사라는 거이……, 괜찮겄냐? 학교 교사는 아침부터 밤까지 지껄여야 되는 직업인디."

소년은 정면을 바라본 채 대꾸 없이 고개만 끄덕였다. 자신은 없다. 하지만 아이들에게, 무언가를, 가르친다……기보다 전달하는 일은, 아주 멋진 일이라고 생각한다. 적어도 돈을 벌기 위해 누군가와 이야기하는 것보다는, 훨씬 더.

"그렇긴 허지만서도, 기요시는 숱하게 전학을 다녔잖여. 여러 선생님들과 만나고, 이 마을 저 마을서 여러 친구들과도 만나 왔으니께 의외로 좋은 선생님이 될 수 있을지 누가 알것어."

좀 쑥스러운 기분이 들어, 꼭 그렇다는 것은 아니라고 말을 하려는데 바로 그 전에 아빠는 조금 힘이 들어간 목소리로 말을 이었다.

"그려도 말이여, 본인이 생각하는 바를 제대로 말할 수 있기 전까진 교사는 절대 될 수 없다고 생각허는디, 아빠는."

"……응."

"참말로 도쿄에 가고 싶남?"

소년은 고개를 들었다. 숨을 깊이 들이쉬고 말했다.

"선생님은 될 수 없을진 몰라도……, 되고 싶어……. 혼자서, 도, 도, 도, 도, 도, 돗, 돗, 돗……."

아빠는 아무 말도 하지 않는다. 잠자코 핸들을 쥐고 액셀러레이터를 밟을 뿐이었다.

"……도쿄에, 가고 싶어."

겨우 말했다. 어깨까지 들썩이면서 숨을 몰아쉴 정도로 힘이 들었다. 이마 언저리에 끈적하게 땀이 배어 나온 것이 느껴졌다.

"여태 그렇게 더듬는디."

아빠는 쓸쓸히 웃고 다음 교차로에서 좌회전했다. 역까지 곧게 뻗은 넓은 길로 나왔다. 이쪽 길이 의외로 지름길이었다는 것을 소년은 새삼 알게 되었다.

"도쿄에 가믄 아빠도 엄마도 기요시를 도와 줄 수가 없어. 지금처럼 말을 더듬어도, 제대로 말헐 때까지 아무도 너 대신 말을 해 주지 않을 거여. 비웃는 사람도 있고, 기다려 주는 사람도 없을 거이고. 아무도 네 이야기 따위 들어주지 않을지도 몰러. ……그려도 괜찮겠어?"

소년이 끄덕이는 것을 확인하자 아빠는 자동차의 속력을 냈다.

"느이 엄마 화를 내면서 울 서이다. 힌참 동안 마음이 상해 있을 테니께 조심하는 게 좋을 거여."

"응……."

"아이고, 이제부터 아빠 혼자 전근지로 가 살지 않아도 될지도 모르겄다."

웃으면서 말해 주었다.

아빠 말대로 엄마는 화를 냈다가, 울다가, 일주일 정도 속상해했다. 하지만 집을 장만하기로 한 이야기는 취소하지 않았다.

"기요시가 여름 방학이나 설에 도쿄서 돌아올 때 전혀 모르는 마을로 와야 허믄, 집에 돌아왔단 기분이 안 들 거이 아녀."

아빠가 혼자서 전근지로 가야 하는 것도, 결국 변함없었다. 다음 전근 발령이 나면 4인 가족은 거의 뿔뿔이 흩어지게 될 것이다. 그래도 아빠는 "지금까지 온 가족이 꼭 붙어서 이사를 다녔잖여. 그려,

잘 참아 주었어." 하며 주택 평면도를 보면서 음미하듯 말한다.

모두가 새 집에 대한 이야기를 하고 있어야 할 터인데, 듣다 보면, 예전에 살던 동네와 옛날 집 이야기로 화제가 바뀌어 있을 때도 왕왕 있다.

"앞으로 일들이 더 중요한 거여."

엄마가 말한다. 어른이 된 다음, 1년에 단 한 번이라도 돌아갈 집이 없는 것은, 너무 쓸쓸한 일이다. 그리운 고향이나 옛 친구들을 만날 수 있는 마을을 마음속에 품고 있지 않은 어른은 정말로, 너무나 쓸쓸하다.

"이것으로 돌아올 고향이 생긴 거잖여. 모처럼 고향이 생겼는디 곧바로 떠나 버릴 사람도 있지만 말이여."

엄마는 웃으며 소년을 향해 살짝 눈을 흘겼다.

2월 들어 얼마 지나지 않아 엄마는 낡은 인쇄 종이 다발을 찬장 깊숙한 곳에서 꺼내 왔다. 초등학교 3학년 여름에 다녔던 말더듬이 교정 프로그램에서 받은 교재였다.

"시험 공부 틈틈이 발음 연습해 두는 게 좋지 않겠냐? 너는 환경이 바뀌면 말이 더 자주 막히니께."

"알았어."

"너, 참말로 너무 힘들믄 언제라도 돌아와라."

그 말을 끝내기가 무섭게 다른 말을 하기도 했다.

"도쿄까지 가 봤지만, 역시나 집이 너무 그리워서 돌아왔어요! 뭐

이딴 소리 하믄, 참말로 그땐 엄마 화낼 거이다."

두 마디 다 눈앞에 소년이 있는데도 시선을 딴 데로 돌리고 말하는 건, 마찬가지였다.

이제 막 집에 도착한 W대학의 수험표를 소년은 도서관으로 가져가 왓치에게 보여 주었다. 왓치는 그저 시험이나 한 번 쳐 보는 것쯤으로 생각하고 웃었다.

"예행 연습치고 너무 수준이 높은 거 아니여?"

W대학이 제1지망이라고 소년이 말하자, 마주하고 있는 동안에 왓치의 얼굴은 벌써 굳어졌다.

"Y대는?"

"합격해도 가지 않기로 했으니께, 2차 시험은 아예 안 볼 거여."

왓치는 굳어진 얼굴 그대로, 주위의 고요한 분위기에서 도망치듯 소년의 손을 잡아끌고 늘 가던 그 찻집으로 들어갔다.

"저기, 정말로 도쿄에 갈 거여? 그 말 진심으로 허는 말이여? 왜? 왜 도쿄에 가야 허는디?"

"이유라든가, 뭐 그런 건, 나도 몰라. 그려도 가고 싶어."

"봄방학 때 놀러 가면 되잖여."

"그런 거이 아니고."

"그럼 그거이 아니고 뭐여? 난 당최 영문을 모르겠네."

낯익은 종업원이 주문을 받으러 왔다. '커피 두 잔.'이라고 말하려는 왓치를 가로막고, 살짝 숨을 들이마신 후, 소년은 말한다.

"홍, 홍, 홍 홍차(고, 고, 고, 고, 고우차)요."

종업원은 놀라서, 갑자기 고장난 기계를 보듯 소년을 쳐다보았다. 왓치도 그 여자의 표정을 보고서 몸을 모로 틀었다. 소년은 눈을 내리깔지 않는다.

"레몬 넣어 주세요."

소년은 이어 말했다. 등줄기가 경련을 일으키는 듯하다가 딱딱하게 굳어졌다. 이제부터 센스 있고 상냥한 통역은 곁에 없다.

"커피와 레몬 티 주문하신 거죠?"

종업원은 다시 한 번 들은 내용을 확인했다. 그랬나? 맞아, 레몬 티라고 했으면 발음을 더듬지 않고도 말할 수 있었을 거란 것을 그제서야 깨달았다. 아니, 그래도 '레몬'과 '티' 사이에서 숨이 걸려 버리면 '티' 발음에서 더듬게 되니까 소용없지. 이 세상에는 단어를 바꾸는 게 먹히지 않는 말도 많이 있으니까, 생각하며 딱딱하게 굳은 등을 힘껏 펴 보았다.

종업원이 가 버리자, 왓치는 테이블 위로 몸을 바짝 끌어당기면서 물었다.

"왜 그랬어? 내가 통역해 줄 테니께 그냥 마시고 싶은 걸 손가락으로 가리키기만 허든 되잖여. 그라믄 바로 내가 말해 줄 텐디. 일부러 나오지 않는 말을 하지 않아도 되는디 말이여."

"왜, 부끄러워?"

소년이 되묻자 왓치는, "아니, 아니. 아니여, 아니여." 하며 손을 들고 마구 휘저었다.

그래서 하는 말이 아니라며, 약간 화난 기색마저 스친다.

소년도 알고 있었다. 그저 확인하고 싶었을 뿐이다.

"고마워."

소년은 말했다. 고맙다는 말은 더듬지 않는다. 그것이 기뻤다.

"정말로 도쿄에 갈 거여?"

"갈 거여."

"그러는 거, 바보짓 아니여? 응? 시라이시, 머리가 어떻게 된 거 아니냐고?"

심퉁난 말투, 울음이 터질 듯한 얼굴로 왓치는 말한다.

"시라이시 같은 시골뜨기가 도쿄에 가서 뭘 워쩌겠다고 그려. 사투리 쓰면 금방 웃음거리가 될 거란 말이여. 시라이시, 그래도 좋아? 바보야, 이 바보, 이 아무것도 모르는 애야."

속사포처럼 쏘다대면서 울상을 지은 채, 웃는다.

커피와 레몬 티가 왔다. 설탕을 넣지 않고 홍차를 홀짝 마셔 보니 동그랗게 썬 레몬의 향기가 코끝을 간지른다.

"도쿄에는 나 같은 애 없어. 절대로 없다고. 통역해 줄만큼 시라이시를 좋아하는 애, 있을 리가 없구먼."

소년은 말없이 고개를 끄덕였다. 탁한 소리가 나오려다, 위턱과 혀 사이에 걸렸다.

"사과하지 않아도 돼야. 그런 말 듣고 싶지도 않어."

왓치는 슬쩍 얼굴을 돌렸다. 마지막 통역은, 잘못 짚었다. 소년이 하고 싶었던 말은 '미안해(고멘네).'가 아니라 '힘낼게(간바루).'였다.

왓치는 시선을 돌린 채로 가방 안을 뒤적였다.

"이거 지난 주말에 여행 갔다 산 선물이여. 그냥 주지 말까도 생각 혔지만, 기왕 산 거니께 받아."

"뭐여?"

"부적. 시라이시가 발음하지 못허는 신사의 부적인데, 학문의 길로 인도하는 신이 내린 부적이여."

다자이후에 위치한 다자이후 천만궁의 부적이었다.

"말혀 봐. 다, 자, 이, 후. 말할 수 있어? 못 하면, 안 줄 거여. 자, 어서 말혀 봐. 다, 자, 이, 후!"

소년은 심호흡을 했다. 혀로 입술을 축이고 어깨의 힘을 빼고서 말머리에 살짝 "응." 하고 한 박자 쉬는 듯이 틈을 주고는 가볍게, 마음을 편히 먹고.

"다, 닷, 닷, 닷 닷, 다다닷, 닷, 닷 다,다,다……."

이제 아무도 도와 주지 않는다. 아무것도 아는 게 없는 낯선 마을에서, 새로운 사람들과, 이제부터 혼자 살아가야 한다.

왓치는 눈을 감고, 말이 긴 터널을 빠져 나오기를 기다렸다. 참을성 있게 기다려 주었다. 관자놀이에 경련을 일으키면서 머리가 어지럽고, 이마엔 땀이 배어 나왔다. 카운터 옆에 서 있던 종업원은 다시 이쪽을 보고 있었다. 주방장 아저씨도 무슨 일인가 싶어 주방에서 고개를 빼고 쳐다보고 있다. 성이 난 듯, 당황한 듯 묘한 표정을 지은 주방장 아저씨는 주방으로 도로 들어간 뒤 물소리를 크게 내며 그릇을 닦기 시작했다.

"닷, 닷, 닷, 다, 다, 다, 닷 다자이후."

어깨를 쳐들고 한껏 숨을 내쉬었다. 물을 한 모금 들이켜자 턱 근육에서부터 냉기가 스며들었다.

왓치는 박수를 치면서 눈을 떴다.

"됐어, 됐어. 시라이시. 말할 수 있네. 됐어. 괜찮어!"

새빨간 눈을 하고, 왓치가 웃었다. 부적을 졸업 증서처럼 두 손으로 잡고 건네주었다. 소년도 고개를 가볍게 고개 숙여 인사하고 두 손으로 공손히 받아들었다. 나중에 둘이서 같이 웃으려고, 일부러 연극하듯이 그렇게 해 보인 것인데, 왓치는 고개를 든 소년에게서 시선을 돌렸다.

"아, 잠깐만, 나 책 반환하는 거 깜박했어."

서둘러 한 마디 하고는 자리에서 일어나 "잠깐만, 기둘려 줘." 하며 소년 쪽은 돌아다보지도 않고 가방을 집어들고서 잰걸음으로 찻집을 나가더니, 가게 앞에서 딱 한 번 소년을 돌아보았다.

그것이, 마지막이었다.

소년은 역으로 향한다. 아직 몽우리도 맺지 않은 역 앞 길가의 벚나무들을 별 생각 없이 바라보면서 자전거를 달린다.

소리는 내지 않고 '도쿄, 도쿄, 도쿄, 도쿄'를 되뇌면서.

속으로 혼잣말할 때는 정말이지, 야속할 정도로 매끄럽게 말이 나온다. 하지만 소리를 내어 말하지 않으면 안 된다. 달리 바꿀 말은 없다.

'신칸센 미도리 창구' 쪽으로 들어갔다. 신칸센의 지정석 신청서는 카운터에 비치되어 있었지만 다자이후 천만궁의 부적을 꽉 쥐고 곧장 창구로 향했다. 무뚝뚝하게 생긴 역무원이 붙임성 없이 물었다.

"어디까지요?"

소년은 등을 쭉 펴고 심호흡을 했다.

왓치의 얼굴이 떠올랐다. 웃고 있었다. 아빠도, 엄마도, 나츠미도, 그리고 보고픈 친구들과 학교 선생님들도 여럿. 모두들 웃고 있다. 이제 다시 만날 수 없는 사람들도, 만날 수 없으니까, 모두들 웃는 얼굴이다.

그리고 기요시코, ……오래간만이다. 정말로 오랫동안, 늘 만나고 싶었는데.

뭐야, 여기 있었구나. 기요시코.

"어디까지요?"

역무원이 신경질적으로 대답을 재촉했다. 소년은 다시 한 번 심호흡을 했다. 늘 들어가는 데 실패했던 줄넘기 돌리기 안으로 단번에 큰맘 먹고 뛰어 들어갈 때처럼, 숨과 소리를 함께 토해 냈다.

에필로그

소년의 이야기는 이것으로 끝이다.

마지막으로 기요시코에 대해 조금만 덧붙일게.

소년은 어른이 되었다. 학교 선생님은 되지 못했지만, 이야기를 짓는 직업을 갖게 되었지.

〈기요시코의 밤〉이란 노래의 가사도 올바로 알게 되었고, 서글펐던 추억에 함께 했던 얼굴들도 모두 바뀌었다.

발음도 조금씩 나아졌다. 말이 막히더라도, 그게 뭐가 어때서, 하며 웃어넘길 수 있는 뻔뻔함도 익혔단다.

하지만 아직도 기요시코에 대해서는 잊을 수 없구나.

그래서 사람들이 똑같은 이야기만 쓴다며 놀려대도, 똑같은 이야기만, 기요시코에게서 배운 말만, 쓰고 있구나.

소년이 너와 닮은 것 같니? 나는 네게 뭔가를 전달할 수 있었는지 모르겠구나.
　언젠가, ……그게 언제가 되든 상관없다. 언젠가 너의 이야기도 들려주지 않겠니?
　고개를 숙이고, 조용, 조용 말해 주면 돼. 상대방의 얼굴을 똑바로 쳐다보며 이야기하는 게 얼마나 어려운 일인가는 나도 잘 알고 있으니까.
　천천히 말해 주면 돼. 네가 이야기할 첫마디가 나오지 않아 아무리 더듬더라도 나는 그것을 내 마음의 문을 두드리는 소리라 여기고, 너의 이야기가 시작되길 가만히 기다릴 테니까.
　네가 이야기하고픈 상대방의 마음의 문은, 때때로 닫혀 있을지도 모른다.
　하지만 열쇠는 채워져 있지 않아. 열쇠를 꽁꽁 채운 마음이란 건, 세상 어디에도 없단다. 나는 기요시코에게서 그렇게 배웠고, 지금도, 그렇게 믿고 있다.

　꿈이 있었다.
　언젠가 개인적인 이야기를 써 보고 싶었다. 나와 많이 닮은 소년에 관한 이야기를.

　소년과 많이 닮은 또 한 사람에게 전달해서 그가 자기 곁에 놓아 주었으면 좋겠구나.

　천천히 읽어 주기 바란다. 어려운 이야기는 없을 거야. 나는 몇 편의 자잘한 이야기들을 통해 단 한 마디만 전달하려고 했다.

　기요시코는 이렇게 말했지.

　"그것이 진정으로 전하고픈 이야기라면……, 전해진다. 꼭."

　책이 완성되면 제일 먼저 너에게 보낼 생각이다.

　우체국에서 큼지막한 소포를 받아들고 넌 눈이 휘둥그레질까? 뭔가 꺼림칙한 생각이 들어 엄마에게 곧장 달려갈까? 너희 어머니가 이젠 나에 대해 화를 푸셨으면 좋겠는데.

　밤새 내린 비가 새벽녘에 그치고, 맑게 갠 아침에 이 책이 네게 도착했으면, 참 좋겠다.

■ 옮긴이의 말

《안녕, 기요시코》는 작가 시게마츠 기요시의 어린 시절 경험이 많이 녹아 있는 자전 소설에 가까운 작품이다. 무리 속의 동료와 '이방인'을 뚜렷하게 편가르는 경향이 짙은 일본 사회 속에서 어린 시절 거듭되는 전학으로 그때마다 익숙한 친구들과 마을을 떠나 낯선 세계에 발을 들여놓아야 했던 경험은, 그렇지 않은 사람에 비해 당사자에게 많은 생각을 하게 하고, 어른 세계로 들어서길 더 재촉했을 것으로 생각한다.

어린 시절, 힘겨웠지만 두둑한 밑거름이 된 그 시절 기억들은 작가 시게마츠 기요시로 하여금 '이지메 작가'라는 별명이 붙게 할 정도로 그의 이야기 소재로 자주 등장하고 있다.

그의 작품들은 나오키 상 수상작 《비타민 F》을 비롯해 《작은 벗들에게》 등의 단편 소설집을 보더라도 알 수 있듯이 일상에서 자주 접할 수 있는 등장 인물과 누구나 한 번쯤 비슷한 경험을 해 보았을 에피소드들을 소재로 삼아 날카로움이 아닌 따뜻한 시선으로 결말을 이끌어 내며, 경쾌함보다는 잔잔한 묘사로 끝까지 독자를 끌고 간다.

《안녕, 기요시코》는 첫 번째 이야기 〈기요시코〉를 시작으로 학년이 바뀌면서, 사는 동네가 바뀌면서, 반 친구들이 바뀌면서, 선생님이 바뀌면서 대학에 진학할 때까지의 이야기 일곱 편으로 구성되어 있다. 에피소드들로 구성이 되어 있지만 한 소년의 성장기라는 점에서 이 작품 속에서는 한 소년의 성장과 더불어 변해 가는 모습들, 즉 가족의 변화, 학교 생활의 변화, 가치관의 변화 등이 물 흐르듯 자연스럽게 묘사되어 있어 독자들로 하여금 공감을 얻을 것이라고 생각한다.

첫 번째 이야기 〈기요시코〉에서 기요시코는 이렇게 말했다. "누군가에게 안기거나 손을 맞잡으면 말하지 않아도 그 사람은 네 마음을 알 수 있다. 그리고 이 세상엔 네가 안고 싶은 사람이 꼭 있고 널 안아 줄 사람도 반드시 있다."
없으면 안 되는 줄 알았던 '말'이 실은, 없어도 되는 것이었다는 걸 알았다. 관계를 잇는 데 꼭 말이 필요한 것은 아니다. 절실하게 와 닿는 것은 결코 '말'이 아니다.

두 번째 이야기 〈환승 안내〉에서 그러한 관계는 더 진해지며 주제는 가슴 속에 깊이 와 닿는다. '말더듬이 교정 프로그램'에서 만난 친구와 소년 이야기.

세미나에 참가한 친구들은 쉬는 시간이 되어도 조용하다. 모두 다정하게 매일 얼굴을 마주쳐도 서로에 대해서는 아는 것이 없다. 그래도 마음이 통하는 사람은 서로서로 무리가 된다.

소년은 남들보다 먼저 다른 이의 마음을 이해해야 했다. 날 골탕 먹이는 아이가 실제로는 나와 친구가 되고 싶어 그런다는 걸 이해해야 했다. 그리고 이해한 다음엔 좋은 친구를 얻게 되었다. 또한 이 장에서부터 소년은 어른들의 위선에 눈을 뜬다.

네 번째 이야기 〈북풍 퓨우타〉에서는 기억에 남는 선생님과 반 아이들 이야기가 영화처럼 펼쳐진다.

농담 잘하는 이시바시 선생님, 딸의 병환으로 자주 결근하지만 아이들의 특성을 잘 헤아리고 기억하는 선생님. 그런 선생님을 위해 하나가 되는 아이들. 소년은 함께 추억을 나눌 상대가 얼마나 소중한 것인지, 다른 이들과 하나 되는 순간이 인생에 얼마나 값진 보석이 되는지 깨닫는다.

아이들이 담임 선생님에 대한 마음이 얼마나 애틋한지, 또 선생님은 얼마나 아이들을 사랑했는지 알 수 있는 감동적인 에피소드다.

이야기를 읽다 보면 소년 이외의 가족들의 모습도 점차 변해 가는 걸 엿볼 수 있다. 특히 엄마의 모습이 그러하다. 엄마는 소년과 마찬가지로 도시에서 살기를 원한다. 그래서 언젠가는 다시 도시에서 살게 될 거라 생각하며 사투리를 쓰지 않고 텔레비전에 나오는 도시의 말을 고수한다. 그런 엄마가 아빠가 지방으로 그것도 규모가 작은 촌으로 전근을 다니면서 점차 바뀐다. 어느새 사투리를 쓰고 낯선 촌사람들과 사귀기를 꺼리다가 서서히 문을 열고 친구가 되기도 한다. 이 작품에서 말은 상당히 중요한 '연대의 상징'이라고 볼 수 있다. 너와 내가 같은 무리에 속한 동지라고 느끼게 해 주는 매체가 소년 이외의 세계에서는 '같은 말'이었다. 표면적으로는 표준어와 사투리(지방어)로 대별되어 그러한 의미를 함축한다. 그리고 마지막 장에서 주인공 소년은 세상에는 다른 단어로 대치할 수 없는 말들이 있다는 걸 새삼 깨닫는다. 그리고 주위 사람의 도움이나 통역을 거부하고 스스로 맞닥뜨리겠다고 결심하면서 도쿄로 향한다. 이것은 드디어 작고 나약한 자기 안의 세계를 깨고 좀 더 넓은 세계, 보통 사람들이 사는 바깥 세계와의 만남을 시도하는 것을 의미한다.

그러나 작품 마지막까지 변함없는 한 가지는 가족 간의 유대이다. 아빠나 엄마 모두 가슴에 꼭 품고 있었던, 마음의 고향과 가족이 찾아들 소중한 둥지였다.

이 작품을 접하기 전부터 시게마츠 기요시의 작품에 대해 잘 알고 있었고, 또 그만큼 기대를 하고 있었다. 《안녕, 기요시코》에 대한 짧은 서평만으로도 이야기가 얼마나 감동적이고 좋을지 충분히 확신을 했고 실제로 읽어 내려가면서, 또 읽고 나서도 흐뭇한 마음은 여전했다.

국내 독자들, 특히 청소년과 학부모, 그 외에 누군가에게 전하고픈 말을 품고 있는 사람들 모두에게 소개하고 싶은 책이다. 어린 시절부터 청년이 될 때까지 말을 더듬는 증상이 나아지기는커녕 더 심해져만 가는 소년 기요시가 마지막에 한 말이 특히 가슴에 남는다. '고마워'란 말이 막히지 않고 나오는 게 다행이라고.

나는 얼마나 '고마워'란 말을 많이 하면서 살아왔는지, 막히는 발음은 없어도 혹시 내 마음속에서 발목이 잡혀 전하지 못한 말은 없는지 다시 한 번 생각해 보았다.

끝으로, 출판에 임해 주신 양철북 출판사 여러분에게 깊이 감사드린다.

2003년 겨울

오유리